GWOBRAU I LYFRAU ONJALI Q. RAÚF

Enillydd Gwobr Blue Peter am y Stori Orau 2019

Enillydd Gwobr Llyfrau Plant Waterstones 2019

Ar restr fer Gwobr Branford Boase

Ar restr fer Gwobr Llyfrau Plant Wythnos Siopau Llyfrau
Annibynnol 2019

Ar restr fer Gwobr Llyfr y Flwyddyn Jhalak 2019

Wedi'i enwebu ar gyfer Medal CILIP Carnegie 2019

Ar restr fer Llyfr Ffuglen y Flwyddyn i Blant 2020 yng
Ngwobrau Llyfrau Prydain

AF147338

Cyhoeddwyd gyntaf ym Mhrydain yn 2020 gan Hodder and Stoughton

Cyheddwyd gyntaf yn Gymraeg gan Rily Publications Ltd

Addasiad gan Elidir Jones

Hawlfraint y testun © Onjali Q. Raúf, 2020

Hawlfraint y map © Pippa Curnick, 2020

Hawlfraint y testun Cymraeg © Rily Publications 2023

Mae'r cyhoeddwyr yn cydnabod cefnogaeth ariannol Cyngor Llyfrau Cymru.

ISBN: 978-1-80416-327-6

Argraffwyd yn y DU gan CPI Books

Mae'r papur a ddefnyddir yn y llyfr hwn yn dod o bren o ffynonellau cyfrifol.

CYMYSGEDD
Papur I Yn cefnogi
coedwigaeth gyfrifol
FSC® C171272
www.fsc.org

Rily Publications Ltd, Blwch Post 257, Caerffili CF83 9FL

www.rily.co.uk

CANMOLIAETH I LYFRAU ONJALI Q. RAÚF GAN BLANT

'Doeddwn i ddim yn medru stopio darllen y llyfr ar ôl ei
dderbyn am ei fod mor wych! Mae'r cyfan am
ddewrder ac am fod yn benderfynol'
Dorie, 10 oed

'Dechreuodd fy nhad chwerthin a llefain oherwydd
y llyfr, ac roedden ni i gyd eisiau helpu mwy'
Carey, 7 oed

'Be! O na! Alla i ddim credu bod hwn ar ben!
Roeddwn i isio darllen mwy!'
Ariana, 8 oed

'Dydw i ddim yn hoff o ddarllen fel arfer. Ond roedd hwn yn
gwneud i fi fod eisiau darllen digonedd o straeon tebyg'
Robert, 8 oed

'Roedd eich llyfr mor dda fel 'mod i wedi stopio
ffraeo gyda fy chwaer'
Adam, 8 oed

'Roedden ni wedi'i ddarllen yn yr ysgol a phawb yn cytuno
mai hwn oedd y llyfr gorau erioed. Dydyn ni byth yn cytuno
ar unrhyw beth felly roedd hynny'n braf'
Ibrahim, 8 oed

Doeddwn i ddim yn meddwl bod plant fel fi'n medru
ymddangos mewn straeon. Ond bellach dwi'n credu
eu bod nhw a bod hynny'n iawn'
Heliana, 10 oed

CANMOLIAETH I LYFRAU ONJALI Q. RAÚF GAN OEDOLION

'Dathliad o ddewrder a chyfeillgarwch'
Guardian

'Cwbl swynol'
Mail on Sunday

'Yn cynnig chwerthin a dagrau'
Sunday Post

'Llyfr y dylai pawb ei ddarllen yn yr oes sydd ohoni'
Bookseller

'Bydd y rhai sy'n hoff o *Wonder* wrth eu boddau
â'r stori ysbrydoledig hon'
Week Junior

'Dyma lyfr cyntaf prydferth, calon-agored a
ddylai fod o gymorth i blant . . . i sylweddoli
pŵer caredigrwydd'
Booktrust

ONJALI Q. RAÚF

BRÂN AC ARWR

y Bws

Addasiad Elidir Jones

RILY

I'r Thomas go-iawn — dyn doeddwn i erioed yn ddigon dewr i'w nabod — ac i bawb sy'n cael eu gorfodi i gysgu ar strydoedd y byd.

Ac i Mam a Zak. Bob tro.

'Falle bod cael eich deall yn bwysicach
na chael eich caru.'
George Orwell

'Gwneud cartref i'r digartref . . . does dim o'i
le â hynny, beth bynnag ddywed y byd.'
Vincent van Gogh

CYNNWYS

1	Dwy Neidr a Chawl yr Ysgol	1
2	Dyn y Troli	16
3	Y Lladrad ar Blatfform Un	27
4	Troli ar Ffo	39
5	Y Ddau Drysor	52
6	Llygaid Busneslyd	67
7	Bwa Coll Eros	80
8	Ffigyrau Coll	96
9	I'r Coed	113
10	Tri Bywyd	123
11	Y Glas	132
12	Beli a'r Toiledau	143
13	Y Darganfyddiad	156
14	Y Gegin Gawl	167
15	Cati, Fortnum and Mason	184
16	Mapio'r Rhyfel	200
17	Tocyn Rhyddid	222
18	Teithwyr y Nos	232

19   I Grombil y Gadeirlan   242

20   Y Dyn Pumwynebog   258

21   Mainc yr Arwr   272

DWY NEIDR A CHAWL YR YSGOL

'BRÂÂÂÂÂÂÂÂÂÂN! RHO'R GORAU IDDI'R FUNUD 'MA!'

Rhewais â'm llaw'n hofran uwchben y pot anferth o gawl tomato coch llachar. Pot arferol iawn o gawl fyddai hwn, oni bai am y neidr rwber gwyrdd golau oedd bellach yn arnofio yn ei ganol.

'BRÂÂÂÂÂNNN! DYMA DY RYBUDD OLAF!'

Yn araf, dyma fi'n troi i edrych dros fy ysgwydd. Gallwn weld yr holl gogyddion yn eu gwisgoedd gleision yn syllu arna i'n gegagored, fel drysau roedd rhywun wedi anghofio eu cau. Roedd pawb yn y ffreutur wedi rhewi. Heblaw am Mr Lancaster. Roedd o'n gegagored hefyd, a'i geg yn lledaenu fel twll mawr du. Ro'n i'n sicr ei fod bron â ffrwydro am fod ei wyneb mor binc â phen-ôl babŵn, a'i drwyn yn dechrau gwingo.

1

'Paid ti â meiddio,' hisiodd yntau, gan syllu ar yr ail neidr rwber yn fy llaw.

Edrychais i lawr ar yr ail neidr. Roedd hon yn goch, coch. Bron yr un lliw â chawl diflas Mrs Baxter.

Ro'n i'n gwybod bod gen i ddau ddewis. Y cynta oedd i *beidio* â gollwng yr ail neidr yn y cawl. Byddwn i'n dal i gael fy nghosbi am ollwng yr un werdd, ond falle na fyddai hynny mor ddrwg.

Yr ail ddewis oedd i *ollwng* y neidr. Byddai hynny'n digio Mr Lancaster yn waeth byth ac yn gwneud Mrs Baxter yn ddig iawn, *iawn*. Ond hi oedd y cogydd ysgol gwaetha erioed, ac felly'n haeddu dim llai – wastad yn culhau ei llygaid ac yn rhoi llwyeidiau bychan bach o'r bwydydd gorau i ni, ac yn gollwng llwyeidiau enfawr o'r bwydydd gwaetha ar ein platiau. Hen bryd i rywun dalu'r pwyth yn ôl. Ar ben y cyfan, byddai Wil a Katie, fy ffrindiau gorau, ar ben eu digon.

'WEL? *WEL*?' meddai Mr Lancaster.

Gan edrych yn ôl ar Mr Lancaster, gwenais yn llydan a gollwng y neidr. Atseiniodd sŵn ebychu o amgylch y ffreutur wrth i'r ail neidr rwber ymuno â'r gynta gyda sblash. Tasgodd lympiau o gawl tomato i bobman. Glaniodd sbloetsh mawr ar ben Mrs Baxter gyda *SBLAT*. Trawodd ail dalpyn yn erbyn bochau cogyddes arall.

SHLOP. Trawodd trydydd un â swn *PLWP* ar drwyn gwingog Mr Lancaster, gan ddiferu i'r llawr – *plop, plop, plop.*

'NAWR 'TE, FACHGEN! DERE GYDA FI – NAWR!'

Dyna be dwi'n cael fy ngalw pan mae pobl yn flin iawn efo fi – 'bachgen'. Fel petaen nhw wedi anghofio fy enw yn eu tymer. A dweud y gwir, does neb yn dweud fy enw yn y ffordd arferol bellach. Un ai 'bachgen' neu 'BRÂÂÂÂÂÂÂÂÂÂNNNN' wedi'i weiddi mewn ffordd sy'n ei gwneud hi'n glir nad ydyn nhw'n hapus iawn. Dim ond 'B' mae Wil a Katie'n eu defnyddio. Ond does dim ots gen i. Ro'n i'n arfer malio am y peth, ond dim bellach. Mae'r rhan fwya o bobl mor dwp – does dim ots beth maen nhw'n feddwl amdana i. Maen nhw fel y pryfed bach annifyr 'na sy'n gwneud swn o dy amgylch di pan ti'n trio bwyta hufen iâ. Y peth gwaetha yw bod y pryfed mwya twp, mwya annifyr i gyd yn fy ysgol i.

Dechreuais ddychmygu sut beth fyddai taro pobl â theclyn anferth i ladd pryfed, wrth i Mr Lancaster fy arwain o'r ffreutur. Anelais winc at Wil a Katie ar y ffordd allan – wedi'r cwbwl, fi oedd enillydd ein bet! Ond ro'n nhw'n chwerthin cymaint fel na welodd yr un ohonyn nhw'r winc o gwbwl.

'EISTEDDA, A DIM GAIR O DY BEN!' cyfarthodd Mr Lancaster, gan bwyntio at soffa'r plant drwg.

Mr Lancaster ydi'r prifathro, a weithiau dwi'n siŵr bod yr holl dystysgrifau ar ei wal yn wobrau cudd am fod yn brifathro twpach a mwy annifyr na phob un arall yn yr holl wlad. Yn waeth byth, mae'n *meddwl* ei fod yn glyfar. Wastad yn fy ngwylio i, ac yn disgwyl fy nal, a'r cyfan er mwyn iddo gael gweiddi 'BRRRÂÂÂÂNNN!' o flaen yr ysgol gyfan. Bryd hynny, mae'r gwythiennau'n ei wddw'n troi o fod yn fflat i fod mewn tri dimensiwn. Mae wastad yn rhoi rhybuddion od i fi hefyd. Wythnos diwetha er enghraifft: 'UNWAITH eto a fyddi di allan trwy'r drws mor gyflym, bydd dy draed ddim yn cyffwrdd â'r ddaear!'

A heddiw: 'Rwyt ti mor agos â HYN at gael dy goesau wedi'u sleisio oddi tanot ti, fachgen! Ac wedyn beth? Wel, dim coesau! Hy!'

Os yw Mr Lancaster wir isio cael gwared ohona i a 'nghoesau, fydd rhaid iddo 'nal i'n amlach. Lwc sy'n esbonio busnes y nadroedd, ac yntau'n fy ngwylio i'n agosach nag arfer. Ond dydi o ddim yn gwybod ei hanner hi, achos dwi'n medru 'nabod ei driciau twp yn hawdd. Fel y tro hwnnw y gosododd gamerâu bychan bach oedd yn edrych fel chwilod sgleiniog du y tu allan i doiledau'r bechgyn; ymdrech oedd hynny i 'nal i'n cymryd tâl gan y rhai doedd *ddim* isio i fi olchi'u gwallt yn y toiledau amser cinio. Ond wrth gwrs, welais i'r camerâu'n syth. Bellach dwi'n codi llaw arnyn nhw bob dydd wrth gerdded heibio, cyn cymryd fy nhâl i gyd yng nghornel bellaf y maes chwarae. Mae'n siwtio pawb i'r dim. Does neb yn cael eu trochi'n y toiled a dwi'n cael cyflenwad cyson o arian poced a fferins gan bobl eraill.

A dyna'r tro 'na flwyddyn ddiwetha pan drodd Mr Lancaster holl swyddogion yr ysgol yn 'arolygwyr amser cinio' gan roi bathodynnau mawr sgleiniog i bob un. Eu swydd nhw oedd fy rhwystro i rhag baglu pobl wrth iddyn nhw'n fynd â'u cinio at y byrddau. Yn hytrach, baglais innau'r arolygwyr, a rhoddodd pob un ohonyn nhw'r gorau iddi'r diwrnod wedyn.

'BRÂÂÂNNN! WYT TI'N GWRRRANDO?!' Torrodd llais blin Mr Lancaster ar draws fy atgof melys o faglu Katie Lang a'i gweld yn rowlio ar draws y ffreutur wrth i'w phowlen o gawl dasgu dros hanner Blwyddyn Dau. 'PAID TI Â *MEDDWL* AM OSGOI CAEL DY GADW AR ÔL YSGOL HEDDIW!'

Cyn i Mr Lancaster fedru parhau, dechreuodd cloch yr ysgol ganu fel petai hyd yn oed honno wedi cael digon arno. Gan wneud fy ngorau i beidio â gwenu, dechreuais nodio 'mhen ac yn araf – araf iawn, iawn – sleifiais yn ôl i'r stafell ddosbarth. Erbyn i fi gyrraedd, roedd pawb yn estyn llyfrau o'u bagiau'n barod.

'Brrrrââân!' ochneidiodd Mrs Vergara, gan godi'r cofrestr ac ysgwyd ei phen eto. 'Oes rhaid i ti fod yn hwyr BOB TRO?' gofynnodd hithau, gan ddechrau crafu ei phen.

Codais fy ysgwyddau a suddo i 'nghadair wrth ymyl Rajesh. Mae Mrs Vergara *wastad* yn ysgwyd ac yn crafu ei phen i 'nghyfeiriad i. Fel petai hi'n diodde o chwain ac yn cofio eu bod nhw'n cosi pan fydda i'n yr un stafell â hi.

'Iawn, iawn. Pawb yn dawel nawr,' meddai, gan gerdded at y bwrdd gwyn â beiro gwyrdd yn ei llaw. 'A nawr bod pawb yma o'r *diwedd*, beth am i ni atgoffa ein hunain am holl achosion Tân Mawr Llundain?'

Ar hynny, sylweddolais fod fy llyfr gwaith yn y drôr ym mlaen y dosbarth, a dechrau grwgnach yn isel. Nid 'mod i wir yn malio am y peth. Eisteddais a gwylio wrth i feiro Mrs Vergara wneud llythrennau mawr troellog ar y bwrdd, gan adael cynffon sgleiniog gwyrdd fel malwen.

'Psssssst! Rajesh!' sibrydodd llais bachgen o'r bwrdd o'n blaenau, lle eisteddai Robert a Mei-Li. Glaniodd darn bach o bapur wedi plygu wrth fy mhenelin.

Cyn i Rajesh fedru ei gyrraedd, cipiais y nodyn a'i agor. Roedd yn ddarlun digri o Mrs Vergara â fflamau'n saethu o'i phen-ôl fel petai rhech wedi mynd ar dân. Uwch ei phen roedd y geiriau 'Sut ddechreuodd Tân Mawr Llundain GO-IAWN'. Edrychais draw at Robert, yn llawn edmygedd. Do'n i ddim wedi meddwl y byddai un clyfar fel yntau'n ddigon dewr i wneud llun mor ddigri o un o'r athrawon. Fel arfer, dim ond nodiadau'n cynnwys symiau cymhleth oedd o'n eu pasio at Rajesh, neu rai'n dweud pethau fel 'Isio cyfarfod yn y llyfrgell ger y llyfrau cemeg?' Ond yna, dros ei ysgwydd, gallwn weld Katrina'n edrych yn nerfus. Yn amlwg, un o'i lluniau hi roedd Robert wedi bod yn pasio o gwmpas y dosbarth.

'Brrrrrrrrââân. Rhywbeth yn dy gadw'n brysur?'

Yn gyflym, rowliais y papur yn belen yn fy nwylo. Ond yn rhy hwyr. Roedd Mrs Vergara'n sefyll o 'mlaen yn barod.

'Rho hwnna i fi. *Nawr*,' meddai'n dawel, ei phen yn troi ar ei ochr.

Edrychais innau ar Rajesh, ei lygaid yn chwyddo o'i ben ac yn edrych fel petaen nhw ar fin hedfan ar draws y stafell, cyn taflu cip at Mei-Li a Robert wirion. Roedd Mei-Li yn crychu ei thalcen ar Robert, ac yntau'n eistedd yn syth ac yn syllu at y nenfwd fel petai'n beth cwbwl newydd iddo. Gallwn weld Katrina'n gwneud yr un peth hefyd. Gan wgu ar bawb, rhoddais y darlun yn nwylo Mrs Vergara.

Ro'n i'n gwybod yn union beth oedd am ddigwydd nesa, achos yn anffodus, nid Mr Lancaster ydi'r unig un yn yr ysgol fyddai'n medru ennill Pencampwriaeth y Twpsod. Mae Mrs Vergara yr un mor dwp, ond yn hytrach na thrio 'nal i, mae'n cymryd arni'i bod hi'n garedig. Dyna un o'r triciau mae oedolion gwirioneddol slei yn eu defnyddio pan fyddan nhw isio i ti feddwl amdanyn nhw fel ffrind yn hytrach na gelyn.

Gan edrych i lawr at y darlun, ysgydwodd Mrs Vergara ei phen. Eto. 'O, Brrrrrrâââââân! Rwy wedi fy siomi ynot ti. Dwi'n gwybod yn iawn dy fod ti'n gymaint gwell na hyn.'

'Ond – ond dim fi wnaeth! Katrina sy ar fai! Hi roddodd y llun i Mei-Li, ac wedyn i Robert, ac wedyn i Rajesh!'

Ebychodd Katrina ac ysgydwodd Robert ei ben. Agorodd Mei-Li ei cheg, ond cyn iddi gael cyfle i ddweud unrhyw beth, plygodd Mrs Vergara a phwyntio un bys hir ata i.

'PAID â'u beio *nhw* am dy ymddygiad DI,' meddai Mrs Vergara. 'Mae'r darlun yma'n ddigon sarhaus a digywilydd heb i ti bentyrru celwyddau ar ben y cyfan. Pam na allet ti fod yn ddigon dewr i ddweud y gwir wrtha i? Mae gen i ofn y bydd rhaid i fi dy gadw ar ôl ysgol ETO.'

Agorodd fy ngheg er mwyn dadlau nad fi wnaeth go iawn – ac y byddai llun gen i wedi bod yn *llawer* gwell a mwy digri – ond ro'n i'n gwybod yn iawn na fyddai hynny'n gweithio. Bob tro mae oedolyn yn dweud bod angen i fi ymddiried ynddyn nhw, dwi'n gwybod na fydda i'n medru gwneud. Dim ond helpu'r bobl maen nhw'n hoff ohonyn nhw mae oedolion, a dydw i erioed wedi cyfarfod oedolyn sy'n fy hoffi i. A beth bynnag, dwi wedi bod yn siomi pobl erioed, felly dydi hynny ddim yn beth newydd.

Aeth Mrs Vergara yn ôl at y bwrdd gwyn a gofyn cwestiwn am y tân. Gwelais Mei-Li yn syllu arna i felly gwgais arni er mwyn gwneud iddi droi i ffwrdd. Er bod Mr Lancaster a Mrs Vergara yn ddigon drwg, does dim byd gwaeth na chrinciau clyfar a ffefrynnau'r athrawon, a dyna'n union beth yw Robert a Mei-Li. *Crinciau clyfar* dwi'n galw'r bechgyn, a *ffefrynnau'r athrawon* ydi'r merched, ond mae'r ddau yr un mor annifyr.

Mae'n bosib dweud yn syth os yw rhywun yn grinc clyfar neu'n ffefryn athrawon, gan eu bod nhw'n ymddwyn fel bod y byd ar ben os nad ydyn nhw'n cael gradd A neu seren aur yn eu holl arholiadau. Dydyn nhw BYTH yn anghofio eu gwaith cartre. A dweud y gwir, mae rhai ohonyn nhw mor erchyll fel eu bod nhw'n gofyn am *fwy* ohono. A phob un yn cusanu gwadnau traed yr athrawon gymaint fêl bod eu gwefusau'n brifo. Ewch i weld. Dewch o hyd i grinc clyfar neu ffefryn athrawon, a welwch chi bod eu gwefusau'n goch ac yn friwiau drostyn nhw. Mae'n debyg iawn na fyddech chi'n gorfod edrych yn bell, am fod gan bob dosbarth ym mhob ysgol ar y blaned o leia un ohonyn nhw. Ond mae'n edrych fel mai fy nosbarth i yw'r lleia lwcus yn y byd, achos bod tri fan hyn. *Tri* chusanwr sodlau dychrynllyd mewn un dosbarth. Hunllef.

Dyna Nathasha sy'n eistedd reit wrth ymyl desg Mrs Vergara ac yn neidio ar ei chadair fel llyffant mawr pan fydd hi'n barod i ateb cwestiwn. Ac wedyn Robert, sy'n meddwl ei fod o'n ddigri *ac* yn ddeallus, er nad ydi hynny'n wir. Mae'r ddau ohonyn nhw wedi dychryn gormod i edrych arna i fel arfer, felly maen nhw'n tueddu i esgus nad ydw i'n bodoli. Ond *y* gwaetha, *y* mwya annifyr ac *y* ffefryn mwya o'r holl ffefrynnau yw Mei-Li.

Ymunodd hithau â'r dosbarth flwyddyn yn ôl ac er nad ydi hi'n siarad fel pawb arall ac yn dod â phethau drewllyd i ginio fel nwdls oren llachar a pheli rhyfedd wedi'u lapio mewn plastig du, mae'r holl athrawon wrth eu boddau â hi. Mae ganddi wallt du sgleiniog sydd wastad wedi'i glymu'n ddel, ac mae'n ei fflicio bob tro y mae'n ateb cwestiwn yn gywir, a wastad yn cnoi ar bensil, sy'n gwneud iddi edrych yn union fel jiráff yn bwyta gwellt. Dydi hi erioed wedi cael llai na naw deg y cant mewn unrhyw arholiad, ac mae hi wedi ennill mwy o wobrau nag unrhyw un arall yn fy ysgol hurt i, er ei bod hi newydd ddechrau yma. Siŵr gen i y byddai hi hyd yn oed yn ennill gwobr am anadlu petai 'na un! Dwi'n ei chasáu hi'n fwy nag unrhyw un arall yn y byd yn grwn.

Ar ôl y dosbarth, anelais yn syth at fy hoff gadair yng nghornel y stafell wrth gael fy nghadw ar ôl ysgol. Fi oedd yr unig un yno. Eto.

'Falch o weld dy fod ti ar amser ar unwaith,' meddai Mr Lancaster, wrth iddo ollwng llond llaw o bapurau gwag o 'mlaen.

Mae treulio amser yng nghwmni Mr Lancaster mor ddiflas â gwylio paent yn sychu. Dwi'n gwybod hynny, achos unwaith dyna'n union ro'n i'n gorfod ei wneud. Fynnodd o 'mod i'n eistedd o flaen un o waliau'r ysgol oedd newydd ei phaentio, a disgwyl iddi sychu. Ond fel arfer mae'n gwneud i fi eistedd a sgrifennu llinellau, fel yn yr achos yma. Dwi'n meddwl bod Mr Lancaster yn gobeithio na fydda i fyth isio gwneud hyn eto os ydi'r profiad yn un digon diflas. Ond dydi o ddim yn deall nad ydw i wir yn meindio cael fy nghadw ar ôl ysgol. Mae fy ymennydd yn arafu a 'nghlustiau'n cau a'm llygaid yn llonyddu, ac yn hytrach na gweld y stafell dwi ynddi neu'r geiriau dwi'n eu sgrifennu, dwi'n dechrau gweld ffyrdd newydd o ddial ar bawb. Mae rhai o'm syniadau gorau, mwya gwych wedi dod o gael fy nghadw ar ôl ysgol.

Gwnaeth yr un yma i fi sylweddoli bod rhaid i fi wneud rhywbeth gwahanol. Rhywbeth mawr. Bod angen i fi gamu allan o'r blwch 'na mae Mrs Vergara'n sôn amdano o hyd – yr un yn dy ben sy'n gwneud i ti ail-wneud yr un pethau drosodd a throsodd. Roedd angen rhoi cynnig ar rywbeth newydd. Rhywbeth a fyddai *wir* yn fy ngwneud yn destun sgwrs, ac yn gan gwaith gwell na rhoi nadroedd mewn cawl.

Meddwl o'n i am beth allai'r peth mawr fod, wrth sgrifennu *Wna i ddim rhoi nadroedd yng nghawl yr ysgol* am yr hanner canfed tro, pan ddaeth cnoc ar y drws. Daeth pen ac ysgwyddau Mrs Vergara i'r golwg.

'Mr Lancaster, ga i air 'da chi y tu fas am funud?'

'Wrth gwrs,' meddai Mr Lancaster, gan lamu o'i gadair. Ar ôl saethu edrychiad ata i oedd yn fy rhybuddio i beidio â chwarae unrhyw gastiau, dilynodd Mrs Vergara a chau'r drws y tu ôl iddo.

Gan neidio i fyny, sleifiais at y drws i wrando. Meddyliais yn sicr bod Mrs Vergara yn dweud wrth Mr Lancaster am y darlun gwirion er mwyn pentyrru mwy fyth o drwbwl am fy mhen.

Gan wthio 'nghlust yn galed yn erbyn twll y clo, ro'n i fwy neu lai'n medru clywed eu geiriau. 'Y'ch chi'n gweld?' meddai Mrs Vergara. Yna daeth rhywbeth oedd yn swnio fel darnau mawr o bapur yn cael eu sgrwnshio. 'Fe yw'r unig un yn y flwyddyn, a falle'r ysgol gyfan, i ddarlunio yn y steil yma, fel comics *manga*. Ac i wneud cymaint o gymeriadau a stori ar gyfer prosiect syml ar hunaniaeth . . . syfrdanol. Petaen ni'n rhoi cyfle iddo fe, falle y byddai ganddo gyfle da i ennill.'

'Hmmmm . . .' Daeth mwy o synau papur, cyn i Mr Lancaster ddweud, 'Ydyn, mae'r rhain yn dipyn o sioe. Ma fe wastad wedi bod yn un da am ddarlunio.'

Rhoddais fy llygad at dwll y clo. Allwn i weld dim ond jîns glas golau Mrs Vergara.

'Ond dyna chi siom ei fod yn ymddwyn cynddrwg,' aeth Mr Lancaster yn ei flaen. 'Mae'r bachgen yn beryg bywyd. Nadroedd yn y cawl un funud, rhoi cweir i griw Blwyddyn Dau'r funud nesaf. Debyg ei fod yn dinistrio'r dosbarth ar hyn o bryd! Dychmyga petai'n cymryd rhan mewn gwobr gelf genedlaethol! Na, wnaiff hynny 'mo'r tro. Fydde'r crwt yn chwalu enw da'r ysgol – hynny sydd ar ôl ohono, ta beth.'

Gwthiais fy nghlust hyd yn oed yn agosach at dwll y clo. Do'n i ddim yn medru credu eu bod nhw'n siarad amdana i – a fy lluniau!

'Ro'n i'n meddwl,' meddai Mrs Vergara, 'beth am i ni sôn ein bod ni *eisiau* iddo roi cynnig arni, ond bod rhaid iddo fihafio'n gyntaf? Falle y byddai hynny'n ei setlo. Mae ei ddarluniau mor unigryw'n barod. Eithriadol dros ben. Mae'n bosib y byddai'n canolbwyntio wedyn. Rheswm i fynd i'r afael â phethau . . .'

Daeth y sŵn sgrwnshian papur i ben.

'Na,' meddai Mr Lancaster. 'Na, Mrs Vergara. Does dim gobaith i'r bachgen. Siŵr gen i y byddai'n sbwylio'r cyfan ar bwrpas ac arwain atom ni'n cael ein gwahardd o'r gystadleuaeth. Digon drwg ein bod *ni'n* gorfod delio 'da fe. Does dim rheswm i banel gwobrwyo a phlant diniwed eraill ddiodde hefyd.'

'Chi sy'n iawn, mae'n debyg,' meddai Mrs Vergara. 'Am siom. Gwastraff aruthrol o dalent. Ond – ie, chi sy'n iawn, mae'n debyg.'

Yn sydyn, roedd handlen y drws yn cael ei gwthio i lawr. Gan wibio'n ôl i 'nghornel, neidiais i'r sedd a chipio 'mhensil wrth i Mr Lancaster ddod yn ôl i mewn. Edrychodd arna i ac yna dechrau astudio'r stafell yn ofalus fel petai'n gwneud yn siŵr nad oedd y lle ar dân.

'Dewch nawr Brrâââââââân, brysiwch. Ry'n ni'n dau eisiau mynd adre,' meddai, yn gweld bod o leia hanner cant o linellau eto gen i i'w sgrifennu.

Gorfodais fy llaw i sgriblo mor gyflym â phosib, er ei bod yn ysgwyd a'r geiriau'n sigledig dros ben. Roedd fy wyneb yn llosgi. A chyda phob llinell, meddyliais yn galetach ac yn galetach am ba driciau allwn i chwarae oedd yn fwy ac yn waeth nag unrhyw dric arall. Rhywbeth i ddangos i Mr Lancaster a Mrs Vergara, a phawb arall hefyd, yn union gymaint o beryg bywyd o'n i go iawn.

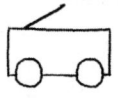

DYN Y TROLI

'Alla i ddim credu bod Mr Lancaster a Mrs Baxter wedi dy ddal,' meddai Katie. Roedd hi'n disgwyl amdana i yn y maes chwarae gyda Wil, fel y byddai'n gwneud bob tro y byddwn yn cael fy nghadw ar ôl yn yr ysgol. 'Maen nhw mor *hen*. Rhaid i ti fod *gyyyyy*maint cyflymach, B – ti'n dechrau arafu!'

Edrychais at y llawr. Gallwn deimlo fy wyneb yn cochi. Bob tro y byddan nhw'n meddwl 'mod i wedi cawlio pethau, dydi Wil a Katie ddim yn medru rhwystro'u hunain rhag mynd 'mlaen am y peth. Bydda i weithiau'n dechrau ymladd â nhw ar adegau fel hyn, ond ro'n i'n gwybod bod Katie'n iawn y tro hwn. Dwi *yn* gyflymach fel arfer.

'Dewch! Awn ni i chwarae hafoc gyda chriw Blwyddyn Tri,' meddai Wil, yn rhoi cynnig ar godi 'nghalon. 'Edrychwch, dyna Felix. Os ydyn ni'n lwcus, falle wneith o wlychu'i drôns fymryn bach!'

Anelodd Wil winc ata i. Mae o wastad yn cynnig ein bod ni'n gwneud pethau fydd yn dychryn pawb o'n cwmpas ni, ac wedi bod yn ffrind i fi ers y diwrnod i ni ddechrau'r ysgol gyda'n gilydd. Welais i o'n fflicio darnau o rwber at bawb cyn dweud celwydd am y peth ac ro'n i'n gwybod yn syth y dylai'r ddau ohonom ni ffurfio tîm. Mae Wil fel fi – wel, mewn ffordd. Tipyn o lwfrgi sy'n hoff o ddweud celwydd, tra 'mod i byth yn gwneud. Yn bennaf am ei fod yn hwyl gweld oedolion yn synnu wrth glywed y gwir.

Ond mae Wil yn foi iawn. Mae'n ddigri, a wastad yn fy helpu i adnabod ffefrynnau athrawon a chrinciau clyfar a broliwyr ac unrhyw un sydd â gormod o bres. Mae o hefyd yn fwy ac yn dalach na fi, felly pan fyddwn ni'n cerdded gyda'n gilydd, mae pawb yn gwybod pwy sy'n dod yn syth. Mae ganddo wallt melyn llachar syth, sy'n sticio i fyny fel gwellt o ben bwgan brain, ac yn gwneud iddo edrych fel gwyddonydd gwallgo. Disgyn dros fy wyneb mae 'ngwallt brown syth i, gan orchuddio fy llygaid fel petai'n rhy ddiog i wneud unrhyw beth arall, felly dwi ddim yn edrych yn arbennig o wallgo fy hun.

'Dos amdani!' mynnodd Katie, gan fy mhwnio â'i phenelin a phwyntio at Felix a'i grŵp o ffrindiau bach. 'Ti'n derbyn yr her?'

Cymerais gip ar Mrs Simpson oedd yn sefyll ychydig gamau i ffwrdd wrth y gatiau, yn sgwrsio ag ambell riant. Mae rhoi cweir i rywun wrth i bawb gychwyn am adre wastad yn beth anodd. Os yw rhiant yn eich dal mae hyd yn oed Mr Lancaster yn mynd i drwbwl, sydd wedyn yn golygu 'mod i'n cael fy nghadw ar ôl ysgol tan iddo ymddeol.

Edrychais i gyfeiriad Katie. Roedd hi'n fy herio i ag un o'i haeliau. Mae Katie wrth ei bodd yn herio pobl â'i haeliau. Ymunodd hi â'r ysgol flwyddyn ddiwetha' ar ôl cael cic allan o ysgol arall, a daeth yn amlwg yn syth i Wil a fi ei bod hi'n ffit perffaith. Daethom yn ffrindiau'n syth ar ôl i fi ei gweld hi'n defnyddio'i haeliau i ddweud wrth Mei-Li a Robert ei bod hi am redeg ar eu holau yr holl ffordd i'r dre nesa os oedden nhw'n meiddio dod yn agos ati. Un dal a chyflym yw Katie, sy'n medru gwneud peth felly'n hawdd. Mae ganddi'r croen mwya gwelw i fi weld yn fy mywyd, gwallt brown syth sy'n edrych fel petai rhywun wedi'i smwddio, a sbectol mawr sgwâr. Fel arfer mae rhywun sy'n gwisgo sbectol yn ffefryn athrawon neu'n grinc clyfar. Ond mae Katie'n wahanol.

'Am be ti'n ddisgwyl?' sibrydodd Katie. 'Ti *yn* arafu!'

Dyna'i gwneud hi. Gwgais arni a chychwyn tuag at fy nharged yn syth. Ond ar yr union adeg i fi gyrraedd, trodd Mrs Simpson tuag ata i. Sylwodd hithau arna i'n syth, felly roedd rhaid i fi redeg heibio i Felix ac allan o'r gatiau ar ras er mwyn gwneud iddi feddwl 'mod i'n hwyr ar gyfer rhywbeth.

'Hen dro! Gormod o oedi!' sgyrnygodd Wil rai eiliadau'n ddiweddarach, wrth i Katie ac yntau ymuno â fi.

Cerddodd y tri ohonom yn ddistaw heibio i'r siop fferins ar gornel y stryd gan anelu tuag at y lôn oedd yn arwain at gatiau'r parc.

Ciciais at ychydig o gerrig mân wrth fy nhraed. Ro'n i isio cicio rhywbeth mwy a chaletach.

'Be sy'n bod arno fo?' sibrydodd Wil yn uchel.

'Ddim yn siŵr,' meddai Katie, a hithau ond yn hanner sibrwd. '*Pwdu* mae'n debyg am ei fod o'n *araf* a wastad yn cael ei ddal.'

Saethais dros y ffordd – rhwng ceir yn canu cyrn – a rhedeg i mewn i'r parc, gan anelu i fyny'r llwybr llwyd tuag at y bryn lle'r oedd y coed derw mwya i gyd. Roedd Wil a Katie yn dal i siarad amdana i. Pan fydden nhw wir isio mynd ar fy nerfau maen nhw'n cymryd arnyn nhw eu bod nhw'n sibrwd amdana i, heb sibrwd o gwbwl.

'Am gollwr gwael,' ffug-sibrydodd Wil.

'Ti'n llygad dy le,' ffug-sibrydodd Katie. 'Nid ein bai *ni* ydi ei fod o'n lwmpyn araf erbyn hyn!'

Trodd fy nwylo'n ddyrnau a dechreuodd copa 'mhen deimlo mor boeth â barbeciw yn llawn cols ffresh. Ro'n i isio trio gwthio Wil a Katie mor galed â phosib er mwyn eu rhwystro rhag dweud unrhyw beth tebyg eto.

Daeth y tri ohonom at dop y bryn lle'r oedd hen fainc o dan y coed derw, a dyna lle oedd o: yr hen ddyn. Ro'n i wedi'i weld droeon o'r blaen, yn eistedd ar y fainc drws nesa i droli'n llawn pentwr uchel o 'nialwch. Gwisgai ei hen gôt arferol; un hir, ddu a chrychlyd oedd yn edrych fel petai wedi'i llusgo o fin sbwriel, ac ar ei ben byddai ei het felen lachar wastad yn ei lle, hyd yn oed yng nghanol haf. A heb wneud yr ymdrech leiaf, cefais y syniad gorau erioed. Un digon athrylithgar ac annisgwyl a syfrdanol i dawelu Wil a Katie unwaith ac am byth!

Rhoddais y gorau i gerdded, a gwnaeth Wil a Katie yr un peth. Edrychodd Wil arna i'n ddi–glem ond roedd aeliau Katie wedi llamu i fyny'n syth fel petaen nhw'n dweud, 'Ia? Be 'di ystyr hyn?'

'Isio tipyn o hwyl?' gofynnais innau.

Nodiodd Wil, â gwên yn ffrwydro ar draws ei wyneb gan wneud iddo edrych fel llwynog barus oedd yn arogli cwt ieir o'i flaen.

'Welwch chi'r hen ddyn 'na?' gofynnais, gan bwyntio tua'r fainc.

'Hen ddyn y troli?' gofynnodd Katie.

'Ry'n ni am ei wneud yn glir bod dim croeso iddo yma.'

'Sut?' sibrydodd Katie, gan bwyso tuag ata i. Gwthiodd ei sbectol i fyny ei thrwyn.

Arhosais am rai eiliadau er mwyn gwneud iddyn nhw ddyfalu, cyn sibrwd yr ateb, 'Dwi am ddwyn ei *het*.'

'Ei het?' gofynnodd Wil.

'Ie. Mae o wastad yn gwisgo'r het afiach, ddrewllyd 'na.'

Gwenodd Katie o'r diwedd, gan ddangos ei bod hi'n meddwl bod fy syniad yn un cŵl.

'Dewch,' dywedais. 'Awê.'

Ar ôl cyrraedd y fainc, gallwn weld bod yr hen ddyn wedi syrthio i gysgu. Roedd ei farf flewog lwyd-ddu'n ymddwyn fel clustog wrth iddo orffwys ar ei frest, a'i het wlanog fudr yn disgyn i un ochr fel het Siôn Corn – ond

yn felyn yn hytrach na choch. Anadlai'n drwm drwy'i
drwyn pinc, wrth i'w fysedd symud bob ychydig eiliadau
mewn hanner maneg – fel petaen nhw'n chwarae cân ar
y piano doedd neb arall yn medru'i chlywed.

'Mae'n cysgu!' sibrydodd Wil, wrth i'r tri ohonom
sefyll o'i flaen.

'Wrth gwrs ei fod o, yr athrylith,' meddai Katie, yn
rowlio'i llygaid. 'Be rŵan?' gofynnodd hithau, gan
edrych draw arna i. Rhoddais fy mysedd wrth fy
'ngwefusau a sleifio o gwmpas y fainc er mwyn sefyll tu
ôl i'r dyn. Pwysais 'mlaen, fy llaw'n hofran dros ei het,
yn barod i'w chipio a rhedeg.

Syllodd Wil a Katie'n ôl. Roedd ceg Wil ar agor, a
llygaid Katie'n disgleirio fel dau bwll dŵr yng ngolau'r
haul.

Mewn chwinciad, cipiais yr het felen o ben yr hen
ddyn a throi, yn barod i redeg. Ond cyn i fi fedru cymryd
un cam, gafaelodd llaw fawr ag ewinedd budron yn fy
ysgwydd.

'A BETH YW YSTYR HYN?' gwaeddodd yr hen
ddyn, gan lamu ar ei draed cyn fy nhynnu'n ôl.

Taflais yr het i gyfeiriad Wil yn gyflym. Llwyddiant!
Gollyngodd yr hen ddyn ei afael arna i a rhedeg tuag ato.
Ond roedd Wil yn rhy gyflym. Daliodd yr het yn hawdd.

'Isio hwn, Hen Frawd?' heriodd Wil, wrth ddal yr het o'i flaen. Estynnodd yr hen ddyn amdani ond ar yr eiliad olaf, taflodd Wil yr het ata i gan chwerthin.

Mewn fflach, taflais innau'r het at Katie, a Katie'n ôl at Wil wedyn. Troellodd yr hen ddyn eto ac eto, heb allu penderfynu pa un o'r tri ohonom i'w ddal gynta. Yna rhoddodd y gorau iddi'n sydyn a syllu'n syth tuag ata i. Syllais innau'n ôl arno, yn syth i'w lygaid bach du oedd â chrychau o'u hamgylch ym mhobman.

'Ti,' meddai, gan bwyntio bys. 'Rho'r het i fi!'

Fflachiais grechwen yn ôl. 'Pam ddyliwn i?' Dechreuais droelli'r het ar flaen fy mys fel pêl fasged fawr wlanog.

Am rai eiliadau dim ond syllu wnaeth yr hen ddyn. Yna, fel mellten, aeth ar ei gwrcwd, a chan neidio'n ôl i fyny, ffliciodd ei arddwrn tuag ata i mewn symudiad chwim. Trawodd rhywbeth caled yn erbyn fy wyneb.

Thoc-thoc-thoc-thoc-thoc!

'Aw!' ebychodd Wil.

'Wff! Rho'r gorau iddi!' gwaeddodd Katie, wrth i'r ddau ddechrau camu i ffwrdd.

Teimlais bigiad poenus ar fy nghoes, ac yna fy wyneb, ac yna trawodd rhywbeth caled yn erbyn cledr fy llaw. Gan gau 'mysedd o amgylch rhywbeth bach miniog, deallais beth oedd yn digwydd. Roedd yr hen ddyn yn taflu cerrig bychain atom ni!

'CERWCH!' ebychodd yn flin, wrth iddo ddatgelu mwy a mwy o fwledi bach o gerrig, fel tric hud. 'NEU DDANGOSA I BE YW BE!'

Dechreuodd Wil a Katie redeg i lawr y bryn mewn cawod o gerrig, gan udo mewn poen wrth fynd.

Gwnes innau 'ngorau i ddal fy nhir, gan afael yn dynn yn yr het.

'DEWCH 'MLAEN,' galwodd yr hen ddyn. Dechreuodd chwerthin wrth i'r cerrig bychain hedfan ata i'n gyflymach nag erioed. Cyn i fi sylweddoli'r peth, ro'n i wedi gollwng yr het.

Dechreuodd gerdded tuag ata i, a sylweddolais yn syth nad oedd 'na unrhyw beth y gallwn i ei wneud. Roedd y dyn yn rhy fawr i fi ei ymladd ar fy mhen fy hun – yn enwedig gan fod arfau ganddo.

'FYDDA I NÔL!' sgrechiais, gan deimlo'n boeth ac yn gandryll ac yn goch wrth redeg i lawr y bryn at lle'r oedd Katie a Wil yn aros amdanaf.

'A FYDDA I'N DISGWYL AMDANAT, Y GWALCH BACH!' sgrechiodd yr hen ddyn yn ôl, wrth i garreg fawr daro cefn fy nghoes.

Wedi i fi ddal i fyny â Katie a Wil dechreuais sylweddoli bod torf o'n cwmpas. Roedd cerddwyr cŵn yn gwylio'n gegagored, neu'n gwgu. Roedd eu cŵn yn syllu i'n cyfeiriad ni hefyd.

'Dewch! Awn ni o 'ma,' llefais, gan gerdded yn gyflym at gatiau'r parc.

Dilynodd Wil a Katie, gan edrych i lawr rhag i neb fedru eu hadnabod.

Ond daliais innau i edrych i fyny. Ro'n i'n medru clywed Wil yn giglo a Katie'n dechrau piffian chwerthin hefyd, a daeth yn glir eu bod nhw'n gwneud hwyl am fy mhen – eto.

'Ar be 'dach *chi'n* chwerthin?' gofynnais, gan deimlo fy wyneb yn llosgi.

'Fo enillodd y ffeit yna,' meddai Wil. 'Er ei fod o MOR hen!'

'Ie,' meddai Katie. 'Ac yn ddigartre. Sôn am embaras.'

'Fi fydd yn ennill yn y diwedd,' atebais, wrth i ni ruthro allan o gatiau'r parc. 'Gewch chi weld.'

'O ia? Sut?' gofynnodd Katie, yn fy herio â'i haeliau eto.

Ond do'n i ddim yn gwybod. Ddim eto.

Wrth y gatiau, trodd Katie a Wil i'r chwith er mwyn mynd tuag adre. Ro'n i'n medru eu clywed nhw'n dal i biffian chwerthin a giglo wrth iddyn nhw ddiflannu i'r pellter. Ar ôl iddyn nhw fynd, edrychais yn ôl dros fy ysgwydd a thrwy'r ffens at ben y bryn. Gallwn weld yr hen ddyn â'i het felen yn ôl ar ei ben, yn cerdded i ffwrdd â'i droli fel petai dim byd wedi digwydd. Fel nad oedd o wedi gwneud ei orau i godi cywilydd arna i o flaen fy ffrindiau. Wnes i addewid distaw yn y fan a'r lle y byddwn i'n dial arno am hyn. Byddai angen mwy na bwledi cerrig i fy rhwystro i.

Y LLADRAD AR BLATFFORM UN

O gyrraedd adre ar ddiwedd diwrnod drwg iawn, bydda i'n dianc i chwarae gemau cyfrifiadur ar fy mhen fy hun. Ond y prynhawn hwn, nid felly roedd pethau i fod. Yr eiliad y cerddais drwy'r drws, a chyn cael cyfle i wneud dim byd, dechreuodd fy nheulu weiddi arna i fel taswn i'n ddihiryn.

'BRÂÂÂÂÂÂÂN! WYT TI ADRE? *PAM* WYT TI MOR HWYR?'

'DIM SYNIAD!' gwaeddais yn ôl, gan gau'r drws ffrynt yn glep y tu ôl i fi. Ciciais fy esgidiau i ffwrdd ac ro'n i ar fin rhedeg i fy stafell pan ychwanegodd y llais, 'Mae dy frawd wedi gwneud rhywbeth i ti, felly beth am ddod i weld?'

Do'n i ddim isio gwneud – ro'n i isio mynd i ddechrau cynllunio sut i ddial ar yr hen ddyn yn y parc, ond ro'n i'n gwybod y byddai Lisa'n debyg o 'nilyn i fyny'r grisiau taswn i ddim yn mynd i'r gegin i ddarganfod pam ei bod hi'n gweiddi.

Lisa yw gwarchodwr fy mrawd bach ond mae hi wastad yn gweld bai arna i hefyd, felly mae'n teimlo fel petai 'na athro annifyr yn y tŷ o hyd. Lestari yw ei henw go iawn, ond gan fod Beli yn ei galw hi'n Lisa, mae pawb arall yn gwneud hefyd. Dwi'n gwneud fy ngorau i aros allan o'r ffordd gymaint â phosib. Adre, dwi'n cadw draw o ffordd *pawb* gymaint â phosib. Mae'n haws fel'na.

'Be?' gofynnais, gan wthio drws y gegin ar agor. Roedd Lisa a Blod, fy chwaer, yn sefyll wrth gownter y gegin o flaen platiad enfawr o frechdanau caws wedi tostio, a 'mrawd bach yn eistedd ar ei stôl yn peintio. Â gliter. Eto.

Beli ydi enw 'mrawd. Dwi'n teimlo drosto, am 'mod i'n gwybod yn iawn y bydd o'n cael cweir am hynny yn yr ysgol. Pwy fyddai ddim isio rhoi cweir i blentyn o'r enw Beli? Mae'n enw gwirion dros ben, yn enwedig i hogyn pedair oed sy'n gwneud dim ond gadael llwybr o gliter tu ôl iddo ym mhobman. Mae hynny'n cynnwys ar focsys grawnfwyd ac ar sedd y toilet. Y broblem yw bod Mam a Dad yn hoff o hanes a chwedlau Cymru, yn llawn cymeriadau twp yn gwneud pethau dibwys. Felly fe benderfynon nhw ein cosbi ni, eu plant eu hunain, gydag enwau o'u hoff chwedlau.

Mae Beli a fi wedi ein henwi ar ôl brenhinoedd a fy chwaer, Blodeuwedd, wedi'i henwi ar ôl merch oedd mor brydferth fel ei bod hi wedi achosi ffrae anferth rhwng ffrindiau. Yr unig beth all fy chwaer achosi â'i hwyneb smotiog *hi* yw damwain car. Dim hi fyddai'r ferch brydfertha yn unman. Dim hyd yn oed mewn stafell ar ei phen ei hun. Arweinydd enwog oedd Beli, fyddai byth wedi gwthio Lego i fyny'i drwyn na threulio'i amser yn llyfu dwylo pobl eraill. A fydda i fyth yn gawr, hyd yn oed ag enw fel Brân. Doedd dim gobaith i'r un ohonom ni, debyg iawn.

'Sbia, Bân! Sbia!' galwodd Beli, yn gafael mewn llun anobeithiol. Doedd gen i ddim syniad be oedd y llun i fod, hyd yn oed.

'Be ydi hwn?' gofynnais, gan obeithio y byddai'n dechrau dweud fy enw'n gywir yn fuan. Roedd yn gwneud i fi swnio'n wirion bost.

'Ti!' esboniodd Lisa, fel petai'n syrpréis penigamp. 'Gwych, on'd yw e?'

Edrychais i lawr ar Beli â'i gyrls brown, ei fochau tew a'i lygaid mawr tywyll, a thrio deall sut allai fod mor hapus drwy'r amser. Roedd yn beth rhyfedd nad oedd o byth yn crio – dim hyd yn oed pan fyddwn i'n ei wthio'n annifyr ac yntau wedyn yn disgyn ar ei ben-ôl. Yn hytrach na snwffian neu achwyn amdana i, mae o wastad yn edrych arna i fel petai'n trio cofio beth ddigwyddodd, ac yna'n neidio'n syth ar ei draed.

'Pam bod dy drowsus mor fudr?' gofynnodd Blod, yn edrych arna i â llygaid cul wrth grafu ploryn eithriadol o binc. 'Rhoi cweir i blentyn arall wnest ti?'

Tair ar ddeg yw Blod. Mae hynny'n golygu mai tair mlynedd yn hŷn na fi ydi hi, ond mae hi'n dal i drio bod yn fòs arna i o hyd. Yn ymddwyn fel Mam, felly dwi'n ei hatgoffa nad yw hynny'n wir, ac felly bod dim hawl ganddi fy ngorfodi i wneud unrhyw beth. Fel arfer dim ond i fi ei galw'n Mrs Ploryn i'w hypsetio, bydd hi'n gadael llonydd i fi. Neu Dymbo, achos ei chlustiau anferth. Mae'n ffefryn mawr gan yr athrawon yn ei hysgol uwchradd, felly mae Mam a Dad wastad yn swnian bod angen i fi ymddwyn yn debycach iddi hi. Ond byddai'n well gen i yfed jwg fawr yn llawn mwd gwlyb na bod felly, ac mae hi'n gwybod hynny'n iawn.

Gan edrych i lawr ar goesau 'nhrowsus, sylweddolais bod y cerrig gafodd eu taflu ata i gan yr hen ddyn wedi gadael marciau bach gwyn budr ym mhobman. Es ati'n syth i gael gwared arnyn nhw.

'Lisa, sbia! Trowsus Brân. Golwg arnyn nhw! Rhoddodd o gweir i rywun yn SICR!'

'Cau dy geg!' cyfarthais, gan frwsio'n galetach.

Plygodd Lisa a chydio yng nghoes fy nhrowsus, gan ei harchwilio'n agos fel ditectif oedd wedi colli'i sbectol. Tynnais fy nghoes oddi wrthi.

'Mae hi'n iawn!' meddai Lisa, yn ysgwyd ei phen a thwt-twtian. 'Brrrrâân! Crasfa ARALL? Beth fydd gan dy fam a dy dad i'w ddweud, tybed?'

Gwgais, gan feddwl na allai'r diwrnod hwn fynd yn waeth. 'Fyddan nhw'n gwybod dim am hyn,' mwmiais.

Y peth gorau am fy nheulu i ydi'r ffaith nad yw Mam a Dad byth yma. Maen nhw wastad yn gweithio neu'n mynd i bartïon yn llawn pobl sy'n meddwl eu bod nhw'n glyfar ac yn achub y byd drwy bigo bwyta bwydydd crand â'u bysedd – ar blatiau bychain, a thua cant ohonyn nhw gyda'i gilydd yn gwneud un pryd call. Mae Mam yn gweithio i elusen sy'n trio helpu'r amgylchedd, felly mae hi wastad ar y newyddion yn gorfodi pobl enwog i wneud pethau. Unwaith llwyddodd i gyfarfod â Brenin Norwy a gwneud i rai o'r fyddin wisgo fel gwenyn mawr er mwyn dangos i bawb pa mor bwysig oedd gwenyn i'r blaned, a thro arall aeth ar orymdaith gyda llwyth o gantorion enwog i achub coedwig cyn i bob un ohonyn nhw gael eu harestio. Mae 'na gymaint o gywilydd gen i, dwi'n smalio nad ydi hi'n gwneud unrhyw beth o'r fath – er 'mod i'n reit sicr bod pawb yn yr ysgol yn gwybod.

Mae Dad yn gwneud ffilmiau dogfen am 'yr holl eneidiau mae'r byd wedi'u hanghofio', yn ei eiriau o. Mae'n dilyn pobl sy'n dianc rhag gangiau neu sy'n cael eu cicio allan o'u cartrefi gan y llywodraeth ac yn adrodd eu hanes, felly mae o wastad yn teithio hefyd. Roedd o'n gweithio ar ei ffilm ddiweddara yn San Francisco wythnos yn ôl, a bellach mae o yn Amsterdam, tra bod Mam rhywle yn yr Alban yn mynd ati i droi castell yn fferm löynnod byw.

Tan yn ddiweddar, ro'n ni'n cael mynd gyda nhw pan oedden nhw'n gweithio yn rhywle braf, ond wedi i fi ddod yn agos at roi stafell westy ar dân – yn ddamweiniol! – chafodd yr un ohonon ni fynd eto. A hyd yn oed pan fyddan nhw adre, maen nhw mor brysur fel nad ydyn nhw prin yn sylwi arnon ni. Ro'n nhw'n gweithio dramor Ddydd Nadolig diwetha gan anghofio rhoi galwad ffôn i ni. Ro'n nhw'n teimlo mor euog am hynny ar ôl cyrraedd adre, cefais i bob un gêm ar fy rhestr anrhegion, cafodd Blod y cyfrifiadur newydd roedd hi ei angen ar gyfer yr ysgol, a chafodd Beli ddigon o gliter i beintio o leia tri tŷ cyfan.

Felly mae Lisa yma i ofalu amdanon ni yn hytrach na Mam a Dad. A phetawn i'n medru gwneud iddi hi a Blod anghofio am y sgrap, fyddai Mam a Dad yn gwybod dim.

Yna, dechreuodd y teledu bach ar gownter y gegin ddangos hysbyseb yn cynnwys hoff gân fy chwaer. Rhedodd Blod draw i wylio, a dechreuodd Beli lyfu llaw Lisa fel lolipop newydd sbon, a gwneud iddi ffysian drosto'n syth. Gwenais, gan wybod yn iawn na fyddai Mam a Dad yn dod i wybod unrhyw beth am fy nhrowsus.

Rhoddodd fy stumog gic, gan fy atgoffa 'mod i'n llwglyd. Cipiais yr holl frechdanau caws wedi'u tostio ac anelu am yr oergell i gael diod. Roedd chwarae gemau wastad yn teimlo'n well gyda brechdanau wedi tostio a llond gwydr o swigod.

'Beli! Ai ti yw'r van Gogh newydd, tybed?' gofynnodd Lisa, gan gusanu Beli'n addfwyn ar dop ei ben wrth iddo sgriblo llun gwyllt arall oedd ddim yn edrych fel unrhyw beth oedd yn bodoli go iawn.

'Gobeithio ddim,' rhochiais, 'neu fydd *o*'n marw heb geiniog hefyd.'

'Paid ti â gwrando arno, Beli,' meddai Lisa, wrth i hwnnw grychu'i dalcen. 'Tybed wnei di orffen dy ddarlun tra bod Anti Lisa'n pacio bocs bwyd ar gyfer siwrne fawr dy chwaer fory?'

'Does dim angen bocs bwyd arna i bellach, Lisa,' meddai Blod, yn troi'n ôl o'r set deledu. 'Mae'r llwybr llyfrau wedi'i ganslo.'

'Be di chwybr chyfra?' gofynnodd Beli, gan droi cylchoedd gliter â'i fys dros y llun ohona i.

'Nid chwybr,' meddai Blod. 'Llwybr, Beli. Llwybr llyfrau. Rwyt ti'n mynd i lefydd sy'n ymddangos mewn straeon gan awduron enwog ac yn dysgu amdanyn nhw ac yn eu marcio ar fap arbennig er mwyn cael gwobr ar y diwedd.'

'Dwi isio gwobr,' datganodd Beli.

'A fi,' meddai Blod. 'Ond allwn ni ddim mynd rŵan achos y lladrad!'

'Pa ladrad?' gofynnodd Lisa, wrth i fi gipio fy hoff ddiod ac agor y rhewgell ar led yn chwilio am hufen iâ.

'Welsoch chi 'mo'r newyddion? Lleidr wedi dwyn Paddington yr Arth neithiwr, o'r platffform yng Ngorsaf Paddington! A dyna lle'r oedden ni i fod i fynd gynta.'

'O NA!' ebychodd Lisa, mor ddig â phetai hi wedi gwneud y cerflun ei hun.

Nodiodd Blod a throelli ar ei stôl. 'Do! Soniodd Mr Wilson bod y lleidr wedi mynd mor bell â dwyn yr arwydd gwyrdd oedd yn sôn am y dyn ysgrifennodd *Paddington Bear*, a'r arwydd "Platffform 1" hefyd, ac wedi paentio symbolau cudd dros y wal yn ei le.'

'Symbolau?' gofynnodd Lisa.

'Rhai cudd sy'n cael eu defnyddio gan y digartre, medden nhw. Doedd yr un o'r camerâu wedi dal y lleidr. Mae tad Cerys yn yr heddlu felly mae'n gwybod yr hanes i gyd. Soniodd o y byddai'r cerflun yn cael ei werthu am *filiynau* o bunnoedd ar y farchnad dywyll, gan mai dim ond tri o'r cerfluniau hynny sy'n bodoli drwy'r byd, a dyna un ohonyn nhw. Mae'r heddlu'n meddwl bod cerfluniau eraill mewn perygl 'fyd. Felly mae angen canslo'r llwybr llyfrau am y tro. Allwn ni ddim gweld troli Harry Potter yn King's Cross, hyd yn oed.'

'Dyna wirion,' meddai Lisa, wrth wneud ei gorau i rwystro Beli rhag sticio tri beiro i'w drwyn. 'Pwy fyddai'n dwyn hanner troli? Tybed fydde unrhyw un yn medru'i defnyddio, Beli?' ychwanegodd hithau, gan anelu winc ato.

Cododd Blod ei hysgwyddau. Roedd hi ar fin dweud rhywbeth arall, ond dechreuodd estyn am frechdan, a gweld bod y cyfan wedi diflannu.

Saethais at ddrws y gegin, fy mreichiau'n gwegian dan bwysau'r holl fwyd.

'Lisa! Mae *o* wedi dwyn yr holl frechdanau!' cwynodd Blod.

'Brrrrrrrrâââân! Mae digon i bawb, i fod. Rho ddwy 'nôl, os gweli di'n dda.'

Llyfais yr holl frechdanau cyn i unrhyw un fedru ymateb.

'Ych-a-fi! Oes rhaid i ti fod mor FFIAIDD?' llefodd Blod, wrth i Beli biffian chwerthin. Llyfais y brechdanau eto, gan wneud iddo biffian fwy fyth.

Crensiodd Blod ei hwyneb yn un stwnsh mawr o blorod. Gwenais wrth ddisgwyl. Ychydig o eiliadau eto a byddai hi'n ffrwydro – fel peipen ddŵr yn byrstio.

Gwibiodd Lisa at y tun bara a llefain, 'Dwi'n gwneud mwy y FUNUD 'ma – dy hoff rai, Blod. Paid poeni amdano *fe*!'

Gan chwerthin, ciciais ddrws y gegin ar agor a rhedeg i fyny'r grisiau.

Ar ôl cau drws fy stafell a throi'r cyfrifiadur 'mlaen, llowciais y frechdan gyfan wrth i'r sgrin ddod yn fyw. Ro'n i ar bigau am gael concro bydysawd newydd sbon. Roedd y gyfres *Arwr a Choncwerwr* yn sicr ymysg y gemau gorau yn y byd erioed. Mae trio cipio tiroedd ac arfau a bydysawdau pobl eraill a'u rheoli nhw a dal gafael arnyn nhw'n her ond yn hwyl ar yr un pryd. A'r brwydrau ydi'r rhai mwya cyffrous erioed achos bod 'na gymaint o fydysawdau a chymaint o elynion gwahanol ynddyn nhw.

Dim ond pedwar concwest mawr sy 'na tan i fi orffen lefel ola Bydysawd Pedwar a dod yn bencampwr y concwerwyr. Does neb yn yr ysgol wedi gwneud hynny eto. Dim hyd yn oed yn yr ysgol uwchradd.

Wrth ddisgwyl i'r gêm lwytho, meddyliais am stori Blod – am y lleidr lwyddodd i ddwyn cerflun cyfan heb i unrhyw un weld – ac am jôc Lisa am yr hanner troli yn King's Cross.

Ac yna, wrth i sgrin fy nghyfrifiadur ddod yn fyw, daeth y syniad! Ro'n i'n gwybod yn union sut i ddial ar yr hen ddyn yn y parc. Roedd y lleidr yn ysbrydoliaeth i fi! Fyddwn i'n gwneud i rywbeth ddiflannu heb i unrhyw un wybod mai fi wnaeth, yn *union* fel nhw. Wedi'r cyfan, os oedd Mr Lancaster yn iawn 'mod i'n beryg bywyd, ro'n i'n benderfynol o gyrraedd y brig.

TROLI AR FFO

Roedd hi'n boeth ac yn heulog eithriadol y bore wedyn, oedd yn gwneud i'r maes chwarae concrit deimlo fel anialwch llachar o graig, ac yn gwneud i 'nghoesau lusgo y tu ôl i fi.

Daeth Wil i 'nghyfarfod yn y lle arferol, ond roedd yn dawelach nag arfer. Ro'n i'n gwybod ei fod yn fy meio i am achosi i hen ddyn y troli redeg ar ein holau allan o'r parc. Debyg bod Katie'n meddwl yr un peth yn union, felly roedd yn dda bod gen i gynllun yn ffrwtian a fyddai'n sioc fawr i'r ddau ohonyn nhw! Ro'n i isio sôn wrth y ddau ar unwaith, ond gan fod Katie bob amser yn hwyr i'r ysgol, roedd rhaid disgwyl tan amser egwyl.

Wrth i ni sefyll yn erbyn ein rhan ni o wal yr ysgol yn disgwyl i'r gloch gynta ganu, ciciodd Wil at rywbeth anweledig ar lawr a dweud, 'Felly . . . glywist ti am y lladrad 'na neithiwr?'

'Do,' atebais, yn falch mai fo siaradodd gynta. 'Ond dim ond cerflun o arth dwp mewn llyfr plant ydi o. Be 'di'r broblem?'

'Nid hwnnw,' meddai Wil, yn ysgwyd ei ben. 'Y cerflun o Paddington oedd y lladrad *cynta*. Roedd 'na *ail* ladrad neithiwr. Rhyw gerflun o angel o'r siop grand 'na yn y dre sy'n gwerthu oergelloedd.'

'Oergelloedd?' gofynnais, yn gwylio Randy'n trio cuddio y tu ôl i'w dad wrth iddo gerdded trwy gatiau'r ysgol. Roedd Randy'n un o'n cwsmeriaid ffyddlon a byddai wastad yn rhoi fferins i ni'n dâl er mwyn gadael llonydd iddo. Syllais arno'n hir er mwyn dangos 'mod i wedi'i weld a'i fod o bellach am orfod talu tri bar ychwanegol o siocled am drio cuddio.

'Ia. Ti'n gwybod, Sel-Fridges. Mae 'na gerflun mawr o frenhines o flaen eu siop nhw – brenhines ag adenydd. Ac roedd hi'n cario angel bychan bach. Dyna be gafodd ei ddwyn. Dydi Mam ddim 'di stopio sôn am y peth. Mae hi'n dweud y bydd y siopau mawr i gyd yn ofni rŵan achos bod cerfluniau gan lwythi ohonyn nhw,' meddai Wil. Dim ond hanner gwrando o'n i bellach. Ro'n i'n gwylio Randy'n gwneud ei orau i ddiflannu rhwng coesau ei dad.

'A ddwedodd Mam bod y lleidr wedi gadael rhyw fath o farc mewn paent melyn hefyd. Fel petai e'n rhoi gwybod i bawb bod y peth wedi digwydd go iawn. Mae o mor cŵl . . . *ac* mae'r cerflun wedi'i wneud o aur pur. Taswn i yn ei le o, fyddwn i'n torri'r peth yn ddarnau bach a'u gwerthu i gyd a phrynu tua hanner cant o geir a'u rasio nhw drwy'r dydd. Hei, be 'di hwnna?'

Edrychais i lawr at fy mag a gweld cornel o fwgwd lleidr Beli'n sticio allan.

'Dim byd,' atebais, gan wthio hwnnw a'r hwdi du oedd wedi'i stwffio dros fy llyfrau'n ôl i waelodion y bag. Gan gau'r bag yn gyflym cyn i Wil gael cyfle i ofyn unrhyw beth arall, dywedais, 'Yli, dyna Lavinia. Dwi'n siŵr bod arni arian poced i ni.'

Nodiodd Wil, gan ddilyn fy llygaid at y ferch dal a thenau a fyddai wedi medru cuddio y tu ôl i bostyn lamp – gan wneud hynny ar yr union adeg pan fydden ni'n dod amdani. Yr eiliad y gwelodd Wil hi, gafaelodd y ddau ohonom yn ein bagiau a rhedeg ar ei hôl tan iddi fynd ati i guddio y tu ôl i fin sbwriel. Ond cyn i ni fedru cipio unrhyw beth oddi wrthi, dechreuodd y gloch ganu, gan wneud i bawb roi'r gorau i bopeth a rhedeg am y drysau.

'Hei, B,' meddai Wil, wrth i ni ddisgwyl y tu ôl i bawb fel mai ni oedd yr ola i mewn i'r ysgol. 'Ydyn ni am ddial ar ddyn y troli heddiw? Amser cinio, be am i ni gasglu gweddillion bwyd oddi ar blatiau pawb er mwyn eu taflu ato?'

'Mae gen i syniad gwell,' dywedais, yn ysgwyd fy mhen. 'Gei di weld.'

Ar ôl cyrraedd y dosbarth, eisteddodd Wil wrth ei ddesg ar ochr arall y stafell, ac eisteddais innau wrth fy nesg innau. Dydi Mrs Vergara byth yn gadael i Wil a Katie a fi eistedd gyda'n gilydd. Dyna pam bod rhaid i fi eistedd wrth ymyl Rajesh – sy'n fy ofni gymaint fel nad ydi'n gwneud dim ond syllu ata i â'i lygaid soseri mawr – a'r tu ôl i Mei-Li, sy'n mynd ar fy nerfau bob tro mae'n fflicio ei gwallt.

'Iawn 'te bawb! Gwaith cartre o'ch blaenau!' meddai Mrs Vergara, yn clapio'i dwylo. Gallwn weld Mei-Li'n rhwygo'i bag ar agor ac yn estyn am ei llyfr gwaith cartre. Roedd llyfr Mei-Li wedi'i orchuddio â papur lapio sgleiniog perffaith a llawysgrifen berffaith a sticeri perffaith, gan wneud iddo ddisgleirio fel tlws mawr sgwâr yng ngoleuadau'r dosbarth, a'r cyfan yn gwneud i fi fod isio tynnu'i gwallt yn galetach nag arfer.

Thrafferthais i ddim agor fy mag, achos doedd dim pwynt. Doedd gen i ddim gwaith cartre i'w gyflwyno. Ar ben hynny, roedd gen i fasg lleidr a hwdi yn y bag ac ro'n i isio'u cadw'n gyfrinach.

'Brââââân?' gofynnodd Mrs Vergara, gan sefyll o 'mlaen i â llaw agored, yn disgwyl i fi roi rhywbeth ynddi.

Trodd yr holl ddosbarth i syllu arna i, wnaeth i fi wenu'n hurt.

'Dy waith cartre os gweli di'n dda. Ble mae e?' gofynnodd Mrs Vergara.

Codais fy ysgwyddau. 'Cath 'di fwyta o,' atebais. Gallwn glywed Wil yn piffian chwerthin o ochr arall y dosbarth. Ond roedd o wedi bod yn llwfrgi a chyflwyno rhywbeth. Ro'n i wedi'i weld yn gwneud.

'Wir?' gofynnodd Mrs Vergara, gan droi'i phen a'i llaw i un ochr. 'Y gath wedi bwyta dy waith cartre *eto*? Mae'r peth bach wrth ei bodd ag unrhyw waith ar y Tuduriaid, on'd yw hi?'

'Ydy, Miss,' atebais. 'Ella'i bod hi'n meddwl mai *tiwna* yw pwnc y gwaith. Nid y Tuduriaid.'

O rywle y tu ôl i fi, gallwn glywed Katie yn dechrau chwerthin, oedd yn golygu'i bod hi wedi medru sleifio i mewn heb gael ei dal, diolch i fi.

Cochodd wyneb Mrs Vergara. 'Ar dy draed,' meddai. 'Rwyt ti'n gwybod beth i'w wneud, felly i ffwrdd â thi! Does gen i ddim amynedd i ddelio â hyn heddiw.'

Ro'n i *yn* gwybod beth i'w wneud, felly codais a gafael yn fy mag cyn anelu at y drws. Draw wedyn ac eistedd y tu allan i swyddfa Mr Lancaster tan iddo gael amser i weld bai arna i, ac wedyn mynd yn ôl i'r dosbarth er mwyn i Mrs Vergara weld bai arna i am golli llwyth o wersi, er mai hi oedd gyfrifol am hynny i ddechrau. Dyma beth dwi wedi bod yn ei wneud ers diwrnod cynta'r ysgol. Dwi ddim yn meindio'r peth a dweud y gwir, gan 'mod i'n cael colli gwersi a gwylio pawb arall yn pasio i fyny ac i lawr y coridorau. Ac weithiau, os ydi Mr Lancaster yn brysur a'i ysgrifennydd, Mr Ferguson, ddim o gwmpas, dwi hyd yn oed yn cael dychryn ambell blentyn hefyd. Un tro llwyddais i gipio tri bar o siocled wrth wneud dim ond eistedd tu allan i swyddfa Mr Lancaster.

Ond heddiw, yn hytrach na gwylio'r coridorau i weld pwy allwn i boenydio, penderfynais ddefnyddio'r amser i wneud rhywbeth arall. Wrth eistedd y tu allan i'r brif swyddfa, tynnais fy llyfr gwaith cartref hanner gwag allan, a chan droi i'r cefn, dechreuais wneud ambell gartŵn. Dyma oedd fy nghynllun er mwyn dial ar hen ddyn y troli.

Ar ôl gwneud cynllun tri stribed cartŵn, disgwyliais er mwyn cael gorffen y dril arferol. Ond gwnaeth Mr Lancaster i fi aros mor hir, collais amser egwyl, ac am wn i mai'r unig reswm ges i fy rhyddhau cyn amser cinio oedd bod llwgu plant ysgol – hyd yn oed fi – yn erbyn y gyfraith.

Llwyddais i ddod o hyd i Wil a Katie yn y ffreutur, gan esbonio 'nghynllun yn llawn.

'Cŵl!' meddai Katie. 'Bydd yr hen ddyn yn ei ddagrau!'

'Bydd!' meddai Wil. 'Mor cŵl!'

'Ti'n *siŵr* dy fod ti'n medru rhedeg yn ddigon cyflym?' gofynnodd Katie. 'Yn gyflym *dros ben*? Achos os na, ac os fydd o'n dy ddal di, fyddi di mewn gyyyymaint o drwbwl. Mwgwd neu beidio.' Pwysodd yn ei blaen a syllu'n galed arna i drwy'i sbectol fel dau bysgodyn aur unllygeidiog yn edrych drwy eu powlenni.

'Ga i 'mo 'nal,' atebais yn flin. 'Gewch chi weld!'

Ro'n i wedi digio gormod i fwyta'r un o'r sleisys ychwanegol o bitsa roedd Katie wedi'u dwyn o'r byrddau eraill. Ro'n i ar dân i gael dangos i Katie a Wil 'mod i'n gyflymach ac yn glyfrach na fydden nhw byth! Byddwn i'n rhoi gwers go iawn iddyn nhw. Ac i bawb! Do'n i ddim isio cael fy nghadw ar ôl ysgol a cholli'r holl hwyl, felly drwy'r prynhawn yn y dosbarth, eisteddais ar fy nwylo a disgwyl i gloch ola'r dydd ganu.

Ar ôl i Mrs Vergara ofyn o leia dri chant a dau ddeg pedwar o gwestiynau i bawb am bethau oedd ddim o bwys i unrhyw un, canodd y gloch o'r diwedd a chyhoeddodd hithau ei bod hi'n bryd mynd adre. Neidiais ar fy nhraed cyn pawb, gan weiddi 'Dewch!' ar Wil a Katie wrth redeg allan o'r drws ac i lawr y coridor hanner gwag. Dim ond dechrau gwagio oedd yr holl stafelloedd dosbarth. Fel arfer ro'n i wrth fy modd yn gwthio a tharo pobl wrth basio, ond ro'n i ar ormod o ras heddiw.

Roedd Katie a Wil yn dynn wrth fy sodlau wrth i ni wneud ein ffordd ar draws y maes chwarae, drwy gatiau'r ysgol a chroesi'r ffordd fawr. Arafodd y tri ohonom wrth gyrraedd gatiau gwyrdd tal y parc.

'Byddwch yn ofalus,' rhybuddiais, gan ollwng fy mag ar lawr a thynnu hwdi a mwgwd Beli allan. Yn frysiog, gwisgais yr hwdi a gosod band elastig y mwgwd lleidr dros fy mhen, gan sicrhau bod y tyllau llygaid yn y lle perffaith. Yn olaf, tynnais y cwfl dros fy mhen, yn union fel yn fy stribedi cartŵn.

'Ti'n edrych yn cŵl!' meddai Wil. 'Fel Zorro . . . ond mewn hwdi.'

Ddywedodd Katie ddim gair ond ro'n i'n medru dweud ei bod hi'n meddwl 'mod i'n edrych yn cŵl hefyd.

Rhoddais y bag yn ôl ar fy nghefn a chrechwenu ar Katie a Wil, a'r ddau ohonyn nhw'n crechwenu'n ôl. Gallwn ddweud bod y tri ohonom yn gyffro i gyd.

'Awn ni drwy'r parc i chwilio amdano,' dywedais, wrth i ni ddechrau cerdded at y coed derw ac at fainc yr hen ddyn. 'Arhoswch yn y blaen fel bod neb yn fy ngweld.'

'Lle mae o?' gofynnodd Wil yn ansicr wrth i ni gyrraedd hanner ffordd i fyny'r bryn.

Edrychais o 'nghwmpas. Roedd troli'r hen ddyn wedi'i pharcio yn y lle arferol wrth ymyl y fainc. Ond doedd dim sôn am yr hen ddyn yn unman.

Gwenais yn llydan o dan y mwgwd. Roedd hyn am wneud fy nghynllun yn gymaint haws! Nid yn unig bod yr hen ddyn wedi mynd a gadael ei droli ar ôl, ond doedd neb arall yn y parc chwaith. Dim un ci annifyr hyd yn oed! Roedd popeth yn mynd yn iawn i fi. O'r diwedd.

'Arhoswch fan hyn,' gorchmynnais i'r ddau, yn siŵr na allai dim amharu arna i. Gan dynnu'r hwdi'n

47

dynnach am fy wyneb, rhedais mor gyflym â phosib i fyny'r bryn at y troli a gafael ynddi. Gan rwgnach, gwthiais y troli ar y llwybr hir a throellog oedd yn arwain i lawr ochr arall y bryn ac yn ddyfnach i ganol y parc. Gwnes fy ngorau i frysio. Ond roedd y troli'n gymaint trymach na'r disgwyl, a'r olwynion mor hen a sigledig fel eu bod nhw mewn peryg o ddisgyn i ffwrdd ar unrhyw adeg.

'Hei! Be wyt ti'n wneud?'

Edrychais dros fy ysgwydd a gweld yr hen ddyn yn rhedeg tuag ata i o'r coed y tu ôl i'r fainc. Roedd yn cario bag brown wedi'i sgrwnshio mewn un llaw a brechdan ar ei hanner yn y llall, a briwsion gwyn yn disgyn o'i farf fel cenllysg gwlanog.

Llamodd fy stumog fel petai wedi penderfynu mynd am naid *bungee* hebdda i. Cyflymais fy ngham, gan orfodi'r troli ar hyd y llwybr. Gan gydio'n dynn yn y bar gafael, ro'n i'n gwneud fy ngorau i'w lywio at y coed, ond dechreuodd droi a chorddi, fel petai ganddi ei meddwl ei hun.

Roedd yr hen ddyn yn dal i redeg y tu ôl i fi ac yn gweiddi'n uwch ac yn uwch, ond ro'n i'n gwybod 'mod i'n gyflymach. Dim ond gollwng fy ngafael o'r troli a rhuthro at gatiau'r parc oedd isio i fi wneud. Ond dim ots faint ro'n i'n trio perswadio fy hun i wneud hynny, do'n i ddim yn medru agor fy mysedd. Roedd y troli'n fy nhynnu i ar ei hôl bellach, yn hytrach na fi'n ei gwthio hi, a dechreuais deimlo 'nghoesau'n baglu a chrafu'n erbyn y llawr. Taflais fy nghoesau i'r awyr a cheisio'u gosod ar ben yr olwynion – ond do'n nhw ddim yn ddigon llydan. Ac yn sydyn daeth dynes â chi i ganol y llwybr . . . a dyn â choetsh babi . . . a phlentyn â'i bêl!

Ceisiais sgrechian 'SYMUDWCH!' arnyn nhw, ond yr unig eiriau oedd yn dod allan o 'ngheg oedd ' C L I R I W W W W W W W W W W W ! C L I R I W W W W W W W W W ! CLIRIWWWWWWWWWW!'

'HEI!' llefodd y ddynes â'r ci.

'GOFALUS!' gwaeddodd y dyn â'r goetsh babi.

'Waa!' meddai'r plentyn, gan daflu'i bêl i'r awyr a llamu o'r ffordd.

'CLIRIWWWWWWWWWW!' sgrechiais, wrth i'r troli ruo allan o reolaeth i lawr y bryn. Llithrodd fy nghhwfl oddi ar fy mhen, ac wrth i fi geisio'i dynnu i fyny â fy llaw chwith, disgynnodd fy llaw dde oddi ar y troli. Cyn i fi ddeall beth oedd yn digwydd, roedd y troli wedi dianc a finnau'n fflat ar lawr.

Saethodd y troli i ffwrdd fel bwled arian fawr gan sgrialu ac adlamu ac ysgwyd a rowlio'r holl ffordd i lawr at droed y bryn. Codais ar fy nhraed a gwylio'n gegagored wrth i olwynion y troli ddilyn tro'r llwybr ac anelu'n syth at y llyn.

'Fy nhroli! Help, unrhyw un!' llefodd yr hen ddyn, wrth iddo ruthro ar draws y glaswellt a rhedeg heibio i fi, i lawr y bryn, er mwyn ceisio'i dal.

Ond roedd y troli'n rhy gyflym a phawb â gormod o ofn, ac fel petai wedi tyfu adenydd anweledig, hedfanodd y troli drwy'r awyr. Ychydig o eiliadau'n ddiweddarach . . .

SBLASH.

Glaniodd y troli reit yng nghanol y llyn.

Sythais fy nghefn, gan wylio wrth i'r troli suddo'n ddyfnach ac yn ddyfnach i'r dŵr, gyda phapurau newydd a bagiau plastig yn arnofio ac yn ysgwyd i fyny ac i lawr fel darnau enfawr o fara llachar oedd wedi'u taflu i'r llyn er mwyn denu sylw hwyden fawr, anweledig. Wrth iddi ddiflannu'n llwyr, daeth yr hen ddyn at ochr y llyn a baglu cyn dod i stop. Roedd ei freichiau o'i flaen, fel petai'n meddwl am eiliad y byddai'n medru dal y troli rywsut. Yna gollyngodd ei freichiau unwaith eto. Disgwyliais iddo ddechrau gweiddi a sgrechian. Ond nid dyna ddigwyddodd. Yn hytrach, tynnodd ei het felen oddi ar ei ben wrth i'w ysgwyddau ddechrau crynu. Dyna sut ro'n i'n gwybod ei fod yn llefain.

'Sut elli di *wneud* hynny?' gofynnodd llais o'r tu ôl i fi.

Dyma fi'n troi a gweld Mei-Li. Wrth edrych yn ôl arni, codais fy nwylo'n araf a chyffwrdd fy wyneb lle dyliai'r mwgwd fod. Ond roedd hwnnw wedi mynd. Wedi torri'n rhydd, mae'n siŵr, pan gefais i fy nhaflu o'r troli.

Ro'n i isio dweud wrthi am adael llonydd i fi a bod hyn yn ddim o'i busnes ac y byddai hi mewn cymaint o drwbwl petai hi'n sôn wrth unrhyw un am yr hyn welodd hi, a bod 'na unman iddi redeg. Ond cyn i fi fedru dweud gair, gwaeddodd y ddynes â'r ci oedd wedi neidio o'r ffordd, 'Hei! Dyna'r bachgen sy'n gyfrifol am hyn!' a dechrau rhedeg nerth ei thraed tuag ata i.

Edrychais rhwng Mei-Li a'r ddynes a'i chi, a cheisio gwibio i ffwrdd oddi wrth bob un ohonyn nhw mor gyflym â phosib.

Y DDAU DRYSOR

'Waw! GWYCH!' llefodd Wil.

Roedd Katie ac yntau'n disgwyl amdana i y tu allan i gatiau'r parc.

Rhedais heibio iddyn nhw rhag ofn bod y ddynes a'i chi'n dal i ddilyn, a gwibiodd y tri ohonom i lawr y stryd. Wnaethon ni ddim rhoi'r gorau iddi nes bod fy ysgyfaint yn teimlo fel petai'n trio gwthio allan o 'mrest. Edrychais dros fy ysgwydd wrth ymdrechu i ddal fy ngwynt, ond doedd neb ar y ffordd y tu ôl i ni.

'O! Ohohoho!' ebychodd Katie, yn chwerthin ac yn trio anadlu'n gall ar yr un pryd. 'Ei – ei wyneb! A'r sŵn SBLASH! A'r ffordd – a'r ffordd aeth dy goesau i bob cyfeiriad ar unwaith!'

'Roeddet ti'n rhedeg mor gyflym â Road Runner!' ychwanegodd Wil, yn gwneud ei orau i ddynwared aderyn mawr oedd â chorwynt yn lle coesau.

Gwenais yn ôl heb chwerthin. Roedd fy nghynllun wedi methu. Do'n i erioed wedi bwriadu i'r troli suddo i'r llyn. Dim ond isio'i chuddio yn y coed o'n i, a thywallt ychydig o'i chynnwys allan fel bod yr hen ddyn yn gorfod treulio oes yn rhoi popeth yn ôl ynddi. Ac ro'n i i fod i ddiflannu cyn i unrhyw un weld fy wyneb, fel lleidr y cerfluniau. Dyna oedd holl bwrpas yr hwdi a'r mwgwd. Roedd popeth – popeth – wedi mynd o'i le.

Ond do'n i ddim isio edrych yn bathetig o flaen Wil a Katie eto. Felly cymerais arna i mai gwthio'r troli i'r llyn oedd fy nghynllun o'r cychwyn cyntaf.

'Doedd o ddim yn disgwyl i *hynny* ddigwydd,' dywedais. 'Ddaw o ddim yn ôl yn fuan!'

'Ti'n arwr, B!' meddai Wil. Ro'n ni bron â chyrraedd ei gartre, felly dyrnodd fy mraich yn chwareus a throi i adael. Gan roi saliwt, ychwanegodd, 'Fyddai neb ar y blaned yn medru gwella ar hynny! Fydd neb ond ni'n MEIDDIO dod yn agos at y fainc 'na! Ddylen ni wneud arwydd yn dweud wrth bawb mai ni sy pia hi rŵan!'

'Alla i ddim DISGWYL i'r holl ysgol glywed be wnest ti,' meddai Katie, wrth iddi hi droi i adael hefyd. 'Ella y gwna i drio cyrraedd mewn pryd fory, hyd yn oed, er mwyn cael dweud wrth bawb!'

Ar ôl iddyn nhw adael, penderfynais ddilyn y llwybr hir adre er mwyn osgoi pasio'r parc. Ella y byddai'r ddynes â'r ci wedi ffonio'r heddlu erbyn hyn. Roedd hi wedi 'ngweld i'n iawn. Ac roedd Mei-Li yn gwybod mai fi wnaeth hefyd. Yna byddai'r heddlu'n dod o hyd i'r mwgwd a gwneud profion DNA a dod i fy arestio yn yr ysgol . . . a fyddwn i'n landio ar y newyddion ac wedyn yn y carchar ac wedyn yn dod yn un o dargedau mwya'r gwasanaeth cudd ar ôl hynny, mwy na thebyg . . .

Rhuthrais adre mor gyflym â phosib, ac ar ôl cyrraedd, rhedais yn syth i fyny'r grisiau er mwyn tynnu fy hwdi.

'BRRRÂÂÂÂÂÂÂÂÂÂN! Ti sy 'na?'

Dad! Ond doedd o ddim i fod yn ôl o'i drip gwaith i Amsterdam tan fory.

Ciciais fy mag o dan y ddesg yn frysiog a stwffio'r hwdi i gefn fy nghwpwrdd dillad.

'BRRRÂÂÂÂÂÂÂÂÂÂÂÂÂÂÂÂÂN! BRYSIA LAWR! Y FUNUD 'MA!' gwaeddodd. Roedd yn galw o'i stiwdio. Roedd stŵr yn siŵr o ddilyn pan fyddai Dad yn galw rhywun i'w stiwdio. Ar ben hynny, ro'n i'n medru clywed yr holl sianeli newyddion ar ei nifer o setiau teledu, hyd yn oed o'm stafell i – arwydd pendant 'mod i mewn trwbwl mawr. Doedd Dad ddim yn gwylio'r sianeli newyddion oni bai ei fod yn flin.

Dechreuodd teimlad erchyll chwyrlïo ym mhwll fy stumog. Beth os oedd 'na adroddiad byw am be wnes i yn y parc? Roedd y newyddion yn siŵr o sôn am droli'n hedfan i lyn, yn enwedig os oedd rhywun wedi recordio'r peth ar ffôn a'i yrru at newyddiadurwyr.

Ymlwybrais i lawr y grisiau'n araf a sefyll wrth ymyl drws stiwdio Dad. Roedd drws y gegin ar gau, a gallwn glywed Blod a Beli a Lisa'n trafod rhywbeth wrth chwerthin. Gwyddwn nad oedd Mam yn ôl o'i thrip hi eto am nad oedd un o'i hesgidiau'n gorwedd yn angof yn y cyntedd. Roedd hyn rhwng fi a Dad.

'Ty'd i mewn,' meddai Dad. Roedd yn eistedd yn ei gadair ledr fawr.

Cymerais un cam i mewn i'r stafell.

'Caea'r drws,' gorchmynnodd. Roedd ei sbectol yn eistedd reit ar flaen ei drwyn. Dyna oedd steil Dad o hyd, gan wneud i'r sbectol edrych fel petai'n pwyso ar ochr clogwyn, yn pendroni a ddylai neidio ai peidio.

Penderfynais ufuddhau a sefyll gan syllu ar fy nhraed. Doedd Dad byth yn fy ngadael i ddod i'w stiwdio oni bai ei fod yn flin â fi, gan nad oedd o isio i fi falu unrhyw beth. Roedd y lle'n llawn pentyrrau diddiwedd o lyfrau am ffilmiau dogfen enwog, a bwrdd mawr wrth y ffenest oedd wedi'i orchuddio â chymaint o bapurau fel bod y bwrdd ei hun o'r golwg yn llwyr. Dros y waliau roedd posteri du-a-gwyn o bobl oedd yn ddiarth i fi, heblaw am y wal uwchben y ddesg, lle'r oedd dwy set deledu. Dyma oedd yr unig stafell yn y tŷ oedd yn arddangos setiau teledu ar y waliau fel petaen nhw'n weithiau celf.

'Ia? Oes gen ti rwbath i'w ddweud am be ddigwyddodd?' gofynnodd Dad, yn fy ngwylio o'i gadair.

Ysgydwais fy mhen heb edrych arno. Pendronais sut oedd o'n gwybod yn barod, a faint o flynyddoedd fyddwn i'n gorfod aros dan glo yn y tŷ am wthio troli dyn digartref i ganol llyn.

'Roedd Mrs Vergara wedi ypsetio braidd ar y ffôn. A dwi ddim yn ei beio hi.'

Edrychais i fyny, fy nghalon yn llonyddu'n gyflym yn fy mrest. Mrs Vergara? Ond sut roedd hi wedi clywed am y peth mor gyflym? Cymerais gip ar y sgriniau teledu rhag ofn 'mod i ar y newyddion yn barod. Ond dim ond merch mewn dillad llwyd yn mwydro am graff wrth ei hymyl oedd ar un, a dyn y tywydd ar y llall.

'Mae hi wedi e-bostio'r llun 'na wnest ti at dy fam a minna,' aeth Dad yn ei flaen, gan groesi'i goesau.

'A doedd gen ti ddim digon o barch i ymddiheuro iddi, hyd yn oed?'

Mewn fflach, sylweddolais nad oedd o'n sôn am y troli o gwbwl! Ar ôl popeth, ro'n i wedi anghofio'n llwyr am y llun gipiodd Mrs Vergara oddi wrtha i'r diwrnod cynt. A dim fi ddarluniodd o, hyd yn oed!

'Ond dim fi wnaeth,' protestiais.

'A dim ti ollyngodd nadroedd rwber yn y cawl chwaith, debyg iawn?' gofynnodd Dad, gan godi un ael yn ddigyffro.

'Fi wnaeth *hynny*. Ond –'

'Dim gair arall,' rhybuddiodd Dad, gan godi'i law dde o'i flaen er mwyn fy rhwystro. 'Gan nad wyt ti'n medru ymddiheuro ar lafar, gei di sgrifennu ymddiheuriad. Mewn llythyr.'

'Ych-a-FI! Dwi ddim am sgrifennu llythyr at Mrs Vergara,' llefais. 'Fydd pawb yn meddwl mai llythyr caru yw o!'

'Dim ots gen i os ydyn nhw'n meddwl dy fod ti isio'i phriodi hi. Fe WNEI DI sgrifennu a fe WNEI DI ei gyflwyno iddi o flaen dy ddosbarth cyfan fory, peth cynta. Os nad wyt ti isio aros yn y tŷ am fis heb dy sglefrfwrdd a'r gemau cyfrifiadur 'na ti'n eu caru gymaint?'

Agorais fy ngheg er mwyn dweud wrth Dad na fyddwn i'n ymddiheuro am *beidio* gwneud rhywbeth. Byth. Ac y gall Mrs Vergara a Mr Lancaster a phawb arall oedd yn fy nghasáu fynd i grafu. Ond cyn i fi allu dweud unrhyw beth, safodd Dad gan ochneidio a rhoi ei ddwylo ar fy nwy ysgwydd.

'Pam na elli di ymddwyn mwy fel dy chwaer?' gofynnodd, gan ysgwyd ei ben. 'Wyt ti'n gwybod pa mor lwcus wyt ti? I gael to dros dy ben a'r holl foethau mae dy fam a minnau'n medru eu rhoi i ti? Wyt ti'n *deall* faint fyddai rhai'n talu er mwyn cael rhywbeth mor syml â thŷ i ddychwelyd iddo bob nos? Nag wyt, siŵr. Ddylet ti ddod i gyfarfod â rhai o'r bobl dwi 'di bod yn eu ffilmio ar gyfer fy mhrosiect diweddara. Mae 'na rai sy'n llwgu am ddyddiau, heb gartref heblaw am gornel stryd, a dyma ti'n gwneud llanast o bob un peth.'

Teimlais fy wyneb i gyd yn troi'n fflamgoch. Do'n i ddim hyd yn oed yn gwybod bod ffilm newydd Dad am bobl ddigartref. Roedd yn amhosib dianc rhagddyn nhw. Dechreuodd fy nghlustiau ffisian, fel tân gwyllt newydd ei gynnau.

Symudodd llygaid Dad at rywbeth dros fy ysgwydd, a meddai'n sydyn, 'Edrych ar hwn.' Gan fy nhroi rownd, pwyntiodd at y teledu ar y dde, a chan gipio'r rheolydd o'i ddesg, trodd y sain i fyny.

Atseiniodd synau cymeradwyo o amgylch y stafell. Ar y sgrin, roedd dyn tal, tenau, a gwallt llwyd tonnog a gwên fawr oedd yn disgleirio bron mor llachar â'r fodrwy ar ei fys bach – yn cyflwyno siec anferth i ddynes fer mewn siwmper oren golau. Y tu ôl iddi, roedd Maer Llundain, â'i wyneb wastad ar bosteri enfawr ym mhobman yn dweud ei fod yn gwneud Llundain yn lle gwell, yn curo dwylo'n gwrtais. Ar waelod y sgrin deledu fflachiodd y geiriau:

SYR NESBIT YN RHOI £5 MILIWN
I LOCHES I'R DIGARTREF YN ST ALBANS
AC YN CEFNOGI CYFRAITH NEWYDD Y MAER.

'*Dyna'r* math o ddyn ddylsat ti fod yn ei efelychu,' meddai Dad, ei ddwylo ar fy ysgwyddau'n mynd yn drymach ac yn drymach. 'Rhywun sy'n *rhannu* be sy ganddo er mwyn gwneud y byd yn lle gwell. Nid yn waeth.'

Ro'n i isio dweud nad o'n i'n deall sut fyddai rhannu fy hen drenyrs maint tri neu gemau cyfrifiadur yn medru gwneud byd unrhyw un yn well, ond yn hytrach, brathais fy nhafod. Ro'n i mewn digon o drwbwl yn barod – a hynny i gyd cyn i unrhyw un glywed am y troli yn y llyn.

Gwyliais wrth i Syr Nesbit a'r Maer wthio'r ddynes fer mewn siwmper oren yn falch tua'r ochr, ac ysgwyd dwylo'i gilydd.

Gan ddiffodd y sgrin, tynnodd Dad ei sbectol a phinshio top ei drwyn â dau fys. Roedd hynny'n arwydd bod fy narlith bron ar ben.

'Gei di sgrifennu'r llythyr 'na ar ôl swper. A'i ddangos i fi. A fory wedyn, byddi di'n ei gyflwyno i Mrs Vergara a bydda i'n gwneud yn siŵr ei bod hi wedi'i dderbyn. Iawn?'

Sefais yn llonydd a gwrthod ateb. Do'n i ddim am sgrifennu ymddiheuriad am rywbeth do'n i ddim wedi gwneud.

'Iawn?' gofynnodd Dad, yn uwch.

Nodiais fy mhen y mymryn lleiaf, fy mysedd wedi'u croesi'n dynn y tu ôl i 'nghefn.

Ar yr union eiliad, rhedodd Beli i'r stafell a rhoi cwtsh mawr i un o goesau Dad.

'Dadi! Ty'd i chwara!' mynnodd Beli.

Gan wenu'n ôl, gadawodd Dad i'r bychan ei dynnu i'r coridor heb edrych yn ôl arna i. Ro'n i isio cicio'r wal yn ddigon caled fel bod yr holl dŷ'n disgyn i lawr.

Oedd unrhyw un yn malio nad fi oedd wedi gwneud y llun gwirion 'na? Nac wedi bwriadu rhoi'r stafell westy 'na ar dân chwaith? Neu'n malio am yr holl adegau eraill i fi dynnu trafferth am fy mhen heb fwriadu'r peth? Nag oedden. Doedd neb yn malio am y gwir; ro'n nhw'n meddwl 'mod i'n euog yn syth.

Felly roedd croeso i'r ddynes â'r ci a dyn y troli a Mei-Li achwyn amdana i wrth yr heddlu. Wedyn fysa Dad yn gweld faint o lanast dwi'n medru'i wneud go iawn! Ro'n i'n awchu am gael gweld ei wyneb. Dyna fo'n mynd allan i wneud rhaglenni dogfen twp am bobl ddigartref a finnau'n taflu eu stwff i'r llyn.

'Bân! Ty'd!' meddai Beli, gan sboncio i'r stafell eto a thynnu fy llawes. Do'n i ddim isio mynd, ond daliodd ati.

'Lisa 'di gwneud crempogau i ddathlu bod Dadi adre'n gynnar,' meddai.

Arweiniodd Beli'r ffordd i'r gegin cyn mynd ag eistedd ar lin Dad. Do'n i ddim isio bwyta yn y gegin o gwbwl, ond roedd rheol yn y tŷ bod rhaid i bawb fwyta gyda'i gilydd pan oedd Mam neu Dad adre.

Rhoddodd Lisa blatiad anferth o grempogau poeth ffresh o dan fynydd o fenyn cnau mwnci a bananas ar ganol y bwrdd. Gwnaeth yr arogl i fy stumog achwyn.

'Diolch, Lisa. Felly, Blod, beth yw hyn am ganslo'r llwybr llyfrau?' gofynnodd Dad, wrth iddo dywallt gwydraid mawr o laeth i Beli.

Dechreuodd Blod gnoi a llyncu'n arbennig o gyflym, yn methu disgwyl eiliad arall er mwyn gwneud lle yn ei cheg ar gyfer yr holl eiriau pwysig. 'Achos bod lleidr wedi dwyn Paddington yr Arth!' Pwysais 'mlaen a chipio tair crempogen fawr i fi fy hun wrth iddi hithau barablu. 'Felly mae'r heddlu'n gosod rhwystrau o amgylch yr holl gerfluniau mawr yn y prif orsafoedd i gyd, ac roedd rhaid i bob un ysgol yn y wlad ganslo'r llwybr llyfrau. Mae hynny'n golygu nad oes unrhyw un yn gallu arwyddo'r darn papur sy'n profi ein bod ni wedi llwyddo *a* does dim ffordd o ennill y bathodynnau ry'n ni wedi gweithio mor galed i'w casglu nhw.'

'Bechod,' mwmiais, gan bendroni sut y gallai unrhyw un falio am rywbeth mor ddiflas. Cipiais ddwy grempogen arall, cyn i Beli fy nilyn a chymryd dwy ei hun. Crechwenais ac anelu winc tuag ato.

'Glywais i am anffawd Paddington, druan,' chwarddodd Dad. 'A'r angel aur o Selfridges,' ychwanegodd, yn ysgwyd ei ben. 'Am bethau od i'w dwyn.'

'Roedd y newyddion yn sôn bod y lleidr wedi gadael marciau arbennig sydd ond yn cael eu defnyddio gan bobl ddigartre,' meddai Blod yn ei llais hollwybodus, arbennig o annifyr. 'Mewn paent melyn llachar. Soniodd Cerys bod ei thad yn meddwl bod hynny'n brawf pendant mai pwdrod digartre oedd wrthi.'

Giglodd Beli a sibrwd 'Pŵ!' wrtha i. Tywalltodd Lisa fwy o gymysgedd crempogau i badell boeth a dweud y drefn, 'Beli! Dim iaith felly wrth y bwrdd bwyd!'

'Mae hi'n iawn, Beli, dydi dweud peth felly ddim yn iawn pan fyddwn ni'n bwyta,' meddai Dad. 'A Blod, ddylai tad Cerys ddim disgrifio pobl ddigartre fel 'na. Mae'n ffiaidd.'

'Pî-aidd,' sibrydodd Beli i'w hun wrth iddo stwnshio banana â'i fforc.

Nodiodd Blod. 'Ddrwg gen i, Dad. Ond wyt ti'n gwybod unrhyw beth am yr arwyddion 'na? Beth yw eu hystyr nhw? Soniais i wrth Cerys dy fod ti'n siŵr o wybod achos dy ffilm newydd.'

Gwenodd Dad a gosod ei sbectol yn agosach fyth at flaen ei drwyn. Roedd wrth ei fodd â Blod pan oedd hi'n arbennig o gyfoglyd ac yn ymddwyn fel petai wedi gwirioni ar ei ffilmiau hollbwysig. Do'n i ddim fel arfer yn gwrando pan fyddai'n siarad amdanyn nhw gan nad oedden nhw'n ffilmiau go iawn fel y rhai yn y sinema. Ro'n nhw'n llawn pobl doedd neb yn eu nabod, yn siarad dros gerddoriaeth drist. Ond y tro yma gwrandawais yn astud, am 'mod i isio gwybod am yr arwyddion melyn hefyd.

'Mae pobl ddigartre weithiau'n rhoi arwyddion ar waliau a phontydd,' meddai Dad. 'Fel cod cudd. Ffordd o roi gwybod i bobl ddigartre eraill bod lle arbennig yn saff neu'n beryglus. Os oes 'na bobl yna i'w helpu nhw neu'n hytrach yn ffonio'r heddlu. Pethau fel 'na. Dyna ryfedd bod lleidr digartre'n datgelu'r cod i'r cyhoedd . . . mae'n mynd yn erbyn y rheolau.' Pwysodd yn ôl yn ei gadair. 'Oeddech chi'n gwybod bod George Orwell yn –'

Wrth i Dad ddechrau siarad am rywun arall oedd mor enwog fel nad o'n i erioed wedi clywed amdano, llowciais fy nghegaid olaf o grempog ac estyn am y botel laeth. Roedd y sŵn llyncu mor uchel nes torri ar draws Dad.

'Brrrââââân! Brysia! Pam na elli di fwyta fel pawb arall?' gofynnodd, gan ysgwyd ei ben i 'nghyfeiriad i.

'Yndê?' meddai Blod, gan roi sleisen arall o grempog yn dwt yn ei cheg fel petai'n hyfforddi i fod yn frenhines. 'Sglyfath!'

'Dyw o ddim yn lyfath!' meddai Beli, gan wgu ar Blod.

'Helô, fy nhrysorau bach!' daeth llais Mam o ben draw'r cyntedd.

'MAAAAAM!' gwaeddodd Beli, gan neidio o lin Dad. Taflodd Mam ddrws y gegin ar agor a chusanu Beli ar dop ei ben cyn gosod un arall ar ben Blod. 'Am be 'dach chi'n sôn?' gofynnodd Mam, gan edrych o'i chwmpas. Ar ôl gweld y crempogau, taflodd ei chôt oddi ar ei hysgwyddau a gafael mewn plât. 'Lisa, ti'n seren! Dwi 'di cael diwrnod a hanner! Ydy'r tecell yn berwi, digwydd bod? A Brâââân! Mae Mr Lancaster wedi ffonio *eto*. Wir, ydy osgoi mynd i drwbwl am un eiliad *mor* anodd â hynny?'

'Popeth yn iawn, Leonora,' meddai Dad. 'Ry'n ni wedi trafod y peth. Mae Brân am sgrifennu llythyr yn ymddiheuro i Mrs Vergara cyn gynted ag y bydd wedi gorffen chwalu'i grempogau'n rhacs.'

Giglodd Blod. Rhythais arni a phendroni beth fyddai pawb yn ei wneud o glywed 'mod i newydd wthio troli dyn digartref i waelod llyn.

Ella na fydden nhw'n synnu, hyd yn oed. Ro'n nhw'n meddwl 'mod i'n beryg bywyd yn barod, yn union fel pawb yn yr ysgol. A'r teulu cyfan yn awchu am i fi adael llonydd iddyn nhw.

Felly codais, a chan adael pawb yn y gegin, rhedais i fyny i fy stafell. Gan gau fy nrws â chlep, troeais fy nghyfrifiadur ymlaen a gwisgo 'nghlustffonau, gan adael i sŵn y gêm foddi fy meddyliau am bawb ar waelod y grisiau, a'r llythyr do'n i ddim yn mynd i'w sgrifennu, a'r lleidr digartref oedd yn destun bob sgwrs, a'r ffaith bod Mei-Li o bosib yn rhoi gwybod i'r heddlu amdana i. Ac wrth i fi gyrraedd fy mydysawd diweddaraf, rhoddais gynnig ar anghofio am yr hen ddyn yn y parc hefyd. Yr un oedd, diolch i fi, bellach yn cysgu ar ei fainc heb droli llawn sbwriel wrth ei ochr.

LLYGAID BUSNESLYD

Y noson honno, safodd Dad uwch fy mhen wrth i fi sgrifennu'r llythyr at Mrs Vergara. Dim ond tair llinell o hyd oedd o, ond bu bron i fi chwydu fy swper yn ôl wrth eu sgrifennu nhw. Felly, cyn gadael am yr ysgol y bore wedyn, taflais y nodyn i ffwrdd a rhoi un arall yn ei le yn fy mhoced, wedi'i ysgrifennu heb i neb arall wybod.

Ro'n i'n bwriadu dilyn y llwybr hir yn hytrach na thorri drwy'r parc fel arfer. Ond wrth i fi gyrraedd y gatiau, newidiais fy meddwl. Ro'n i isio gwybod a oedd yr hen ddyn yn dal i fod ar ei fainc, neu wedi gadael am byth. Do'n i ddim am iddo fo – nac unrhyw blismon oedd yn digwydd bod yno – fy ngweld i, felly sleifiais drwy'r coed yn hytrach na dilyn y llwybr.

Wrth agosáu at y fainc, doedd dim golwg o'r hen ddyn. Na'r sach gysgu goch, fudr roedd o fel arfer yn ei defnyddio'n wely. Yn eu lle roedd dau o blant hŷn o'r ysgol, yn dal dwylo ac yn giglo. A doedd dim un plismon i'w weld yn unman.

Ro'n i wedi *ennill*. Wedi dychryn yr hen ddyn, a'i ddigalonni gymaint am golli ei droli llawn sbwriel fel ei fod wedi gadael. Wil oedd yn iawn – ni oedd biau'r fainc bellach!

Gwaeddais hwrê yn uchel a chodi fy nwrn i'r awyr, gan ddychryn y cusanwyr cyfoglyd gymaint nes iddyn nhw godi a gadael. Ro'n i ar dân i gael sôn am y llwyddiant wrth Wil a Katie. Doedd dim llawer o ots mai damwain oedd y cyfan. Fyddai neb yn medru fy rhwystro i bellach.

Gan ymlwybro allan o'r parc ac at y ffordd fawr oedd yn arwain at yr ysgol, anelais at y siop fferins ar y gornel. Dyma'r unig siop fferins yn agos at yr ysgol felly roedd hi wastad yn llawn dop. Danteithion McEwan yw enw'r lle, er bod Mr a Mrs McEwan yn rhai o'r perchnogion siop mwya llym a dychrynllyd yn hanes y byd. Dim ond pedwar o blant sy'n cael mynd i mewn ar y tro, ac mae Mr McEwan yn gwylio wrth y drws er mwyn rhwystro unrhyw un rhag sleifio i mewn a throi pedwar yn bump. Mae Mrs McEwan yn trin pawb – hyd yn oed yr oedolion – fel lladron arfog ac yn eu gwylio mor ofalus nes bod y plant llai weithiau'n rhedeg allan heb brynu unrhyw beth.

Prin bod angen i fi fynd i mewn o gwbwl, achos yr holl fferins a siocled dwi'n eu derbyn gan bawb arall fel diolch am adael llonydd iddyn nhw. Y llynedd, ges i gymaint o fferins fel bod angen i fi eu cadw nhw mewn bocs mawr o dan y gwely. Does neb yn gwybod ei fod o yna heblaw am Beatrice y lanhawraig, a Beli. Dwi'n meddwl bod Lisa'n gwybod amdano hefyd ond erioed wedi sôn am y peth, ac mae Beli'n dda am gadw cyfrinachau, felly dwi'n gadael iddo fo gipio unrhyw beth oni bai am fy hoff siocledi.

Ar y diwrnod yma ro'n i'n teimlo fel dathlu fy muddugoliaeth dros yr hen ddyn, felly penderfynais alw heibio'r siop er mwyn gweld pwy oedd yn sefyll y tu allan. Ella y medrwn i ddwyn bagiad o fferins cola gan rywun. Wrth agosáu at y siop, gallwn weld Mr McEwan yn y drws a môr o bennau'n nofio o'i amgylch, yn gweiddi, 'Hoi, mae pedwar yma'n barod! Dim un cam arall, 'mechan i, neu gewch chi fyth ddod yma eto.'

Edrychais o 'nghwmpas gan chwilio am rywun â phecyn o fferins cola. Ro'n nhw'n dod mewn bag plastig brown euraid oedd i'w weld yn amlwg o bell – a'i arogli hefyd, fel arfer. Dyna pryd welais i o: reit yng nghanol y dorf o blant roedd Mr McEwan wedi bod yn eu dwrdio y tu allan i'r siop. Mop o wallt brown yn perthyn i Jason Slater! Roedd o ddwy flynedd yn iau na fi ac yn un o fechgyn lleia'r ysgol, ac felly'n un hawdd pigo arno – ac ro'n i'n gwybod ei fod o wrth ei fodd â fferins cola. Gan wthio pawb arall i un ochr, anelais amdano.

Ond, wrth i fi baratoi i roi llaw ar ei ysgwydd, gwelais rywbeth melyn llachar yn fflachio y tu ôl iddo.

Plismones oedd hi, yn penlinio ac yn siarad â rhywun.

Ac roedd y rhywun yna'n eistedd ar sach gysgu goch a budr.

Yr eiliad honno, mae'n rhaid bod Jason Slater wedi synhwyro 'mod i'n sefyll y tu ôl iddo achos trodd i fy wynebu, rhoi sgrech fach, taflu'i baced fferins ata i a rhedeg i ffwrdd. Edrychodd ei ffrind gorau Diana i lawr ar ei phecyn hi cyn taflu hwnnw hefyd a rhedeg er mwyn dal i fyny â fo.

Ond do'n i ddim yn malio am y fferins bellach. Ro'n i'n dal i syllu ar gefn melyn llachar yr heddwas a'i het gron ddu wrth iddi nodio'i phen a mwmian geiriau oedd allan o 'nghlyw.

Estynnais fy ngwddf er mwyn gweld yn well gan osgoi sefyll yn rhy agos.

Fo oedd o. Hen ddyn y troli. Ac yn sydyn roedd o'n syllu tuag ata i â'i lygaid brown tywyll. Yna roedd yr heddwas wedi troi a syllu arna i â'i llygaid llwydlas hithau hefyd!

Cymerais dri cham bychan yn ôl ac, ar ôl i'r blismones beidio mynnu 'mod i'n stopio, cychwynnais redeg i fyny'r lôn i gyfeiriad yr ysgol, gan edrych dros fy ysgwydd yn aml rhag ofn ei bod hi'n dilyn. Ond doedd hi ddim.

'Hei, be sy'n bod arnat ti?' gofynnodd Wil, wrth i fi redeg yn syth i mewn iddo fo y tu allan i'r gatiau.

Doedd gen i ddim digon o anadl i ateb. Ro'n i isio dweud nad oedd yr hen ddyn yn y parc bellach, ond yn hytrach yn y siop fferins. Ond yr unig beth ddaeth allan oedd, 'Mae o wedi – wedi symud . . .'

'Hm?' meddai Wil, ei wyneb wedi'i sgrwnsho fel bag o greision.

Cyn i fi gael fy ngwynt ata i, dechreuodd cloch yr ysgol ganu. Cymerais gip arall dros fy ysgwydd, ond doedd y blismones mewn siaced felen lachar ddim o fewn golwg. Ella 'mod i'n ddiogel. Ella bod yr hen ddyn wedi drysu gan fod gymaint o blant ysgol o'i gwmpas ym mhobman. Doedd o ddim yn ifanc wedi'r cwbwl. Do'n i ddim yn meddwl ei fod wedi fy adnabod i, hyd yn oed, y tu allan i'r siop.

Chefais i ddim cyfle i sôn am bopeth wrth Katie a Wil tan amser chwarae. Fel arfer bryd hynny bydden ni'n rhedeg ar ôl Randy ac yn mynnu fferins ganddo, ond roedd hyn yn bwysicach.

'A rŵan mae o y tu allan i siop McEwan!' ebychais. 'Yn cysgu yno bellach, debyg iawn.'

'Felly mae'n byw'n *agosach* at yr ysgol?' gofynnodd Katie.

Nodiais. 'Am wn i.'

Cododd ei hysgwyddau. 'Ond be wneith o? Roeddet ti'n gwisgo dy fwgwd a dy hwdi yr holl amser. Welodd o 'mo dy wyneb di. Na neb arall chwaith. A hyd yn oed tasa 'na gamerâu yn y parc, fyddai'r heddlu fyth yn medru gweld mai ti oedd o.'

Camerâu. Do'n i ddim wedi meddwl am hynny! Doedd Katie ddim yn gwybod bod fy mwgwd a 'nghwfl wedi llithro, na bod Mei-Li wedi 'ngweld i, na'r ddynes â'r ci. Do'n i ddim isio sôn wrthi chwaith.

'Cytuno. Debyg mai dweud wrth yr hen ddyn am bacio'i sach gysgu a symud 'mlaen oedd y blismones,' meddai Wil. 'Maen nhw'n gwneud hynny drwy'r amser. Dyna'u swydd nhw. Felly paid â phoeni dim.'

Ond do'n i ddim yn medru rhwystro fy hun rhag poeni. Ro'n i angen amddiffyn fy hun – oedd yn golygu bod rhaid dod o hyd i Mei-Li yn syth er mwyn gwneud yn siŵr nad oedd hi wedi agor ei cheg. Edrychais amdani ar hyd y maes chwarae. Do'n i ddim yn gallu'i gweld yn unman, ond gallwn ddyfalu lle'r oedd hi.

'Wela i chi mewn dipyn,' dywedais wrth Wil a Katie. 'Rhaid i fi fynd i . . . nôl rhywbeth.'

'Hei, be am Randy?' gofynnodd Katie. 'Fyddwn ni'n hwyr!'

'Ewch chi ar ei ôl o,' gwaeddais dros fy ysgwydd wrth anelu am yr ysgol. Rhedais i lawr y coridor ac i fyny'r grisiau at y stafell ddosbarth, cyn oedi y tu allan i'r drws a sbecian i mewn drwy'r ffenest wydr.

Roedd Mei-Li yno, fel ro'n i'n disgwyl, gyda Rania, ei ffrind gorau, a'r crinc clyfar Robert a Mrs Vergara. Ro'n nhw wrthi'n trefnu arddangosfa lyfrau ar silff, ynghyd ag arwydd yn dweud LLYFRAU I'CH YSBRYDOLI Y MIS HWN, ac yn sgwrsio a chwerthin fel pe na bai ffordd well o dreulio amser chwarae. Roedd eu gweld yn gwneud i fi bendroni sut oedd hi'n bosib bod mor glyfar ac mor dwp ar yr un pryd.

'BRÂÂÂÂÂN! Beth wyt ti'n wneud yma? Ysbïo ar dy ddosbarth, tybed?'

Neidiais a throi. Mr Lancaster oedd yno.

'Na, syr. Anghofio rhywbeth, dyna i gyd.'

'Anghofio beth, felly?' gofynnodd Mr Lancaster, yn sefyll mor agos fel 'mod yn medru gweld blew ei drwyn yn symud.

'Fy . . . nghreision . . .' atebais, gan gofio'r llythyr yn fy mhoced bryd hynny hefyd. 'Ar gyfer amser egwyl. Mae'n rhaid i fi gael rhai bob dydd, neu fydda i'n llewygu.'

'Llewygu? Oherwydd diffyg creision?' gofynnodd Mr Lancaster, yn crychu'i ên.

Nodiais fy mhen. 'Yn union. Maen nhw wedi'u pobi yn hytrach na'u ffrio, syr, 'dach chi'n gweld. Fel cael o un fy mhump-y-dydd.'

'Shw'mai,' meddai Mrs Vergara, gan wthio'r drws ar agor a gwenu ar y ddau ohonom. 'Ro'n i'n siŵr 'mod i wedi clywed sŵn siarad. Oes gen i gynorthwywr arall?'

Ysgydwais fy mhen mor egnïol â phosib heb iddo ddisgyn i ffwrdd.

'Eisiau creision mae'r bachgen,' meddai Mr Lancaster. 'Mae'r crwt am lewygu hebddyn nhw, medde fe,'

'Wela i,' meddai Mrs Vergara gan ochneidio. 'Ro'n i'n amau ei fod e yma am reswm arall.' Edrychodd hithau arna i gan godi'i haeliau. 'Oes 'na rywbeth *anghofiaist* ti roi i fi bore 'ma?'

Dechreuais rwgnach yn dawel. Roedd yn amlwg fod Dad wedi dweud wrthi bod llythyr ar y ffordd gen i! Gan ddifaru bod Mr Lancaster yn sefyll wrth fy ymyl, estynnais am y llythyr crychlyd o 'mhoced a gollwng fy ngafael arno.

'Dyna fe,' meddai Mrs Vergara, ei haeliau'n dringo'n ôl i lawr eu hysgolion anweledig. 'Am hyfryd!' A chan agor y llythyr, dechreuodd ei ddarllen yn syth.

Gwyliais yn nerfus wrth i Mr Lancaster bwyso 'mlaen i ymuno yn y darllen. Ond gan gofio bod rhain yn athrawon oedd yn disgwyl i ni ddarllen llyfrau cyfan mewn mater o ddyddiau, ro'n nhw'n cymryd eu hamser. Pwysais innau 'mlaen hefyd er mwyn gweld beth oedd yn achosi'r holl oedi. Do'n i ddim wedi sgrifennu unrhyw beth heblaw am:

Annwyl Mrs Vergara,
    Mae pawb wastad yn sôn na ddyliwn i ddweud celwydd, ond petawn i'n dweud ei bod yn ddrwg gen i am dynnu'r llun yna wnes i ddim ei dynnu o gwbwl cyr un â'r mwg a'r tân yn dod o'ch pen-ôl), yna celwydd fyddai hynny.

75

Felly dyw hwn ddim yn llythyr i ymddiheuro achos dim fi wnaeth y llun rydych chi eisiau i fi ymddiheuro amdano, ac os ydach chi eisiau gwybod pwy wnaeth, efallai bod angen cychwyn ymchwiliad llawn a ffonio'r FBI hefyd.

Oddi wrth Brân

Gyda llaw, petawn i wedi gwneud y llun, byddai eich pen-ôl chi gymaint llai a'r fflamau'n saethu ohono'n fwy realistig o lawer.

'Wela i . . .' meddai Mrs Vergara, gan wgu wrth iddi blygu'r llythyr unwaith eto. Roedd ei gwefusau a'i hwyneb yn plycio cymaint, do'n i ddim yn gwybod a oedd hi'n hapus â'r llythyr neu o'n i ar fin cael fy nghadw ar ôl ysgol eto. Edrychais at Mr Lancaster. Roedd ei fwstásh a blew ei drwyn yn dirgrynu hefyd. 'Reit, wel. Diolch am hyn,' meddai Mrs Vergara. 'Dwi'n falch dy fod ti wedi esbonio pethau, a wna i . . . weld beth allwn ni wneud er mwyn ymchwilio ymhellach i'r mater. Nawr, well i ti fynd i nôl dy greision. Does neb am i ti lewygu, siŵr.'

Gan ddal y drws ar agor, gwyliodd hithau wrth i fi ymlwybro'n araf draw at fy mag. Yn syth, fel llygod oedd wedi gweld cath, rhoddodd Mei-Li, Robert a Rania y gorau i drefnu'r llyfrau a 'ngwylio i hefyd.

'A dweud y gwir, Mrs Vergara, ro'n i ar fy ffordd i gael gair â chi – yn breifat, os yn bosib?' meddai Mr Lancaster. Nodiodd Mrs Vergara ei phen, cyn dilyn Mr Lancaster allan o'r dosbarth a chau'r drws y tu ôl iddi.

Ro'n i'n gwybod mai eiliadau'n unig oedd gen i, felly cymerais fy nghyfle. Gan anwybyddu Robert a Rania, cerddais at Mei-Li a dweud, 'Well i ti gadw'n dawel am be welaist ti ddoe.'

Er syndod i fi, syllodd hithau'n ôl, yn gwbl ddi-ofn. Camais yn agosach ati, ond taflodd hi olwg at ddrws y dosbarth, a chan godi ael, anadlodd yn ddwfn fel petai ar fin galw Mrs Vergara.

Ro'n i'n deall yn iawn mai bygythiad oedd hwn. Gwgais a chamu'n ôl.

'Wela i di wedyn,' atebais gan hisian. 'Ac os wyt ti'n sôn am hyn, fyddi di mewn trwbwl go iawn.'

Wrth i fi droi i adael, dyma hi'n dweud yn uchel, 'Na. TI fydd yr un mewn trwbwl.'

Dyma fi'n troi'n ôl er mwyn syllu ar Mei-Li. Roedd Robert a Rania ill dau'n syllu gegagored arni hefyd.

'Be ddwedaist ti?' gofynnais, gan deimlo fy wyneb a 'nghlustiau'n dechrau cochi.

'TI fydd yr un mewn trwbwl, medda fi!' meddai Mei-Li, gan gamu ymlaen. 'Roedd be wnest ti i Thomas yn erchyll!'

'Pwy yw Thomas?' gofynnais, wedi synnu.

'Perchennog y troli wthiaist ti i'r llyn,' meddai Mei-Li.

'Bydd di'n dawel,' rhybuddiais hi. 'Neu wna i . . .'

'Na,' meddai Mei-Li. 'Fydda i *ddim* yn dawel. Dwi am ddweud wrth BAWB! Ddwedwn *ni* wrth bawb,' ychwanegodd hi, gan bwyntio at Robert a Rania, y ddau'n troi mor wyn â phapur yn syth. 'Heblaw . . .'

Oedodd hithau.

'Oni bai,' meddai'n araf, 'dy fod ti'n ymddiheuro i Thomas a chael troli newydd iddo!'

'Be?' gofynnais, gan bendroni a oedd Mei-Li wedi colli'i phwyll yn llwyr ac anghofio â phwy roedd hi'n siarad. Ro'n i'n medru dweud bod Robert a Rania yn pendroni'r un peth.

Ro'n i bron â dweud wrthi na fyddwn i'n gwneud *yr un* o'r pethau hynny pan agorodd Mrs Vergara y drws, a mynnu 'mod i'n mynd allan eto os nad o'n i'n bwriadu helpu.

Cerddais tuag at y drws, ac ar ôl ei gyrraedd dyma fi'n troi er mwyn saethu golwg fygythiol at Mei-Li. Dywedai fy llygaid yn glir y dylai hi ufuddhau i fi. Ond syllodd hithau'n syth yn ôl, fel nad oedd hi'n fy ofni o gwbwl, ac yn saethu golwg ata i oedd yn rhybuddio'r un peth yn union.

BWA COLL EROS

'Ti'n dod draw acw 'fory?' gofynnodd Wil ar y ffordd adre, ar ôl i'r ysgol ddod i ben o'r diwedd.

Ro'n i'n falch mai dydd Gwener oedd hi. Roedd yr wythnos wedi teimlo'n llawer rhy hir, a minnau wedi blino ar ôl cadw llygad barcud ar Mei-Li a Rania a Robert drwy'r dydd.

Wrth i ni basio siop y gornel, arafais. Do'n i ddim yn medru gweld yr hen ddyn, yr un roedd Mei-Li yn ei alw'n Thomas. Sut yn y byd roedd hi'n gwybod ei enw, tybed?

'Dydi o ddim yno,' meddai Katie, gan fy mhwnio â'i phenelin. 'Ti'n gweld? Ti *wedi'i* ddychryn o.'

'Do siŵr,' meddai Wil. 'Mae'n gwybod i beidio dy groesi di!'

Gan grechwenu, ciciais garreg ar draws y palmant o 'mlaen.

'Felly, 'dach chi'ch dau'n dod fory, 'ta?' gofynnodd Wil eto.

'Na, alla i ddim,' meddai Katie. 'Dwi efo Dad dros y penwythnos.'

Cododd Wil ei ysgwyddau ac edrych arna i.

'Ydw,' nodiais. 'Fydd Mam a Dad i ffwrdd. Ddo i â'r sglefrfwrdd.'

'Cŵl,' meddai Wil, wrth i ni gychwyn i mewn i'r parc. Roedd mainc yr hen ddyn yn wag a doedd dim sôn amdano o hyd, felly neidiais i fyny arni a gwneud dawns fach, gan guro 'mrest a gwneud synau uchel fel udo blaidd er mwyn gwneud i Katie a Wil chwerthin. Fyddwn i wedi dal ati'n hirach, ond yna gwelais y ddynes â'r ci oedd wedi rhedeg ar fy ôl allan o'r parc y diwrnod blaenorol, a hithau'n gwgu arna i. Gan neidio'n ôl i lawr, soniais wrth Wil a Katie fod angen i fi fynd adre, a chan obeithio nad oedd y ddynes wedi fy adnabod i heb yr hwdi a'r masg lleidr, rhedais allan o'r parc.

★ ★ ★

Y diwrnod canlynol, ar ôl i Mam a Dad smalio'u bod nhw'n drist am orfod ein gadael ni i fynd ar drip gwaith arall, cipiais fy sglefrfwrdd ac anelu am dŷ Wil er mwyn chwarae gemau cyfrifiadur. Pan fydd Mam a Dad yn y tŷ maen nhw'n mynnu 'mod i'n aros i mewn drwy'r penwythnos er mwyn gwneud gwaith cartref. Ond mae Lisa'n rhy brysur gyda Beli i sylwi a ydw i yno ai peidio felly dwi'n cael gwneud fel dwi'n mynnu pan fydd hi'n rhedeg pethau. Dwi'n meddwl ei bod hi'n falch go iawn 'mod i ddim o dan draed.

Dwi'n hoff o fynd draw at Wil. Mae'i fam yn paratoi llwyth o fwyd i ni ac yn parablu am straeon dirgelwch fel petaen nhw'n wir, ac mae tad Wil yn cŵl dros ben. Mae'n prynu car newydd bob blwyddyn a wastad yn mynd â Wil i weld gemau pêl-droed a gornestau tenis a rasio ceffylau. Y llynedd, cafodd Wil weld ceir yn rasio mewn stadiwm anferth y tu allan i'r ddinas. Ac am hynny fuodd o'n siarad am fisoedd lawer. Byddwn i wrth fy modd yn trafod pethau felly gyda Dad, ond mae o wastad yn rhy brysur pan dwi yn y tŷ.

Ar ôl i ni chwarae gemau cyfrifiadur am ychydig oriau a Wil wedi colli bron bob un tro, llenwodd y ddau ohonom ein boliau a gadael y tŷ er mwyn sglefrfyrddio o amgylch y strydoedd lleol. Mae Wil yn byw'n agos iawn at ganolfan gymunedol, lle mae 'na wastad ddigon o blant y tu allan i bigo arnyn nhw. Yn enwedig tua un o'r gloch y prynhawn, pan fydd y strydoedd yn llenwi â phlant mewn teits llachar yn gadael dosbarthiadau dawnsio neu ddrama. Ond y diwrnod hwnnw, doedd dim golwg o neb.

'Rhaid bod y ganolfan ar gau,' meddai Wil, yn edrych ar hyd y strydoedd gwag. 'Awn ni i'r parc?'

Ysgydwais fy mhen. 'Na, mae'n ddiflas yno a fydd 'na hanner can miliwn o gŵn o gwmpas y lle heddiw.'

'Ti'n iawn,' meddai Wil, yn pwyso'n erbyn wal. Doedd o ddim yn hoff o gŵn, byth ers i ddau bŵdl redeg ar ei ôl fel diolch am ddwyn peli tenis oddi arnyn nhw. Do'n i ddim isio mynd i'r parc am 'mod i isio osgoi'r ddynes â'i chi, a'r hen ddyn.

'Am y stryd fawr 'ta?' gofynnodd Wil.

Codais fy ysgwyddau. 'Lle diflas arall.' Wrth rowlio fy sglefrfwrdd 'nôl a 'mlaen gydag un droed, gwyliais fws yn mynd heibio'n araf. 'Hei, dwi'n gwybod! Be am i ni ddal y bws a sglefrfyrddio o gwmpas Big Ben?'

Oedodd Wil. Haf diwetha roedd ei fam wedi darganfod ein bod ni'n dal y bws i ganol y ddinas ar ein pennau ein hunain bron bob dydd ac wedi sgrechian cymaint am y peth â thasen ni wedi dal awyren i Tseina!

'Brysia,' dywedais, 'dydi o ddim yn bell.'

'Iawn,' meddai Wil o'r diwedd. 'Ond allwn ni ddim aros yn rhy hir. Rhaid i fi fod yn ôl ar gyfer y gêm. West Ham yn erbyn Newcastle United! Y gêm fwya'n hanes y gynghrair erioed. Mae Dad wedi prynu crysau-T arbennig i ni.'

'Ydy, mae'n mynd i fod yn gêm dda,' mentrais, gan gymryd arna i y byddai'n ei gwylio hefyd. 'Paid â phoeni am y peth. Dydi hi ddim yn ddau o'r gloch eto felly mae 'na ddigon o amser. Awê!'

Dilynodd Wil ac o fewn munudau ro'n ni'n eistedd ar fws rhif 159 oedd wedi grwgnach i stop o'n blaenau.

'Oedran?' gofynnodd y gyrrwr, gan wgu ar Wil.

'Deg,' meddai'r ddau ohonon ni gyda'n gilydd. Roedd Wil wastad yn cael ei stopio ar fysiau ac yn y sinema am ei fod yn edrych yn hŷn. Syllodd y gyrrwr arnon ni a'n sglefrfyrddau am eiliad cyn gadael i ni basio. I fyny'r grisiau â ni i eistedd, gan chwerthin ar y bobl yn crwydro'r strydoedd oddi tanom wrth i ni basio rhesi diddiwedd o siopau a phontydd a thoeon ceir, nes i lais robotaidd y bws ddatgan: 'Nesaf, Gorsaf Westminster.' Pwysodd y ddau ohonom y botwm i stopio'r bws mor bell â phosib cyn cyrraedd er mwyn digio'r gyrrwr, gan wneud iddi weiddi arnon ni o'i chaetsh gwydr wrth i ni lamu allan o'r drws cefn. Does dim byd gwell na rhywun yn gweiddi arnoch chi heb allu rhedeg ar eich hôl.

Gan groesi'r stryd fawr lydan oedd yn amgylchynu Big Ben fel ffos, gosododd y ddau ohonom ein byrddau ar lawr a chychwyn gwibio a chlecian a rowlio ein ffordd dros y milltiroedd o balmentydd wrth ymyl afon Tafwys, a hwythau bron yn wag.

Roedd Katie a Wil a fi wedi dod o hyd i'r lle 'ma bron drwy ddamwain y llynedd, wrth i ni dreulio'r haf yn teithio hwnt ac yma ar fysiau gwahanol. O'r holl lwybrau bws, rhif 159 oedd y gorau gennym, achos mewn hanner awr yn unig ro'n ni'n medru gadael ein rhan ddiflas ni o'r ddinas a chyrraedd canol Llundain, wrth ymyl yr afon a Big Ben – y lle gorau ar gyfer sglefrfyrddio. Ro'n ni'n treulio dyddiau cyfan yn sglefrfyrddio heibio i gychod a cherfluniau a phontydd a phobl ar feiciau mewn dillad hurt. Ac ar ôl diflasu ar hynny, byddai'r tri ohonom yn anelu at oleuadau llachar Piccadilly Circus ac yn prynu hufen iâ a gwylio'r holl bobl ryfedd oedd yn peintio'u hunain yn aur ac arian er mwyn smalio bod yn gerfluniau'n sefyll y tu allan i'r theatrau. Weithiau roedd rhaid i ni redeg i ffwrdd oddi wrth y plismyn oedd yn crwydro'r strydoedd am fod yn gas ganddyn nhw sglefrfyrddwyr, ond creu mwy o gyffro fyddai hynny.

Ar ôl gorffen wyth ras o amgylch Piccadilly Circus, oedodd Wil a fi er mwyn cael hufen iâ a'i fwyta wrth eistedd ar ris ucha'r ffynnon enwog. Doedd 'na fyth ddŵr ynddi felly dwi ddim yn gwybod pam ei bod hi mor enwog, ond roedd pawb yn dod i weld y cerflun uwchben. O'n cwmpas, roedd grwpiau anferth o dwristiaid yn stopio er mwyn edrych i fyny a thynnu lluniau o'r dyn sgleiniog a'i adenydd. Roedd yn gwisgo hanner gŵn ac yn sefyll ar un goes ar donnau duon oedd yn codi'n syth i fyny, fel dŵr solet yn cael ei saethu dros ddau lawr cyfan. Bob hyn a hyn, byddai cwpwl afiach yn cusanu ac yn gweiddi 'Mae o wedi 'nal i! Dwi mewn cariad!' wrth ffilmio'u hunain yn smalio cael eu saethu gan y cerflun, oedd yn gafael mewn bwa. Roedd o wir yn edrych fel petai'n paratoi i anelu saeth anweledig i ganol y dorf islaw. Wrth i ni orffen ein hufen iâ, dechreuodd cwpwl wrth ein hymyl gusanu mor swnllyd fel eu bod nhw'n swnio fel hwfers wedi torri, a dechreuodd Big Ben ganu yn y pellter.

Dong . . . Dong . . . Dong . . . Dong . . . Dong . . .

'Mam bach, mae'n bump o'r gloch yn barod? Fydda i'n hwyr!' meddai Wil, gan neidio ar ei draed. 'Mae'r gêm yn dechrau mewn llai nag awr. Brysia.'

'Dwi am aros,' atebais. 'Wna i fynd adre mewn dipyn.'

Crychodd Wil ei dalcen. 'Ti am aros fan hyn ar ben dy hun?'

'Ydw,' atebais gan afael yn dynnach yn fy sglefrfwrdd. 'Dwi isio ymarfer un naid am dipyn eto.'

'Iawn . . .' meddai Wil, yn swnio braidd yn ansicr. Cerddodd draw at y safle bws, gan edrych 'nôl arna i dros ei ysgwydd. Ro'n i'n gwybod ei fod yn meddwl 'mod i'n debyg o gael pryd arall o dafod, ond y gwir oedd na fyddai unrhyw un yn sylwi a o'n i adre ai peidio.

Does gen i ddim syniad pa mor hir fues i'n rowlio i fyny ac i lawr ac o gwmpas y lle'n rhoi cynnig ar driciau gwahanol, ond newydd wneud fflip ddwbwl a glanio'n berffaith o'n i, pan sylweddolais i fod yr adeiladau a'r palmant wedi troi o fod yn heulog a swnllyd i fod yn gysgodlyd dros ben a bron yn dawel. Roedd y goleuadau stryd a'r peli golau ger yr afon wedi cynnau hefyd, a'r strydoedd bron yn wag. Do'n i erioed wedi aros allan mor hwyr yn y ddinas ar fy mhen fy hun bach o'r blaen, ond doedd dim ofn arna i. Dim o gwbwl. Ond ro'n i'n llwglyd, felly cychwynnais rowlio fy ffordd yn ôl i fyny at Piccadilly Circus. Meddyliais y buaswn i'n medru cael rhywbeth sydyn i'w fwyta a gwylio'r sgriniau mawr yn goleuo yn y tywyllwch wrth ddisgwyl am fws yn ôl adre.

Wrth i fi fynd heibio i'r holl fwytai a'r tafarndai y naill ochr i'r stryd, ro'n i'n medru clywed synau pobl yn sgrechian ac yn llawenhau ac yn gweiddi bŵ o'r tu mewn. Rhaid bod y gêm bêl-droed wedi mynd i amser ychwanegol, am ei bod hi'n teimlo fel petai pawb yn Llundain yno'n gwylio heblaw amdana i. Do'n i erioed wedi gweld y ddinas mor wag. Ond roedd hynny'n wych, am y gallwn wibio'n ôl a 'mlaen ar y stryd ar fy sglefrfwrdd heb daro'n erbyn neb.

Prynais far o siocled o siop fechan a dod o hyd i'r safle bws cywir. Gan eistedd ar y fainc, disgwyliais am fws rhif 159 i fynd â fi adre. Doedd goleuadau'r safle ddim yn gweithio, ond roedd y sgriniau mawr mor llachar a phrysur nes gwneud i fi deimlo 'mod i'n eistedd yn nghanol sioe laser dawel.

Roedd eistedd ar fy mhen fy hun yn brofiad rhyfedd, yn enwedig gan fod yr holl strydoedd bron yn wag hefyd. Roedd yr holl siopau mawr ar gau, a'r torfeydd o dwristiaid – a'u traed fel arfer yn curo'r palmentydd fel mil o ddrymiau bychain – wedi diflannu.

Ar ôl gwylio'r hysbysebion ar y sgriniau mawr gymaint nes 'mod i'n medru adrodd pob un gair, dechreuais bendroni a oedd y bysiau hyd yn oed yn rhedeg, ac os nad oedden nhw, sut ro'n i am gyrraedd adre. Allwn i ddim sglefrfyrddio bob cam – heb wybod y ffordd, o leia. Ro'n i ar fin cychwyn yn ôl i'r siop a gofyn i'r ddynes yno a oedd hi'n gwybod unrhyw beth am y bysiau, pan welais i rywbeth wnaeth i fi rewi yn y fan a'r lle.

Yn nrws hen adeilad mawr yn union dros y ffordd, gallwn weld siâp tywyll yn gorwedd ar lawr. Wrth i fi wylio, dechreuodd symud. Yn raddol, fel planhigyn dynol rhyfedd, tyfodd y siâp yn ffigwr dyn tal a thenau wedi'i wisgo mewn côt ddu hir a chrychiog a het wlân fudr, ei wyneb cyfan wedi'i orchuddio â barf fawr drwchus.

Eisteddais yn hynod lonydd, dal fy ngwynt a chulhau fy llygaid er mwyn craffu ar ei wyneb yn iawn, ond wrth i'r awyr dywyllu, dim ond siâp yr het – a'r farf – fedrwn i weld . . . het a barf ro'n i'n eu hadnabod yn syth.

Thomas oedd o.

Arhosais yn hollol lonydd. Gan siarsio 'nghyhyrau i beidio symud a 'nghalon i roi'r gorau i guro yn fy ngwddf, gwyliais y ffigwr yn ysgwyd ei freichiau a'i goesau er mwyn eu hystwytho nhw, a sleifio'n araf o gysgodion y drws.

Beth oedd o'n ei wneud yma? Oedd o wedi dilyn Wil a fi er mwyn medru dial arna i? Ai dyma oedd ei gartre bellach? Oedd o wedi 'ngweld i? Oedd o am ddod draw ata i? Ac os felly, be o'n i am wneud?

Ro'n i isio codi a neidio ar fy sglefrfwrdd a gadael mor gyflym â phosib, ond do'n i ddim yn medru symud. Roedd fy ymennydd yn mynnu 'mod i'n gwneud ambell beth, a phob rhan arall ohona i'n gwrthod. Allwn i wneud dim ond eistedd a disgwyl i weld beth fyddai'n ei wneud nesa.

Cododd yr hen ddyn ei ddwylo i'r awyr er mwyn ystwytho'i hun eto. Edrychodd i fyny ac i lawr y stryd wrth i feic modur ruo heibio. Yna, cyn i fi sylweddoli beth oedd yn digwydd, dechreuodd redeg.

Crebachais yn ôl yn erbyn y safle bws, fy nghalon yn curo mor uchel nes 'mod i'n amau ei bod wedi'i chysylltu â set o uchelseinwyr. Erbyn i fi sylweddoli nad rhedeg tuag ata i roedd yr hen ddyn wedi'r cwbwl, roedd wedi gwibio heibio, at y byrddau poster anferth, ac wedi stopio er mwyn syllu arnyn nhw. Pwysais ymlaen ac edrych i fyny hefyd, ond do'n nhw'n gwneud dim ond dangos yr un hysbysebion crand am fyrgyrs a phersawrau bloedeuog oedd wedi bod yno drwy'r dydd. Rheiny, ynghyd â'r rhifau mawr fel ar sgrin cyfrifiannell oedd yn datgan ei bod yn **8:41yh** .

Daliais i wylio. Dim ond ochr ei wyneb ro'n i'n medru gweld, ond gallwn ddweud ei fod yn gwenu. Achos y ffordd roedd ei farf yn symud, o bosib. Ar ôl munud, trodd o'r sgriniau ac edrych o'i gwmpas, fel petai'n gwneud yn siŵr bod neb arall yno. Wrth iddo edrych i 'nghyfeiriad, disgynnais yn sydyn y tu ôl i wal blastig y safle bws a disgwyl am ychydig eiliadau cyn sbecian unwaith eto. Roedd wedi mynd yn ôl i syllu ar y byrddau poster. Gwibiodd tacsi heibio. A bellach doedd neb arall o gwmpas. Dim ond ni'n dau.

Wrth i fi ddal i syllu, estynnodd yr hen ddyn ei fraich. Roedd rhywbeth yn ei law, yn disgleirio ac yn pelydru yn y fflachiadau golau. Ro'n i'n rhy bell i'w weld yn iawn, ond clywais y peth yn gwneud sŵn *clic* uchel.

Ar yr eiliad nesa un, diffoddwyd yr holl sgriniau anferth a'r lampau stryd a'r goleuadau a ddisgleiriai o ffenestri'r adeiladau o'n cwmpas – bob un – ar yr un pryd yn union, gan daflu popeth i waelod bwced o dywyllwch pur.

Rhwbiais fy llygaid ac edrych o 'nghwmpas, ond do'n i ddim yn medru gweld unrhyw beth. Roedd fel petai'r ddinas gyfan wedi'i diffodd a'i mygu â chlustog mawr du. Do'n i erioed wedi gweld neu deimlo tywyllwch tebyg o'r blaen – ddim hyd yn oed adeg toriad trydan pan mae'ch llygaid, rywsut, yn dal i fedru gweld siapiau aneglur. Doedd dim un golau yno. Dim car na bws na beic yn tinclan na llais. Dim. Dim byd ond tywyllwch.

Agorais a chau fy llygaid yn galed, drosodd a throsodd, er mwyn medru gweld eto. Ar ôl ychydig eiliadau, ffurfiodd y lôn i ddechrau – ac yna'r siopau a'r rheiliau a'r palmentydd – siapiau o 'mlaen, ond dim ond mewn cysgodion dryslyd o lwyd aneglur.

O rywle'n agos, gallwn glywed rhywbeth yn troelli ac yn gwneud sŵn grwnian. Dyma fi'n troi fy llygaid i gyfeiriad y sŵn a gweld cawod o sbarcs melyn-oren yn disgyn fel rhaeadr hudol. Roedd fel petai rhywun yn chwarae â thân gwyllt oedd ddim cweit yn cyrraedd yr awyr.

Gan gerdded o'r cysgodion ar flaenau fy nhraed, gallwn weld siâp aneglur y ffynnon – yr un roedd Wil a finnau wedi bod yn rasio o'i chwmpas drwy'r prynhawn. Roedd y sbarciau'n dod o'i huchelfannau pella a . . . a . . . rhwbiais fy llygaid, yn galed, er mwyn gwneud yn siŵr nad oedden nhw'n chwarae triciau arna i. Ond do'n nhw ddim. Roedd *o* yna! Gallwn weld yr hen ddyn yn hongian o wddw'r cerflun fel pry cop, gan daflu sbarciau tanllyd ac yn gadael llwybrau o olau fel gwe'n pylu o'r golwg.

Dim ond am ychydig o eiliadau barhaodd y sŵn troelli a'r sbarciau eto cyn i sŵn cloncian haearnaidd uchel ddechrau: roedd rhywbeth wedi disgyn o ben y ffynnon i'r ddysgl lydan a chrwn ar y gwaelod. Daeth y lluwchfeydd o oleuadau melyn-oren a'r synau grwnian i ben a neidiodd yr hen ddyn i lawr, gan ddefnyddio'r silffoedd duon disglair a'r tonnau cerfiedig er mwyn dal ei afael. Chymerodd yr holl beth ddim mwy na thair naid fechan. Gan ysgwyd tun yn swnllyd yn ei law, dechreuodd chwistrellu rhywbeth ar risiau'r ffynnon. Safodd yn ôl, gan ddisgwyl am funud, cyn codi ei law eto. Daeth *clic* arall, ac yn syth, daeth y lampiau stryd a'r sgriniau a goleuadau'r adeiladau'n ôl 'mlaen, gan frifo fy llygaid ag ergyd lachar. Tasgodd bywyd i'r cloc trydan mawr ar waelod y bwrdd poster unwaith eto.

Syllais innau. Os oedd yr amser arno'n gywir roedd hi bellach yn **8:42yh**. Dim ond un funud oedd wedi pasio.

Gwnes fy ngorau i sleifio'n ôl i'r cysgodion, ond do'n i ddim yn medru symud. Felly arhosais yno mor llonydd â phosib, gan ddal fy ngwynt. Edrychodd yr hen ddyn ddim i 'nghyfeiriad i – dim hyd yn oed am eiliad. Yn hytrach, rhoddodd chwerthiniad dwfn ac uchel oedd yn atseinio o amgylch y strydoedd gweigion, a chan dynnu'i het, moesymgrymodd yn hir ac yn araf o flaen y byrddau poster ac unwaith eto'r ffynnon ei hun. Yna gan godi rhywbeth o waelod y ffynnon, stwffiodd y peth o dan ei gôt a rhedeg i lawr y stryd, gan doddi i'r tywyllwch.

Trawais fy mochau'n union fel roedd Dad yn wneud wrth wisgo persawr eillio a theimlo'r boen ar fy nghroen. Do'n i'n sicr *ddim* wedi bod yn breuddwydio. Roedd popeth ro'n i wedi'i weld wedi digwydd go iawn!

Am rai eiliadau, arhosodd popeth yn llonydd ac yn dawel. Yna, o'r tu ôl i fi, dechreuais glywed synau'r ddinas unwaith eto. Daeth sŵn rhywun yn cerdded at y safle fws i ddechrau; yna dynes yn siarad ar ei ffôn; ac yna sŵn atseiniog radio'n uchel o dacsi'n gwibio i fyny'r ffordd. Ond ro'n nhw wedi cyrraedd yn rhy hwyr. Doedd neb arall wedi gweld y cyfan – heblaw amdanaf i!

Yn araf, gadewais y safle bws a chroesi'r ffordd at y ffynnon. Drwy'r prynhawn, ro'n i wedi gweld twristiaid yn tynnu hunluniau o'i blaen oherwydd eu bod yn meddwl mai Eros oedd y cerflun uwch ei ben – Duw o wlad Groeg oedd yn hoff o hedfan o gwmpas y lle a saethu pobl er mwyn gwneud iddyn nhw ddisgyn mewn cariad â'i gilydd. Ond ro'n i'n gwybod nad fo oedd o go iawn, am fod Mam a Dad yn gwybod popeth am chwedlau. Ro'n nhw wedi sôn droeon mai cerflun o frawd Eros, Anteros, oedd o mewn gwirionedd, un arall oedd yn hoff o saethu pobl, ond fel ffordd o ddial arnyn nhw am beidio caru rhywun yn ôl. Ond doedd dim ots am hynny bellach. Achos roedd pwy bynnag oedd yno wedi colli'i fwa. Ac ar risiau'r ffynnon lle ro'n i wedi bod yn eistedd gyda Wil ychydig oriau ynghynt, roedd tair llinell groes, wedi'u chwistrellu mewn paent melyn llachar.

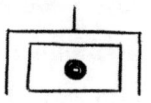

FFIGYRAU COLL

'BRÂÂÂÂÂÂÂÂÂN! AMSER CODI! MAE BRECWAST BRON AR BEN!'

Gan rwgnach, gwaeddais ateb nad o'n i isio unrhyw frecwast a thynnu'r cynfasau'n dynnach amdana i.

Roedd wedi cymryd oes i fi gyrraedd adre'r noson cynt, ac ar ôl i fi lwyddo o'r diwedd, treuliodd Lisa a Blod awr o leia'n dweud y drefn am 'mod i mor hwyr.

Codais fy llaw dde o flaen fy llygaid. Roedd yn dal i fod yno: llinell o baent melyn ar gledr fy llaw ar ôl i fi gyffwrdd â grisiau'r ffynnon. Dywedai'r marc wrtha i fod y cyfan wedi digwydd go iawn ac nad oedd fy ymennydd yn chwarae triciau arna i.

'BRÂÂÂÂÂÂÂÂN! DW I DDIM ISIO GORFOD DOD I FYNY 'NA!'

'Iawn! Dwi'n dod!' gwaeddais, er nad o'n i am wneud. Yn hytrach, ciciais y cynfasau i ffwrdd, cyn codi a throi'r cyfrifiadur 'mlaen. Ar ôl iddo bipian a deffro, teipiais fy nghyfrinair. Ond doedd o ddim yn gweithio.

Rhoddais gynnig arall arni . . . heb lwc.

'LISA! PAM BOD FY NGHYFRIFIADUR YN GWRTHOD GWEITHIO?' sgrechiais.

Ac yna cofiais. Y noson cynt, ar ôl i Lisa orffen dweud y drefn, roedd hi wedi ffonio Mam a Dad er mwyn iddyn nhw gael rhoi pryd o dafod hefyd. Ro'n nhw wedi digio cymaint nes eu bod nhw wedi siarsio Lisa i newid fy nghyfrinair, fy rhwystro rhag chwarae unrhyw gemau, a dweud eu bod nhw am dorri'u taith yn fyr er mwyn dod adre a 'siarad â fi o ddifri'.

Ciciais fy mwrdd bach gan daro fy lamp drosodd. Roedd y cyfan mor annheg!

'HEI, FFŴL,' gwaeddodd Blod, wrth iddi daranu heibio i 'nrws ar y ffordd i'w stafell. Ro'n i'n gwybod y byddai Mam a Dad yn gandryll am wneud iddyn nhw ddod yn ôl yn gynnar, felly ro'n i'n gobeithio y bydden nhw'n rhy brysur yn gweithio'n barod i sylwi arna i'n cael tamaid o frecwast. Roedd drws stiwdio Dad yn gilagored a gallwn ei glywed yn siarad yn uchel â rhywun. Ond do'n i ddim yn gwybod ai Mam oedd yno, felly sleifiais at y drws a chymryd cip o'i amgylch.

Roedd Dad wrthi'n troi yn ei gadair wrth siarad ar y ffôn ac eisteddai Mam ar sil y ffenest, yn yfed te ac yn darllen papur newydd.

'Christian, dwi'n awgrymu ein bod ni'n dewis Mary,' meddai Dad. 'Mae ei stori'n fwy diddorol. Ar ben hynny, gawn ni ei defnyddio hi fel ffordd o bontio i drafod lladrad Piccadilly Circus. Mae hi'n cysgu'n agos at fan 'na, yntydi?'

Oedais y tu allan i'r drws.

'Paid ag anghofio'r arwyddion!' sibrydodd Mam.

'O, ia! Ac yna gawn ni safbwynt Mary ar y symbolau gafodd eu gadael yno – a sut mae hi'n teimlo am y papurau newydd yn mynnu mai'r digartre sy'n gyfrifol am y lladradau 'ma . . .' Oedodd Dad er mwyn gwrando. 'Yn union. Fydd hi ddim yn hawdd gwerthu'r un o'r pethau 'ma. Mae'r cyfan yn ddryswch. Yn enwedig â'r un enaid byw wedi gweld y lleidr.'

Oni bai amdana i, meddyliais.

Gwrandewais am ychydig eiliadau eto, ond dechreuodd Dad fwydro am gefnogwyr a noddwyr, felly anelais am y gegin.

98

Ar fwrdd y gegin roedd gweddill y papurau dydd Sul. Roedd lladrad y cerflun wedi cyrraedd tudalennau blaen bob un ohonyn nhw ac un hyd yn oed wedi apelio am fwy o wybodaeth. Pendronais pa wobr fyddwn i'n ei chael am ddatgelu'r hyn welais i. Ella y bydden nhw'n fy ngwneud i'n enwog a rhoi tlws i fi. Fyddai hynny'n dangos i Mr Lancaster a Mrs Vergara wirion nad o'n i eu hangen *nhw* i gael gwobrau wedi'r cwbwl! Ac roedd yn siŵr gen i na fydden nhw'n fy nghadw i ar ôl ysgol mor aml taswn i'n enwog chwaith.

Edrychais i lawr ar fy llaw. Roedd y marc ar fy nghledr yn brawf 'mod i wedi bod yno, ond ro'n i angen mwy. Doedd dim dewis ond cael gafael ar yr hen ddyn er mwyn medru dweud wrth yr holl newyddiadurwyr lle'r oedd o'n cuddio. Ac roedd hynny'n golygu gadael y tŷ, fyddai ddim yn hawdd ar ôl cael fy nghadw dan glo'r noson cynt. Byddai'n rhaid i fi fod yn garedig dros ben i Mam a Dad a hyd yn oed Lisa, er mwyn eu denu at fy ochr i.

Yn y gegin, roedd Lisa ar ei phen ei hun, yn plicio moron ger y sinc. Gan gerdded ati fflachais wên fawr i'w chyfeiriad a dweud, 'Bore da, Lisa.'

'Wyt ti'n dost?' gofynnodd hithau, gan roi'r pliciwr i lawr a gwgu arna i. Ysgydwais fy mhen.

'Wel, brysia i orffen dy frecwast. Mae angen y bwrdd arna i er mwyn paratoi cinio.'

'Bân!' llefodd Beli wrth redeg i'r gegin â thegan awyren anferth yn ei law. Neidiodd i fyny ac i lawr wrth fy ymyl wrth i fi dywallt grawnfwyd i bowlen, cyn dechrau tynnu fy llawes. 'Ga i beth?'

Codais fy ysgwyddau a rhoi 'mowlen iddo, gan wneud i'r peth bach ollwng ei awyren yn syth a gwthio llond llaw o rawnfwyd i'w geg yn hapus.

'BRÂÂÂÂÂÂÂÂÂÂÂÂÂÂÂÂN! NA! DYW E DDIM YN *CAEL*!' gwaeddodd Lisa, gan gipio'r bowlen oddi ar Beli. 'Gormod o siwgr!'

Wrth i Beli ddechrau crio, gwgais innau ar Lisa. Cipiais fy mowlen yn ôl, a chychwyn allan o'r gegin.

'BRÂÂÂÂÂÂÂÂÂÂÂN,' gwaeddodd Lisa eto, a 'nilyn i'r coridor gan edrych drwy'r canllawiau arna i.

'BE?' gofynnais, gan wneud fy ngorau i rwystro fy hun rhag tywallt fy ngrawnfwyd dros ei phen.

'Mae dy dad wedi addo i Mrs Sanders y byddi di'n ei helpu hi heddiw – fel rhan o dy gosb am bopeth wnest ti ddoe. Rwyt ti am fynd yno'r bore 'ma, iawn?'

Roedd Mam a Dad wastad yn gorfodi Blod a minnau i helpu Mrs Sanders. Roedd hi'n byw ychydig i lawr y stryd ac yn arogli o finegr a sanau heb eu golchi.

Choeliwch chi byth ond roedd Blod wrth ei bodd yn ei helpu hi, gan ei bod yn chwaer mor ddiflas, ond do'n i ddim yn mynd yno heblaw bod Mam a Dad yn fy ngorfodi fel cosb.

Er 'mod i'n casáu mynd fel arfer, allwn i ddim meddwl am ddim byd gwell heddiw! Roedd Mrs Sanders mor hen fel na fyddai hi'n gwybod am faint ro'n i yno. Petawn i'n gorffen ei holl dasgau'n ddigon slic, byddai gen i amser i chwilota am yr hen ddyn. Ro'n i am fynd draw i'r fainc yn y parc i ddechrau a phe na bai o yno, byddai'n rhaid edrych ger y siop fferins hefyd.

'Ych, iawn,' wfftiais, gan drio swnio'n ddiflas. 'Fe af i'r funud 'ma.'

Wrth redeg i fyny i fy stafell, gallwn glywed Lisa'n lled fwmian, 'Wel, dyna ryfeddod!' wrth iddi gychwyn yn ôl at ei moron ac at Beli.

Unwaith i fi orffen brecwast, gwisgais fy jîns a'm hwdi du a chydio yn fy sglefrfwrdd. Roedd Mam a Dad wastad yn gwneud i ni fwyta cinio dydd Sul am un o'r gloch ar y dot pan o'n nhw adre, felly roedd rhaid i fi fod 'nôl erbyn hynny, oedd yn golygu bod amser yn dynn; roedd hi bron yn ddeg o'r gloch yn barod, a byddai'n rhaid gwneud amser ar gyfer holl waith diflas Mrs Sanders hefyd.

Agorais fy mag a thaflu fy holl lyfrau ysgol allan, cyn ei lenwi â'r fferins a chreision ro'n i'n eu cadw o dan fy ngwely rhag ofn i fi deimlo'n llwglyd.

'Lle TI'N mynd?' gofynnodd Blod wrth fy nal i'n sleifio drwy'r drws ffrynt. 'Rwyt ti dan glo, siŵr!'

'Rhaid i fi helpu Mrs Sanders, y dwpsen!' atebais, gan wneud fy ngorau i beidio â gwenu.

Roedd wyneb Blod yn dal yn syn wrth i fi sglefrfyrddio i fyny'r stryd, ond cyn cyrraedd Mrs Sanders, dyma fi'n troi oddi ar y llwybr i'r parc ac i fyny'r bryn at fainc yr hen ddyn. Ond doedd neb yno.

Edrychais o 'nghwmpas am rywun mewn côt hir ddu a het wlanog. Ond allwn i ddim gweld neb heblaw ambell lonciwr mewn dillad llachar oedd yn glynu iddyn nhw fel hancesi gwlyb, pobl yn taflu peli a phriciau i'w cŵn, a'r fan hufen iâ wedi'i pharcio yn y lle arferol rhwng y llyn a'r goedwig yn llawn coed derw anferth.

Neidiais 'nôl ar y sglefrfwrdd a gwibio at siop Danteithion McEwan cyn gynted â phosib. Doedd yr hen ddyn ddim y tu allan. Doedd dim golwg o Mr McEwan chwaith, gan fod 'na ddim plant o gwmpas iddo gael eu dwrdio. Ond ella bod y teulu McEwan yn nabod yr hen ddyn – ro'n nhw'n llawer rhy lym i adael i unrhyw un eistedd ar y stryd y tu allan i'r siop heb ganiatâd. Oni bai mai *nhw* oedd wedi ffonio'r heddlu er mwyn cael gwared arno! Er hynny, waeth i fi roi cynnig arni ddim, felly gwthiais ddrws y siop ar agor a cherdded i mewn.

'Ie?' gofynnodd Mrs McEwan yn biwis, ei llygaid yn fy mhwnio â chwestiynau cudd. 'A beth wyt *ti* isio?'

'PWY SY 'NA?' gofynnodd Mr McEwan o gefn y siop yn rhywle.

'Y CIPIWR,' gwaeddodd Mrs McEwan yn ôl, yn dal i syllu arna i. 'COFIO? YR UN SY WRTH EI FODD YN CIPIO PETHAU GAN Y PLANT ERAILL.'

'O?' Daeth Mr McEwan at y cownter. Edrychodd yn haearnaidd arna i. 'Be ti isio?'

'Dyna'n union ofynnais i,' meddai Mrs McEwan.

'Wel,' meddai Mr McEwan, yn rowlio'i lygaid, 'Rŵan *dwi'n* gofyn iddo fo!'

Trodd y ddau tuag ata i'n ddisgwylgar.

'Os gwelwch chi'n dda y . . . syr . . . ac, y . . . Mrs McEwan . . .' Roedd trio rhoi tinc caredig yn fy llais, yn hytrach na gweiddi'n ôl fel arfer, yn deimlad rhyfedd. 'Ydych chi'n nabod y dyn yn yr het felen? Yr un oedd yn eistedd tu allan i'r siop ddydd Gwener?'

'Thomas wyt ti'n feddwl?' gofynnodd Mrs McEwan, gan wgu fwy fyth. 'Y dyn wthiaist ti'i droli i'r llyn?'

Agorais fy nheg mewn syndod.

'Roedd hynny'n beth cas iawn i'w wneud,' meddai Mr McEwan. 'Gwthio eiddo rhywun i lyn fel 'na. Yn enwedig dyn sy wedi colli cymaint yn barod.'

Agorais fy ngheg yn lletach er mwyn trio dangos iddyn nhw mai bai'r hen ddyn oedd hynny am iddo daflu cerrig ata i a fy ffrindiau. Ond yna cofiais be ddywedodd Mei-Li a daeth syniad i 'mhen.

'Dwi'n gwybod – ond do'n i ddim yn bwriadu gwneud,' atebais, gan bendroni a fydden nhw'n fy nghoelio. 'A dwi isio dweud wrtho faint dwi'n difaru gwneud, a 'mod i am drio cael troli newydd iddo.'

'O, wel! Dyna syndod!' meddai Mrs Ewan, gan bwnio Mr McEwan yn ei fraich.

'Iawn, iawn!' meddai Mr McEwan, yn rowlio'i lygaid unwaith eto. 'Glywais i!'

Gan bwyso dros y cownter, edrychodd Mrs McEwan arna i dros ei sbectol. Gallwn weld y blew bychan bach ar ei gwefus ucha a beth oedd yn edrych yn debyg iawn i diwna wedi'i wasgu rhwng ei dannedd.

'Mae'n cysgu ar y stryd fawr o bryd i'w gilydd,' sibrydodd hi. 'Tu fas i swyddfa'r heddlu os oes 'na ddigon o le.'

'Pam wyt ti'n sibrwd?' gofynnodd Mr McEwan.

Cododd Mrs McEwan ei hysgwyddau. 'Mae'n fwy cyffrous felly.'

'Ym . . . diolch,' dywedais, gan droi am y drws.

'Dyna brofiad newydd,' clywais Mr McEwan yn dweud. 'Y cipiwr yn dweud "diolch" am unwaith!'

'Dim ond pedair mlynedd gymerodd hi, whare teg,' atebodd Mrs McEwan wrth i'r drws gau y tu ôl i fi.

Gan neidio ar fy sglefrfwrdd eto, gwibais 'nôl a 'mlaen ar hyd y palmentydd oedd yn arwain at y stryd fawr, gan feddwl mor rhyfeddol o hapus roedd Mr a Mrs Ewan yn swnio wrth i fi ddiolch iddyn nhw. Roedd yn ymddangos eu bod nhw'n fy hoffi i oherwydd hynny. Er eu bod nhw'n gwybod mai fi wthiodd troli'r hen ddyn i'r llyn.

Wrth agosáu at yr orsaf heddlu, neidiais oddi ar y sglefrfwrdd. Safai'r orsaf ar gornel bella'r stryd fawr, yn un o adeiladau mwya'r ardal, oedd bron mor fawr â'r ysgol. Adeilad o frics coch llachar ac mewn siâp hanner cylch ydoedd, gyda digon o ddrysau a mynedfeydd. Mae'n rhaid 'mod i wedi cerdded heibio i'r lle o leia hanner miliwn o weithiau ers cael fy ngeni, ond do'n i erioed wedi sylwi ar bobl yn cysgu gerllaw.

Ar ôl cyrraedd y grisiau oedd yn arwain at y prif ddrysau, edrychais i fyny. Drwy'r drysau gwydr mawr, sgleiniog, gallwn weld plismyn yn sefyllian wrth y cownter. Ond doedd neb y tu allan.

Cerddais draw at y fynedfa fawr nesa. Doedd neb yno chwaith. Dim ond drws mawr glas wedi'i gau â chadwyni. A neb wrth y fynedfa honno chwaith. Roedd gweddill yr adeilad y tu ôl i ffens, felly cerddais 'nôl at y ffrynt, gan basio'r brif fynedfa eto er mwyn astudio'r drysau ar yr ochr draw. Yn un ohonyn nhw, roedd rhywun yn gorwedd ar ddarn mawr o gardfwrdd, yn cysgu.

Dringais i fyny'r grisiau at y fynedfa gan geisio gweld a oedd y ffigwr yn gwisgo het felen, ond roedd pwy bynnag oedd yn cysgu yno wedi gorchuddio'u hunain â blanced fawr lwyd.

Heb wybod beth arall i'w wneud, pesychais yn uchel.

Symudodd y ffigwr dan y flanced lwyd yr un fodfedd.

'Hei,' dywedais. 'Hei. Ai Thomas wyt ti?'

Doedd dim symudiadau'n dal i fod, felly rhoddais bwt i'r ffigwr â 'nhroed. 'Hei. Deffrwch!'

Yn sydyn saethodd llaw fawr allan a gafael yn fy ffêr.

'Be ti'n feddwl ti'n wneud?' meddai llais isel. Llithrodd y flanced i lawr i ddatgelu wyneb dyn; ond doedd gan yr wyneb yma ddim barf dywyll drwchus na het ar ei ben. Barf fer, arw, frown a llygaid llwyd craff, oedd ganddo a gwisgai gap pig â'r geiriau 'Byw Am Byth' arno.

'Hei,' mentrais, gan geisio cipio fy esgid yn ôl â 'nhroed yn dal i fod ynddi. 'Ro'n i'n chwilio am T-Thomas.'

'Felly wir? Well i ti wneud hynny heb gicio pobl fel fi, ti'm yn meddwl?' meddai'r dyn, wrth iddo wthio 'nhroed i ffwrdd yn flin, gan bron wneud i fi faglu wysg fy nghefn i lawr y grisiau. 'Be wyt ti isio â Thomas beth bynnag?'

'Dim,' atebais. 'Dwi jest isio . . . dod o hyd iddo.'

Culhaodd y dyn ei lygaid gymaint, do'n i ddim yn siŵr eu bod nhw hyd yn oed ar agor bellach. 'Chdi 'di'r hogyn wthiodd ei droli i'r llyn, 'de?' meddai, gan eistedd er mwyn fy ngweld yn iawn.

Syllais yn ôl arno. Sut oedd *pawb* yn gwybod amdana i a'r troli?

'Ia,' atebais. 'Yn ddamweiniol,' ychwanegais, yn dweud y gwir.

'Mae'n debyg nad wyt ti'n gwybod be gollodd o'r diwrnod hwnnw o'th herwydd di,' meddai'r dyn, yn ysgwyd ei ben.

Ro'n i isio gofyn iddo beth oedd mor arbennig am droli'n llawn papurau newydd a bagiau plastig, ond yn hytrach dywedais, 'Ro'n i isio dweud wrtho fod . . . ti'n gwybod, fod yn ddrwg gen i.'

'Hmmmmm,' meddai'r dyn, ac edrych arna i eto o 'nghorun i'm sawdl. Ro'n i'n medru teimlo'i lygaid yn fy astudio fel peiriant, yn trio penderfynu a o'n i'n bod yn onest. Plastrais olwg drist a difrifol ar fy wyneb.

'Wel, fydd o ddim ar y bysiau ar ddiwrnod braf fel heddiw. Trio'r orsaf drenau fyswn i. Lawr y stryd gefn wrth y siop bitsas. Mae'n byw ac yn bod tua'r cefnau 'na o bryd i'w gilydd. A gwranda . . .'

Pwysodd yn ei flaen a chymerais innau gam yn ôl.

'Well i ti beidio cyffwrdd â'r un ohonon ni â dy droed eto, dallt? Ella'n bod ni'n cysgu ar y stryd, ond 'dan ni ddim yma er mwyn cael ein trin fel baw. Os wnei di hynny eto, ella gei di 'mo dy droed 'nôl. Wyt ti'n deall?'

Edrychais i lawr ar fy nhroed dde a nodio 'mhen yn gyflym.

'Ffwrdd â ti, 'ta.'

'D-diolch,' mentrais.

'"Diolch, *Sam*," ti'n feddwl,' meddai'r dyn, gan gulhau'i lygaid eto. 'Fy *enw* i yw Sam.'

'Diolch, *Sam*,' meddwn, cyn rhedeg 'nôl i lawr y grisiau a neidio'n gyflym ar fy sglefrfwrdd eto.

Gwibais i lawr y stryd fawr ac i fyny'r bryn at y brif orsaf drenau. Roedd Sam wedi sôn am stryd fach gefn rhyngddo a'r siop bitsas, ond do'n i erioed wedi sylwi arni cyn hynny. Roedd hi yno o 'mlaen i, serch hynny.

Gan fflipio fy sglefrfwrdd i fyny i 'nwylo, astudiais y stryd gefn. Roedd mor gul, edrychai fel petai rhywun wedi anghofio llenwi bwlch mawr â brics rhwng y ddau adeilad. Roedd yn dywyll ac yn llawn glaswellt budr a chwyn, ond roedd yn rhaid ei bod yn arwain i rywle achos ro'n i'n medru gweld golau yn y pen draw.

Oedais. Roedd angen i fi fynd i helpu Mrs Sanders, neu byddwn mewn hyd yn oed mwy o drwbwl. Dim ond isio gweld oedd yr hen ddyn yna o'n i. Ychydig eiliadau fyddwn i. Wedyn ro'n i am anelu'n syth am orsaf yr heddlu a sôn am bopeth welais i'r noson cynt a lle i ddod o hyd i Thomas ac ymbil arnyn nhw i ddweud wrth y papurau newydd hefyd. Gan gymryd anadl ddofn a dal yr holl aer yn belen yn fy ngheg, rhedais i lawr y stryd gefn mor gyflym â phosib, tan i fi gyrraedd y pen lle'r oedd iard fawr yn agor o 'mlaen i.

Yn union y tu ôl i wal gefn yr orsaf drenau, wedi'i chuddio yng nghornel yr iard, roedd pabell â'i sip yn llydan agored. O'i blaen roedd dwy hen gadair bicnic, a hen ddynes yn eistedd yn un ohonyn nhw a'i gwallt yn gyrliau duon oedd yn ffrwydro i bob cyfeiriad, a menyg piws llachar heb fysedd am ei dwylo. Roedd wedi'i hamgylchynu gan o leia ddwsin o gathod, bob un yn mewian, yn ymestyn, yn dylyfu gên ac yn stelcian o gwmpas y babell.

Daliodd yr hen ddynes fi'n syllu arni hi a'r gath fawr gringoch dew oedd yn cael mwythau ganddi, a gwgodd arna i.

'Ar be wyt TI'N syllu?' gofynnodd, a mil o grychau'n ymwthio ar draws ei hwyneb. 'Cer o 'ma, 'te! Cer! Dwi ddim yma er mwyn i rai fel ti syllu arna i!'

'Do'n i ddim yn syllu,' mynnais, gan drio edrych i gyfeiriad arall a phendroni pam ei bod hi mor flin a hithau ddim hyd yn oed yn fy nabod i.

'Felly wir? Rhywun wedi dy herio i gicio un o 'mabanod bach i? Neu boeri arna i? Fel taswn i ddim yn adnabod dy deip di. Yn aflonyddu arna i'n ddiddiwedd ar ôl ysgol. A bellach yn aflonyddu arna i ar y penwythnos hefyd!'

'Na – na – dim ond –'

'Wel, dim mwy! Dwi wedi cael digon ar bob un ohonoch chi!'

Do'n i ddim yn gwybod sut i brofi nad o'n i'n un o'r plant roedd hi'n sôn amdanyn nhw. Yna cofiais fod Dad wastad yn cynnig brechdan neu baned o de i'r digartref o'u gweld ar y stryd, gan arwain at don o ddiolchgarwch.

'Dwi – ylwch, mae gen i rhain . . . ' Agorais fy mag yn gyflym, a chydio mewn pecyn o greision a'u dal nhw allan o'i blaen.

'Creision halen a finegr?' gofynnodd hithau'n llawn dirmyg.

'Mae gen i gaws a nionyn hefyd,' mentrais, gan roi cynnig arall arni.

Cododd y ddynes ar ei thraed wrth i un o'r cathod lamu 'mlaen. 'Cer!' galwodd hithau. 'O 'ma! Cicio 'nghathod a gwneud fy mywyd yn uffern ar y ddaear i ddechre cyn gwneud cymwynasau wedyn! Dwi'n gweld drwy dy gemau di i gyd!'

Roedd y cathod yn hisian arna i, bron mor flin â hi. Dyma un oedd yn amlwg yn rhy wallgo i'w helpu. A doedd dim llawer o amser gen i i gyrraedd tŷ Mrs Sanders a bod gartre mewn pryd i gael cinio. Cipiais fy sglefrfwrdd a rhoi pellter rhyngof i a'r ddynes drwy ruthro i lawr drwy'r tywyllwch, cyn dod allan eiliadau'n ddiweddarach i ganol heulwen lachar y tu hwnt i'r stryd gefn.

I'R COED

'Canol Llundain, a welodd neb *ddim byd*,' meddai Katie.

Roedd hi wedi ailadrodd yr un peth tua deugain o weithiau'r diwrnod hwnnw. A nid hi oedd yr unig un i sôn am y peth. Y tri lladrad rhyfedd a'r lleidr 'anweledig' a'r symbolau melyn llachar oedd wedi'u gadael ar ôl oedd ar dafod pawb yn yr ysgol. Gwnaeth hyd yn oed Mr Lancaster jôc drist am y peth yn y gwasanaeth, yn ein rhybuddio i beidio â dwyn papurau prawf ein gilydd achos mai nhw oedd y pethau mwya gwerthfawr oedd gan bob un ohonom. Chwarddodd neb. Dim hyd yn oed Mrs Dawson sydd fel arfer yn chwerthin am bopeth. Hyd yn oed larymau tân.

'Ro'n ni yno! Pa mor cŵl fyddai gweld rhywbeth?' meddai Wil, gan gicio carreg a tharo merch ar ei chlun.

Damwain oedd hynny, wrth gwrs, ond pan edrychodd y ferch i'n cyfeiriad ni, saethodd Wil olwg fygythiol yn ôl arni, fel petai'r cyfan wedi bod yn rhan o'i gynllun.

'Mae'n gwybod sut i ddiffodd holl gamerâu'r heddlu, medden nhw. Dychmygwch weld sut mae'n gwneud hynny . . .' meddai Katie mewn llais breuddwydiol.

Wrth iddi hi a Wil ddechrau siarad am yr holl bethau fydden nhw'n gwneud petaen nhw'n medru diffodd holl gamerâu diogelwch y byd, edrychais o amgylch y maes chwarae yn y gobaith o weld Mei-Li. Ro'n i'n siŵr y byddai hi'n medru fy helpu i ddod o hyd i'r hen ddyn. Dim ond i fi sicrhau na fyddai unrhyw un yn fy ngweld i'n siarad â hi. Allai dim byd fod yn waeth na chael fy nal yn siarad ag un o ffefrynnau'r athrawon.

Dyma fi'n ei gweld hi yng nghornel y maes chwarae o'r diwedd, lle'r oedd ffefrynnau'r athrawon yn chwarae un o'u gemau diflas dros ginio. Roedd y gêm hon yn ymwneud â chicio pêl denis a rhedeg o amgylch saith postyn. Y broblem oedd eu bod nhw'n anobeithiol am gicio a dal y bêl felly ro'n nhw'n treulio oes wrth bob polyn neu'n sefyll o gwmpas yn giglo.

Roedd Mei-Li'n sefyllian ger y polyn cyntaf, yn sibrwd wrth Robert a Raina. Wrth i fi ei gweld, edrychodd hithau i 'nghyfeiriad.

Ro'n i isio edrych i ffwrdd, ond allwn i ddim am ryw reswm. Felly gwgais arni. Yna, heb unrhyw rybudd, dechreuodd hithau gerdded draw. Dilynodd Robert a Raina hi, er eu bod nhw'n edrych yn llawer mwy ofnus na Mei-Li. Ro'n i wedi codi trôns Robert dros ei drowsus o leia ugain tro felly ro'n i'n gwybod yn union sut roedd o'n edrych pan oedd ofn arno.

Safodd y tri'n stond o 'mlaen. Syllai Wil a Katie i lawr ar Mei-Li fel petai'n drychfil oedd wedi ymddangos o'r ddaear.

'Be wyt *ti* isio?' gofynnais. Roedd fy mochau'n teimlo fel petai rhywun wedi gosod dau blât yn syth o'r meicrodon arnyn nhw.

'Dwi angen siarad â ti,' meddai Mei-Li.

'Am be wyt *ti* angen siarad â *ni*?' gofynnodd Katie.

Ysgydwodd Mei-Li ei phen. 'Nid ti,' meddai wrth Katie. 'Na thitha,' ychwanegodd, gan edrych ar Wil. 'Dim ond ti,' meddai, gan bwyntio ata i.

Rhochiodd Wil, yn methu credu beth oedd o'n ei glywed.

'Perygl,' rhybuddiodd Robert drwy ochr ei wefusau a chymryd un cam ofnus yn ôl. Dros ysgwyddau Mei-Li, gallwn weld plant eraill ar y maes chwarae'n dechrau edrych i'n cyfeiriad. Roedd rhaid i fi ddod â hyn i ben, yn gyflym.

'Iawn,' atebais. 'Mae gen ti ugain eiliad.' Rhoddais nod ar Wil a Katie gan orchymyn iddyn nhw adael llonydd i ni.

'Glywsoch chi,' meddai Wil, gan wthio Robert yn ôl, wrth i Katie wneud yr un peth i Raina. Cyn gynted ag oedden nhw allan o glyw, sibrydais, 'Be ti isio?'

'Glywais i dy fod ti wedi crwydro'r ddinas yn edrych am Thomas ddoe,' meddai Mei-Li.

'Be? Sut wyt ti'n gwybod hynny?' gofynnais.

Gwrthododd Mei-Li ateb. Yn hytrach gofynnodd, 'Felly, ti *wir* isio ymddiheuro iddo?'

Nodiais, gan wneud wyneb trist a difrifol fel ro'n i wedi gwneud o flaen Mr a Mrs McEwan.

Edrychodd Mei-Li arna i mor graff nes i'r ugain eiliad hedfan heibio fel fflach. O'r diwedd, edrychai fel petai wedi dod i benderfyniad am rywbeth.

'Iawn. Wna i dy gyfarfod di wrth y fainc yn y parc ar ôl ysgol. Dwi am dy helpu i ddod o hyd iddo.'

'Wir yr?' gofynnais. Do'n i ddim yn medru credu bod Mei-Li'n ddigon twp i 'nghoelio i.

'Wir,' meddai hi. 'Ond mae'n rhaid i ti ufuddhau i *bob un gair* gen i. Wedi'r cyfan, dwyt ti ddim isio i fi a Dad sôn am be wnest ti wrth dy dad *di*. Wyt ti?'

'Be ti'n feddwl?' gofynnais yn ddryslyd. 'Be sy gan dy dad i'w wneud ag unrhyw beth?'

'Gei di weld OS nad wyt ti'n ymddiheuro a gwneud pethau'n iawn gyda Thomas,' meddai Mei-Li gan grechwenu. 'Wela i di ar ôl ysgol felly! AR DY BEN DY HUN.'

Agorais fy ngheg ond ddaeth ddim byd allan heblaw pwff o aer poeth. Roedd fy ymennydd yn wag. Gan droi ar ei sawdl a fflicio'i gwallt, cerddodd Mei-Li yn ôl at Rania a Robert, y ddau'n edrych fel petaen nhw ar fin cael eu troi'n garreg gan eu Medusa personol eu hunain. Dechreuodd pawb arall ar y maes chwarae ailgydio yn eu gemau, ond ro'n nhw'n dal i 'ngwylio i drwy gorneli eu llygaid.

'Be oedd ystyr hynna i gyd?' gofynnodd Katie, gan grychu'i thalcen gymaint nes gwneud iddi edrych fel na fyddai fyth yn llyfn eto.

'Dim,' atebais, gan geisio cael fy ymennydd i gynnig ateb yn gyflym.

Syllodd Katie a Wil arna i'n ddryslyd, cyn i Katie ebychu'n uchel.

'Aros funud! Dyw hi ddim yn trio bod yn . . . *gariad* i ti, na'di? Ychhhhh!' llefodd Katie.

'NA!' gwichiais. 'Mae hynny'n *erchyll*!'

'Ydi! Ydi mae hi!' meddai Wil, gan neidio i fyny ac i lawr a phwyntio tuag ata i.

Ysgydwais fy mhen a tharo Wil ar ei fraich mor galed â phosib. 'Cau hi!'

'Hei,' meddai Wil, yn rhwbio'i fraich.

'Iawn, calliwch,' meddai Katie, wedi synnu pa mor flin o'n i.

Daeth stop ar holi Wil a Katie wedi hynny, ond gallwn ddweud eu bod yn fy ngwylio i a Mei-Li'n agos am weddill y diwrnod, fel dau ysbïwr twp dros ben.

Ar ddiwedd y dydd, ar ôl i ni redeg ar ôl criw o blant Blwyddyn Tri yr holl ffordd i'r siop fferins, dywedais wrth Wil a Katie bod yn rhaid i fi fynd adre'n gynnar a dyma fi'n troi ar fy sawdl. Gan redeg nerth fy nhraed at fainc yr hen ddyn, gwelais fod Mei-Li yno'n barod. Roedd hi'n eistedd yn darllen llyfr, yn edrych fel y ferch dristaf yn y byd.

'O'r diwedd,' meddai, ar ôl fy ngweld i.

'Be? Dwi ddim yn hwyr!'

'Digon teg. Dim angen brathu fel crocodeil,' atebodd hithau, yn codi ar ei thraed.

Gan deimlo ysfa i'w gwthio i'r llawr, stwffiais fy nwylo i 'mhocedi. Ro'n i isio'i dychryn rywsut – a dangos iddi nad oedd ganddi'r hawl i siarad â fi fel taswn i'n wirion. Ond roedd hi'n gwybod gormod.

'Sut oeddet ti'n gwybod 'mod i'n edrych am yr hen – am Thomas?' gofynnais. Roedd hynny wedi bod ar fy meddwl drwy'r prynhawn.

Trodd Mei-Li ei phen i un ochr ac edrych arna i'n union fel Mrs Vergara – fel petai'n ymdrechu i luosi rhif aruthrol o hir yn ei phen. 'Mae Dad a fi'n gwirfoddoli yn y gegin gawl dros y ffordd – dyna lle mae'r holl bobl leol sy'n ddigartre'n mynd. Mae Dad yn ffrindiau gyda phawb a phawb yn dweud *popeth* wrtho.'

Felly roedd hi'n wir bod gan bobl ddigartref rwydwaith cudd! A'r ceginau cawl oedd sail y cyfan. Pendronais a oedd yr heddlu'n gwybod am hynny'n barod.

'Ond sut mae dy dad di'n nabod fy nhad i? Dydi Dad ddim yn gweithio mewn cegin gawl.' Dim i fi wybod, beth bynnag.

'Oherwydd ei ffilm newydd,' meddai Mei-Li. 'Mae o wedi siarad â ni ar y ffôn ac mae'n dod i'n ffilmio ni cyn hir.'

Rhoddais gynnig ar sŵn 'Pech!', a hwnnw'n dod allan yn fwy swnllyd na'r disgwyl. A chyn i fi fedru rhwystro fy hun, dywedais, 'Pam ei fod o isio dy ffilmio *di*? Dim ond un o ffefrynnau diflas yr athrawon wyt ti.'

Ar hyn, llenwodd bochau Mei-Li â lliw, fel cwpanau'n cael eu llenwi â lemonêd pinc llachar. 'Oherwydd ei fod yn *hoff* ohona i, ac wedi sôn 'mod i'n bwysig ac y dylwn i fod yn ei ffilm,' cyfarthodd hithau'n ôl.

Gwgais arni. Teimlais ysfa arall i gicio'i fferau. Roedd wedi siarad â Dad – ac roedd yntau'n ei *hoffi* hi ac wedi gofyn iddi ymddangos yn ei ffilm wirion. Doedd o erioed wedi gofyn i fi wneud unrhyw beth tebyg! Byth. Do'n i ddim yn ddigon pwysig, yn amlwg.

'Beth bynnag,' dywedais, gan geisio swnio'n ddi-hid. 'Dangosa i fi lle ma Thomas.'

'Iawn,' meddai hi. 'Dilyn fi.' Ond yn hytrach na throi i adael y parc fel y disgwyl, dechreuodd wneud ei ffordd i lawr at y llyn.

'Ble ti'n mynd?' gofynnais, gan ddilyn ar ei hôl. Dechreuais feddwl mai tric oedd y cyfan a bod Mei-Li a'i thad a'u cymdeithas gudd o bobl ddigartref yn bwriadu 'ngwthio i'r llyn fel ffordd o ddial.

'At Thomas,' atebodd hithau, gan ychwanegu rywbeth oedd yn swnio fel, 'Yn *amlwg*!'

'Ond dydi o ddim yn byw yn y parc bellach. Edrychais i ddoe.'

'Dyw Thomas ddim yn aros yn *un* rhan o'r parc, ti'n gwybod,' esboniodd Mei-Li. 'Mae'n hoff o gysgu o dan y coed 'na hefyd. Os nad yw hi'n oeri gormod ac yn dechrau bwrw glaw. Wedyn, mae'n cysgu ar fysiau nos.'

'Sut wyt ti'n gwybod hyn i gyd?' gofynnais.

'Mae'n ffrind i fi. Dwi wedi'i nabod o ers bron i flwyddyn bellach. Byth ers i Dad ddechrau gweithio yn y gegin gawl.'

Gan gerdded yr holl ffordd o amgylch y llyn, cyrhaeddodd y ddau ohonom y cylch talaf o goed derw yn y parc, bob un yn sefyll yn falch fel milwyr mewn gwisg o ddail gwyrddion. Anelodd Mei-Li'n syth tuag atyn nhw, ac yng nghanol coed oedd mor fawr ac mor dal fel bod hyd yn oed golau'r haul yn gorfod brwydro'i ffordd drwyddyn nhw, gwelais hi: pabell fach werdd, ac wrth ei hymyl, ffigwr tal yn eistedd ar sach gysgu goch, yn gwisgo côt ddu grychog, esgidiau gwynion blêr a het felen wlanog.

'Helô, Thomas!' meddai Mei-Li, yn codi llaw wrth iddi neidio dros foncyff er mwyn ymuno â fo.

Cododd yr hen ddyn ar ei draed gan wenu. 'Wel shw'mae, 'mechan i! A beth yw'r rheswm am yr ymweliad 'ma?'

Disgwyliodd Mei-Li i fi gyrraedd cyn ymateb. 'Thomas, dyma Brân, un o 'nosbarth ysgol. Roedd o isio'ch cyfarfod chi. A Brân, dyma Thomas. Y dyn sydd angen i ti ymddiheuro iddo.'

TRI BYWYD

'Ymddiheuro?' gofynnodd yr hen ddyn, mewn penbleth. Roedd yn estyn llaw o'i flaen i 'nghyfarch. Ond roedd yn drewi tipyn ac ro'n i'n siŵr bod ei ddwylo'n arbennig o fudr, felly penderfynu codi llaw wnes i.

'Paid â phoeni,' meddai. 'Does dim angen ysgwyd llaw os nag wyt ti . . .'

Yna'n araf, dechreuodd llygaid yr hen ddyn dyfu'n fwy ac yn fwy.

'Daliwch funud!' meddai. '*Ti* yw'r bachgen. Yr un wthiodd fy nhroli i'r llyn!'

'Mae o wedi dod i ymddiheuro,' esboniodd Mei-Li, gan estyn llaw er mwyn cyffwrdd yn llawes côt yr hen ddyn.

'Ia, mae'n ddrwg gen i,' dywedais, yn gwneud fy ngorau i ymddangos fel rhywun oedd wir yn edifarhau. 'Damwain oedd o!' ychwanegais, gan ddweud y gwir.

'Damwain?' gwaeddodd yr hen ddyn, ei wyneb cyfan yn troi'n goch ac yna'n biws fel betysen. 'Wyt ti'n awgrymu *na* welais i ti'n agosáu at fy mainc, gafael yn fy nhroli a rhedeg i lawr y bryn â hi nes iddi lanio yn y llyn?'

'Na! Neu'n hytrach, do, fe wthiais i'r troli o'r fainc,' mynnais. 'Ei chuddio yn y coed oedd y bwriad, dim mwy. Ond . . . wedyn gollais i reolaeth arni.'

'Felly, trio dweud wyt ti nad oeddet ti'n *bwriadu* ei gwthio i'r llyn,' esboniodd Mei-Li, fel barnwr mewn llys.

Ysgydwodd Thomas ei ben a mwytho'i farf yn flin. 'Wel, dwi ddim yn coelio gair o dy stori. Dwi wedi dy weld ti o gwmpas, ac yn gwybod beth wyt ti'n ei wneud i'r plant eraill. Bwli wyt ti. Does dim *gobaith* i ti! Ac yn waeth byth, rwyt ti'n fwli sy'n meddwl y byddi di'n edrych yn cŵl yn chwarae 'da eiddo mwya gwerthfawr bachan digartre.' Camodd yn agosach ata i. 'Dyna'r gwir, ynte, fy ffrind? Dwyt ti'n ddim byd mwy na hen *fwli*.'

Rhythais yn ôl at yr hen ddyn. Dechreuodd fy nghoesau grynu a 'nghlustiau deimlo fel petaen nhw ar fin ffrwydro o 'mhen fel dau lansiwr rocedi. 'O, ia? Wel, o leia dwi ddim yn LLEIDR!' sgrechiais.

'Be wedest ti, ffrind?' gofynnodd yr hen ddyn, wrth i Mei-Li syllu arna i'n ddryslyd.

'Glywaist ti!' gwaeddais. 'Wnes i dy WELD di! Nos Sadwrn, drws nesa i'r ffynnon 'na yn Piccadilly Circus – a rŵan 'mod i wedi dy ffeindio di, dwi am fynd at yr heddlu a dweud wrthyn nhw mai ti wnaeth. TI ydi'r lleidr mae pawb yn chwilio amdano!'

Edrychodd yr hen ddyn i lawr arna i'n ddi-ddeall, ac yna, gan droi at Mei-Li, gofynnodd, 'Ydi'r boi 'ma wedi colli'i farblis?'

'Dwi ddim 'di colli unrhyw beth! Welais i'r cyfan – titha yn gwisgo'r union un gôt a'r un farf a phopeth!' gwaeddais. 'Ti'n gwisgo'r un het, hyd yn oed!'

'Fy het?' gofynnodd yr hen ddyn, a'i thynnu oddi ar ei ben ac edrych i lawr arni.

Gwgais, oherwydd bod rhywbeth yn wahanol. Roedd ei wallt yn edrych yn llawer tywyllach nag yr oedd nos Sadwrn . . . ond yna sylweddolais ei fod, fwy na thebyg, wedi edrych yn oleuach bryd hynny achos yr holl oleuadau o'r sgriniau o'n cwmpas. 'Dyna ti! Yr un het yn union. Rhywbeth arall i ti *ddwyn*, debyg iawn,' ychwanegais. 'Ar ben yr holl gerfluniau gwerthfawr 'na.'

Edrychodd yr hen ddyn i gyfeiriad Mei-Li eto, ac yna ata i, a'i babell, cyn dechrau chwerthin.

'O, Mam bach . . . dyna un da! Fi! Lleidr y cerfluniau! Ma fe wir yn credu mai fi yw lleidr y cerfluniau!' Gan ddistewi, gafaelodd yn fy mreichau'n ddirybudd. 'Ffrind . . .' sibrydodd, gan ddod â'i wyneb mor agos fel bod rhaid i fi droi i ffwrdd i osgoi'r arogl. 'Ti'n meddwl taswn i wedi dwyn llwyth o gerfluniau gwirion o fawr, y baswn i'n byw fel hyn?' Trodd er mwyn datgelu'i sach gysgu a'i babell, a sylweddolais fod y ddwy'n llawn tyllau. 'Dyma 'nghartre. A *dyma* ble ro'n i nos Sadwrn! Nid wrth ymyl unrhyw ffynhonnau bondigrybwyll.'

Ro'n i isio dianc, ond roedd ei afael ar fy mreichiau'n rhy dynn.

'Dyma ti,' meddai, gan sefyll yn syth a thynnu rhywbeth bach, sgwâr a brown o'i boced. Taflodd y gwrthrych tuag ata i, ond methais â'i ddal; disgynnodd ar lawr o flaen fy nhraed. 'Nawr 'te. Cymer olwg er mwyn gweld y ddau reswm fyswn i *byth* yn dwyn unrhyw beth!'

Gwyliodd Mei-Li fi'n codi'r peth a daflwyd o'r llawr â'i llygaid wedi culhau. Waled oedd hi, yn union fel un Dad. Ond yn hytrach na'i bod yn llawn arian a chardiau, roedd hon wedi'i stwffio â darnau o bapur a thoriadau o bapurau newydd.

Wrth i fi ei dal i fyny, disgynnodd y waled ar agor. Ar un ochr roedd ffenest blastig glir yn dangos darn o gerdyn pinc wedi colli ei liw, yr hanner gwaelod wedi'i losgi. Ar y darn oedd ddim wedi llosgi, gallwn weld llun cynnar iawn o Thomas – pan oedd ganddo ben o wallt cyrliog a'i wyneb wedi'i shafio'n lân. Uwchben y llun oedd y geiriau:

TRWYDDED YRRU'R DEYRNAS UNEDIG

1. Chilvers
2. Thomas Benjamin, Dr
3. 01/01/1976 Y DEYRNAS UNEDIG

Mewn rhan arall o'r waled, dan ddarn arall o blastig clir wedi cracio, roedd hen lun oedd yn edrych fel petai wedi'i blygu a'i sythu fil o weithiau. Dangosai ddynes â gwallt coch byr, yn cusanu babi â phen moel. Roedd y babi wrthi'n chwerthin ar y camera â'i ddwy law yn ei geg.

'Pwy ydyn nhw?' gofynnais, gan bwyntio at y ddynes a'r babi.

'Fy nau reswm. Fyddai'n well gen i fyw ar y stryd, a'r ddau'n falch ohona i, na byw bywyd lleidr,' meddai Thomas. Gan gipio'r waled o fy 'nwylo, gosododd hi'n ofalus yn ôl ym mhoced ei gôt.

'Mei-Li, cer â hwn o 'ma,' meddai, gan droi ei gefn arna i ac amneidio. 'A phaid byth â dod â fe'n ôl. Dwi ddim eisie *morgrug* bach fel fe'n gwneud hwyl ar fy mhen a thaflu 'mhethau o gwmpas cyn dod yma a'm sarhau yn fy wyneb.'

'Mae'n ddrwg gen i, Thomas,' meddai Mei-Li'n dyner. 'Ro'n i wir yn meddwl ei fod isio ymddiheuro.' Gan afael yn fy llawes, gorchmynnodd, 'Ty'd.' Ond cyn fy llusgo i ffwrdd, oedodd a thynnu rhywbeth wedi'i lapio mewn ffoil o'i bag. 'Mae Dad wedi paratoi dy hoff fwyd,' meddai wrth Thomas, a'i osod ar ben y sach gysgu. 'Past siocled a banana.'

Nodiodd yr hen ddyn ei ben arni, gan ddal i wrthod edrych arna i.

Wrth i ni frysio'n ôl allan o'r coed a thua'r llyn, roedd Mei-Li wedi digio. 'Felly doeddet ti ddim isio ymddiheuro iddo wedi'r cyfan?'

'O'n!' atebais, gan stopio yng nghanol y llwybr o'i blaen.

'Nag oeddet,' meddai Mei-Li, yn ysgwyd ei phen. 'Dy unig fwriad oedd ei gyhuddo o fod yn lleidr cerfluniau.'

'Wel, ro'n i *wedi*'i weld o yno,' dadleuais yn ôl. 'A dwi'n meddwl y dyliwn i sôn wrth yr hedd –'

Ond doedd Mei-Li ddim am adael i fi fynd ymhellach. 'Paid ti â meiddio. Dwi'n nabod Thomas, ac yn gwybod na fyddai o byth *byth* yn dwyn unrhyw beth, felly gad di lonydd iddo. A gad lonydd i fi a phawb arall hefyd!'

Gan fy ngwthio i ffwrdd â'i dwy law, rhedodd i fyny'r bryn yn ei thymer.

'Ond aros! Pwy oedd y ddynes a'r babi yn y llun? A pham ei fod o mor flin am golli'i droli wirion yn y lle cynta?'

Stopiodd Mei-Li yn y fan a'r lle. Trodd tuag ata i'n araf, gan anadlu mor drwm drwy'i thrwyn fel na fyddwn i wedi synnu tasai fflamau'n saethu ohono. Dechreuodd fartsio tuag ata i.

'Gwraig a merch fach Thomas sy yn y llun 'na,' meddai, yn gweiddi fel taswn i ddim yn sefyll yn union o'i blaen. 'Y ddwy wedi marw mewn damwain car flynyddoedd maith yn ôl. Thomas oedd yn gyrru.'

'Ai dyna pam ei fod o bellach yn . . . ti'n gwybod?' gofynnais.

'Yn *ddigartre* ti'n feddwl?' gofynnodd Mei-Li, ychydig yn dawelach bellach, ond rywsut yn swnio'n fwy blin fyth. 'Dyw o ddim yn air budr, sdi!'

Ro'n i isio dweud wrthi fod Thomas yn sicr yn fudr, hyd yn oed os nad oedd y gair, ond ro'n i'n gwybod na fyddai hi'n ateb mwy o 'nghwestiynau taswn i'n dweud hynny.

'Felly . . . sut ddaeth o'n *ddigartre*, 'ta?' gofynnais.

'Achos weithiau dyw pobl ddim yn medru cymryd yr holl dristwch. Dim wedi i rywun maen nhw'n caru'n marw. Maen nhw'n mynd yn *rhy* drist.' Gan gallio mymryn, ochneidiodd Mei-Li. 'Dyna be mae Dad yn ei ddweud, o leia. A dyna ddigwyddodd i Thomas. Roedd o'n teimlo'n drist ac yn unig, a doedd neb i'w helpu. Cynyddodd ei dristwch gymaint nes iddo golli'i swydd, ac wedyn ei dŷ, a dechreuodd gysgu mewn car cyn colli hwnnw hefyd. Felly roedd rhaid iddo ddechrau cysgu ar y stryd.'

'O,' dywedais, gan deimlo 'nhrwyn yn dechrau rhedeg am ddim rheswm. Dechreuais ei rwbio â chefn fy llawes.

'Dyna pam ei fod o'n byw yn y parc, ac mae'n caru'r fainc 'na,' aeth Mei-Li yn ei blaen. 'Dyna lle'r oedd ei wraig yn hoffi eistedd. Ti'n deall nawr?'

Codais fy ysgwyddau.

'Ac o ran dy gwestiwn ola. Roedd y troli'n llawn papurau newydd. Mae Thomas yn eu casglu o'r holl finiau sbwriel yn y parc. Mae'n mynd â nhw i'r ganolfan ailgylchu ac maen nhw'n rhoi pres iddo wedyn. Dyna

130

sut mae'n medru fforddio prynu bwyd bob dydd. Ond roedd rhywbeth arall yn y troli hefyd . . .'

'Be?' gofynnais. 'Y bagiau plastig?'

Ysgydwodd Mei-Li ei phen. 'Na. Mwy na'r bagiau plastig! Roedd 'na albwm lluniau reit ar waelod y troli, yn llawn lluniau o'i wraig a'i ferch. A rŵan geith o fyth 'mo'r rheini'n ôl, diolch i *ti*.'

Edrychais dros ysgwydd Mei-Li at y llyn a theimlo 'nhrwyn yn rhedeg gymaint fel bod angen dwy lawes arna i er mwyn ei sychu. Roedd distawrwydd hir.

'Paid â mynd yn agos ato eto,' meddai Mei-Li o'r diwedd, gan edrych ar y llawr yn hytrach nag arna i. 'Dydi o ddim yn haeddu cael unrhyw un sy ddim yn mynd i fod yn garedig wrtho. Ddylwn i erioed fod wedi mynd â ti ato. Achos rwyt ti'n fwy na bwli. Rwyt ti'n *gelwyddgi* hefyd.'

A chyda hynny, cerddodd Mei-Li i ffwrdd gan ddal ei phen yn uchel, a 'ngadael i'n sefyll ar fy mhen fy hun, yn syllu ar hen fainc Thomas.

Y GLAS

Y bore wedyn, penderfynais osgoi'r parc ar fy ffordd i'r ysgol. Do'n i ddim isio meddwl mwy am Mei-Li na Thomas na'r cwestiynau oedd wedi bod yn ffrwydro yn fy mhen drwy'r nos.

Cyrhaeddais yn gynnar a disgwyl am Wil ger ein wal arferol, yn gwgu ar unrhyw un oedd yn meiddio edrych i 'nghyfeiriad.

'Hei! Glywsoch chi be ddigwyddodd neithiwr?' gofynnodd Katie, yn ymddangos ó nunlle ac yn rhedeg tuag atom. Edrychodd Wil a finnau ar ein gilydd yn syn.

'Pam wyt ti mor gynnar?' gofynnodd Wil.

Cododd Katie ei hysgwyddau. 'Ges i lifft gan fy mrawd.'

Ddywedodd yr un ohonom yr un gair. Roedd Katie'n casáu unrhyw un yn ffwdanu drosti. Hyd yn oed ar ôl i'w hanner brawd, oedd yn byw mewn gwlad arall, ddod adre a rhoi lifft iddi i'r ysgol am y tro cynta ers blynyddoedd.

'Beth bynnag, glywsoch chi?' gofynnodd Katie eto. 'Mae'r lleidr wedi dwyn Tinkerbell! Newydd glywed am y peth yn y car, ar y newyddion.'

'Tinkerbell?' gofynnodd Wil, yn edrych ar Katie fel petai'n wallgo.

'Ia, ti'n gwybod, o *Peter Pan*,' meddai Katie. 'Roedd 'na gerflun bach aur ohoni tu allan i'r ysbyty blant enwog 'na – ysbyty Great Osmond Street neu rwbath. Ac roedd y marciau melyn ym mhobman eto.'

'Tyswn i yn lle y lleidr, fyswn i wedi bodloni fy hun â dwyn y peiriannau fferins,' meddai Wil.

'Pam?' gofynnodd Katie.

Cododd Wil ei ysgwyddau. 'Mae fferins a chreision a stwff gymaint gwell 'na rhyw gerflun od o dylwythen deg.'

'Ydyn nhw wedi llwyddo i ddal y lleidr ar gamera neu rwbath?' gofynnais innau.

Ysgydwodd Katie ei phen. 'Naddo – ddim eto. Ond roedd pennaeth yr heddlu ar y radio'n sôn eu bod nhw am ddechrau casglu pobl ddigartre er mwyn eu cwestiynu nhw. Mae hynny'n meddwl eu bod nhw'n amau mai rhywun digartre sy'n gyfrifol – achos y marciau melyn. Ac wedyn daeth y Maer, Mr Bainbridge, ar y radio a sôn ei fod o am helpu clirio'r holl droseddwyr oddi ar y strydoedd wrth wneud cyfraith newydd. Hei, Wil, sut fysat ti'n dwyn peiriant fferins beth bynnag?' Culhaodd ei llygaid. 'A phwy ydi'r hogyn newydd 'na?'

Ro'n i isio gofyn i Katie be arall roedd hi wedi'i glywed ar y radio, ond ro'n i'n medru dweud nad oedd hi'n gwrando bellach. Roedd hi'n rhy brysur yn syllu tuag at hogyn â bag newydd sgleiniog ac yn dychmygu faint o'i bres poced roedd o am ei roi i ni.

Dilynais Katie a Wil wrth i'r ddau redeg ar ei ôl. Ond drwy ddosbarthiadau'r bore a hyd yn oed dros ginio, wrth i fi chwalu hambyrddau yn erbyn pobl a chipio fferins ac arian gan blant, fel arfer, ro'n i'n teimlo'n od. Dim ots faint do'n i ddim isio meddwl amdanyn nhw, neidiai delweddau o Thomas a'r lluniau yn ei waled i fy meddwl byth a beunydd, fel Jac yn y bocs.

Erbyn amser egwyl y prynhawn, ro'n i'n teimlo mor rhyfedd, gadewais i Randy fynd cyn iddo gael cyfle i'n talu ni.

Dyna pryd sylweddolais i fod rhywbeth mawr o'i le.

'Wyt ti'n sâl?' gofynnodd Wil, wrth i ni wylio Randy yn rhedeg i ffwrdd a golwg hapus o syn ar ei wyneb.

'Ydw, dwi'n meddwl,' dywedais. Roedd fy mherfeddion yn teimlo fel ffrwythau'n cael eu stwnsho mewn cymysgwr bwyd.

'Ych! Wel, 'dan ni ddim isio dal dy salwch di,' meddai Katie, gan orchuddio'i cheg a chamu'n ôl.

'Peidiwch â phoeni, wnewch chi ddim,' wfftiais, gan ddymuno'n sydyn bod modd gwneud iddi hi a Wil ddiflannu.

'Mei-Li sy wrth wraidd hyn, 'de?' gofynnodd Katie. '*Hi* sy'n dy wneud di'n sâl. Mae hi wastad yn syllu arnat ti'n od yn y dosbarth.'

Ro'n i ar fin dweud wrthi ei bod hi'n anghywir, pan ganodd y gloch. Ond wrth i ni gerdded yn ôl i'r dosbarth ac eistedd wrth ein byrddau, gwelais Mei-Li yn syllu tuag ata i â golwg ryfedd ar ei hwyneb, yn union fel ddywedodd Katie. Edrychodd i ffwrdd yn sydyn ar ôl sylweddoli 'mod i wedi ei gweld. Disgwyliais iddi edrych yn ôl i 'nghyfeiriad eto er mwyn ei siarsio'n ddistaw i adael llonydd i fi, pan ddechreuodd Mrs Vergara weiddi, 'Nawr 'te, pawb i wrando! Yn hytrach na'r amser darllen arferol heddiw, mae 'da ni westeion arbennig yn cyrraedd er mwyn trafod problem go fawr

yn ein dinas ni ar hyn o bryd. A'r broblem yna yw . . .
tor cyfraith.'

Yn syth, trodd llond dosbarth o lygaid draw at Wil a
Katie a minnau. Culhaeais fy llygaid innau ac edrych
mor fygythiol â phosib.

'Fel ry'ch chi wedi clywed, mae'n debyg, ar hyn o
bryd mae Llundain yn cael ei fandaleiddio gan ladron,
neu griw o ladron, sy'n mynd o gwmpas y lle'n dwyn
pethau gwerthfawr iawn − pethau sy'n berchen i'r
cyhoedd,' meddai Mrs Vergara.

'Y Lleidr Anweledig,' galwodd Noel o'r tu ôl i fi.

'Wel, ie, dyna un enw arno fo − neu hi,' gwenodd
Mrs Vergara. 'Ymhlith eraill. Ond ry'n ni i gyd yn
gwybod nad oes unrhyw un yn anweledig go iawn, on'd
y'n ni?'

Nodiodd Noel ei ben gan edrych fel petai'r
newyddion wedi'i siomi.

'Nawr, mae Maer Llundain a'r heddlu'n gwneud eu
gorau i ddal y lleidr 'ma ac am ddysgu i ni sut i fod yn
fwy gwyliadwrus.' Aeth at ddrws y stafell ddosbarth a'i
agor, cyn i ddau blismon gerdded i mewn.

Eisteddodd pawb yn syth o fewn dim gan wneud eu
gorau i edrych fel petaen nhw erioed wedi gwneud
unrhyw beth o'i le.

'Croeso i chi siarad â'r dosbarth, Swyddogion,' meddai Mrs Vergara, gan nodio arnyn nhw wrth iddyn nhw sefyll o flaen y bwrdd gwyn.

Ar ôl i'r Swyddogion Philip a Miriam wastraffu amser pawb yn trio bod yn cŵl ac yn ddigri, dechreuodd y ddau siarad o'r diwedd am y peth oedd ar flaenau tafodau pawb: y Lleidr Anweledig.

Er hynny, chafodd neb ddysgu llawer o ddim. Y cyfan oedd ganddyn nhw i'w ddweud oedd pethau fel, 'Mae'n rhaid i bawb daclo unrhyw fath o drosedd fel cymuned,' a, 'Fydd yr heddlu ddim yn caniatáu lladrata unrhyw eiddo', a 'Ry'n ni i gyd yn rhannu'r un ddinas, felly mae'n ddyletswydd ar bawb i'w hamddiffyn.'

Ar ôl sbel rhoddais y gorau i wrando tan i fi glywed PC Miriam yn dweud, 'Felly, dyna ni!' Roedd hi'n pwyntio at ei hysgrifen ar y bwrdd gwyn. 'Os y'ch chi'n gweld rhywbeth rhyfedd, cofiwch: Person, Gwrthrych, Lle, Amser, Rhybuddio, Adrodd, Gwirionedd a Diogelwch! Grêt. Nawr, oes gan unrhyw un gwestiwn i ni?'

Tasgodd dwylo bron pawb i fyny fel saethau'n cael eu lansio i'r awyr.

'Pam nad ydych chi wedi dal y lleidr eto? Ydi o wir yn gallu troi'n anweledig?'

'Pam bod yr holl arwyddion yn felyn?'

'Ydych chi am arestio pawb digartre?'

'Os yw'r lleidr yn ddigartre, lle mae'n cadw'r holl stwff 'ma?'

'Faint yw gwerth Paddington yr Arth?'

Ar ôl dweud wrthom na all unrhyw un droi'n anweledig ac na fydden nhw'n arestio pobl ddigartref heb reswm, a bod dim syniad ganddyn nhw beth oedd gwerth Paddington yr Arth, trodd PC Philip at Rajesh, oedd yn gwneud synau gwichian ac yn ymestyn ei law mor uchel nes ei fod mewn peryg o dynnu'i fraich ei hun o'i lle.

'Ia, 'chan, oes gen ti gwestiwn?'

Gollyngodd Rajesh ei fraich ar y bwrdd yn swnllyd, a gofyn, 'Fyddech chi angen gofyn cwestiynau i werthwyr y *Big Issue* hefyd? Achos mae 'na dri ohonyn nhw wrth ymyl swyddfa Mam!'

Ro'n i'n meddwl bod y geiriau *Big Issue* yn llais trwynol Rajesh yn ddigri, felly mwmiais yn uchel, '*Big Tisian* ti'n feddwl, ia?', wnaeth i Katie a Wil a rhywun arall y tu ôl i fi biffian chwerthin.

Gwgodd PC Miriam arna i, ac edrychais i lawr at fy nwylo'n sydyn a smalio nad o'n i wedi'i gweld hi.

'Ti'n meddwl bod hyn yn ddigri, gyfaill?' gofynnodd PC Philip. Ro'n i'n medru dweud ei fod o'n syllu arna i hefyd, er na allwn ei weld. Aeth yr holl ddosbarth yn ddistaw'n syth er mwyn gweld be fyddwn i'n ei wneud nesa.

'Dwi ddim yn gyfaill i ti,' dywedais dan fy anadl.

O rywle o 'mlaen, gallwn glywed Mrs Vergara yn ochneidio'n uchel.

'Enw?' Cymerodd PC Philip ambell gam yn ei flaen a sefyll wrth fy nesg. Rhoddodd Rajesh wich arall ac ymdrechu i symud mor bell i ffwrdd â phosib.

Edrychais i fyny at drwyn mawr PC Philip, yn edrych fel bwlb golau, ac ateb, 'Brân.'

'Brân be?' gofynnodd PC Philip.

'Na, Brân Landis,' atebais, a thrio 'ngorau i beidio â chwerthin.

'Dyma ni athrylith fan hyn,' meddai PC Philip, yn ysgwyd ei ben. 'Rhywun sy'n meddwl bod mynd yn groes i'r glas yn beth clyfar i'w wneud.'

'Ia, wel, dwi'n glyfrach na *ti*,' atebais, cyn meddwl dwywaith am y peth. Ebychodd pawb cyn i rywun ddechrau sibrwd yng nghefn y dosbarth, 'Ŵŵŵŵŵŵŵŵŵ.'

Gan blethu'i freichiau, plygodd PC Philip ei ben i un ochr. 'Sut felly 'ta, 'chan?' gofynnodd yntau.

Edrychais o amgylch y stafell. Doedd neb i'w weld yn anadlu ac roedd hyd yn oed gwallt Mrs Vergara yn edrych fel petai'n disgyn 'mlaen er mwyn clywed be ro'n i am ei ddweud nesa. Ro'n i'n medru gweld Mei-Li yn culhau ei llygaid, yn fy siarsio i aros yn dawel. Ond ro'n i'n siŵr mai fi oedd yn iawn. Roedd gen i'r ateb, yn wahanol iddi hi, ac yn wahanol i'r heddlu. Roedd hi wedi bod yn rhy dwp i ddeall pwy oedd Thomas go iawn. Wel, daeth yr amser iddi wybod y gwir amdano. Fyddai pawb yn cael gwybod! Do'n i ddim jest am fynd yn groes i'r glas – beth bynnag oedd hynny'n feddwl. Ro'n i am fynd *mor* groes, fyddai Thomas a Mei-Li ddim yn gwybod be oedd wedi'u taro nhw.

'Dwi'n glyfrach na ti achos *dwi'n* gwybod pwy yw'r Lleidr Anweledig,' dywedais, gan blethu 'mreichiau. 'Dwi wedi'i weld o *a* dwi'n gwybod sut mae'n troi'r holl oleuadau a chamerâu i ffwrdd hefyd. Welais i'r cyfan.'

'Naddo!'

'Does bosib!'

'Celwydd!'

'Wnaeth o'm digwydd.'

'Am dwpsyn.'

Camodd PC Miriam 'mlaen drwy'r holl sibrydion. 'Wyt ti *wedi* gweld rhywbeth, Brân?' gofynnodd hi.

'Brâââââân,' rhybuddiodd Mrs Vergara. 'Nid dyma'r amser i ddweud celwydd.'

'Dwi DDIM yn dweud celwydd,' llefais, gan eistedd yn sythach yn fy nghadair. 'Ro'n i yno, nos Sadwrn, wrthi'n sglefrfyrddio yn Piccadilly Circus a welais i o, ond welodd o 'mohona i. Gofynnwch i Wil,' ychwanegais, gan bwyntio at Wil. 'Ddaliodd y ddau ohonon ni'r bws i'r ddinas ac arhosais i yno ar fy mhen fy hun a dyna pryd welais i'r lleidr yn cipio'r bwa 'na o'r cerflun ar y ffynnon!'

Trodd bawb i edrych ar Wil, oedd ar ganol troi'n wyrdd llachar diddorol iawn.

'Ym – ia, wel – ro'n ni *yno* . . .' meddai'n wan, gan nodio'i ben.

Gwgodd y Swyddogion arno ac yna edrych ar ei gilydd. Ar ôl gorffen, trodd y ddau at Mrs Vergara.

'Mrs Vergara, os nad oes ots gennych chi, ry'n ni am fynd â'r bachgen 'ma i'r coridor er mwyn gofyn ambell gwestiwn pellach.'

'Wrth gwrs,' meddai Mrs Vergara. 'Brrrrâââââââân,' ychwanegodd hi, gan droi fy enw'n un ochenaid hir. 'Ffwrdd â ti.'

Sefais yn araf a chrafu 'nghadair yn arbennig o galed ar hyd y llawr wrth ei gosod o dan y ddesg. Ro'n i'n medru dweud bod yr holl ddosbarth yn meddwl mai chwarae'n wirion o'n i, ond dim dyna ro'n i'n ei wneud. Wrth ddilyn y swyddogion allan o'r dosbarth, gwenais yn arbennig o lydan, yn enwedig ar ôl gweld wyneb syn Mei-Li, yn barod i brofi 'mod i gymaint clyfrach na phawb arall.

BELI A'R TOILEDAU

Erbyn i'r gloch ganu ar ddiwedd y prynhawn, roedd pob athro a phob plentyn ym mhob un flwyddyn yn gwybod bod yr heddlu wedi 'nhynnu o'r dosbarth.

Fyswn i wedi medru dweud wrth bawb yn union be ddywedais i wrth yr heddlu, ond ro'n i'n gwybod y byddai cadw'r peth yn gyfrinach yn gymaint mwy o hwyl. Mae cyfrinachau'n bethau pwerus – heblaw eich bod chi'n eu datgelu nhw'n rhy fuan. Roedd Mrs Vergara a Mr Lancaster a rhai o'r plant hŷn yn edrych arna i'n wahanol yn barod ac ro'n i isio cadw pethau felly mor hir â phosib.

'Ty'd 'laen 'ta! Be welist ti?' gofynnodd Wil, yn fy nal wrth i fi ruthro o'r maes chwarae. Y tu ôl i ni, roedd plant ieuengach – oedd fel arfer yn fy ofni gormod i ddod yn agos – yn rhuthro ar ein holau mewn ymgais i 'nghlywed i.

'A pham soniaist ti ddim am hyn?' ychwanegodd Katie, gan afael yn strapiau'i bag wrth loncian tuag atom ni.

'Gewch chi wybod y cyfan fory,' addewais, wrth ddechrau rhedeg. Ro'n i angen cyrraedd y parc cyn gynted â phosib er mwyn gwybod oedd yr heddlu wedi gwrando arna i ac wedi mynd i arestio Thomas.

'Arhosa,' gwaeddodd Katie. 'Pam ddim dweud y cyfan rŵan?'

'GORFOD MYND ADRE,' gwaeddais yn ôl. 'ARHOSWCH TAN FORY!'

Gan anwybyddu pawb oedd yn syllu arna i y tu allan i siop fferins McEwan a'r olwg amheus dros ben ar wyneb Mr McEwan ei hun, gwibiais nerth fy nhraed ar draws y ffordd fawr ac i mewn i'r parc.

Edrychais o 'nghwmpas, gan ddisgwyl gweld tâp melyn llachar yr heddlu a faniau'n fflachio goleuadau a phlismyn yn crwydro'r parc fel biliwn o forgrug duon.

Ond roedd pethau mor ddiflas ac arferol ag erioed yn y parc. Roedd pobl yn cerdded adre o'r ysgol gyda'u plant ac yn gwthio coetshys babi ac yn chwarae â'u cŵn ac yn loncian fel peiriannau byr eu gwynt. Doedd yr un plismon na fan yn y golwg yn unman.

'Hei,' daeth llais blinedig o'r tu ôl i fi.

Dyma fi'n troi o 'nghwmpas. Mei-Li oedd yna. Roedd hi'n amlwg wedi rhedeg yr holl ffordd o'r ysgol achos roedd ei hwyneb yn edrych fel petai rhywun wedi taflu towel gwlyb ato.

'Be – ddwedaist ti – wrth yr heddlu?' mynnodd hi, gan afael yn ei stumog. 'Soniaist ti ddim mai Thomas oedd o, naddo?'

Gwgais arni. 'Be 'di'r ots i ti be ddwedais i?'

Ysgydwodd Mei-Li ei phen. 'Ti – ti mor – *dwp*! Ti'n GWYBOD nad fo wnaeth.'

'Dweud celwydd oedd o,' dadleuais. 'Dwi'n gwybod be welais i.'

Gafaelodd Mei-Li yn dynnach fyth yn ei hochrau, yn union fel ro'n i'n ei wneud ar ôl rhedeg yn rhy sydyn o gwmpas y gampfa yn y wers Addysg Gorfforol. Yna, heb ddweud gair arall, bolltiodd hi tua'r llyn.

Gan sylweddoli be oedd ei bwriad, rhedais ar ei hôl, y ddau ohonon ni'n cyrraedd y fyddin o goed derw ar yr un pryd. Roedd Thomas yn yr union un fan â'r diwrnod cynt, yn eistedd y tu allan i'w babell ac yn darllen llyfr oedd bron mor hen ac mor frown â fo.

'Thomas!' llefodd Mei-Li, wrth i ni'n dau redeg ato.

Edrychodd i fyny tuag atom, ei aeliau trwchus yn gwahanu fel dau lindysyn blewog yn cropian i ffwrdd oddi wrth ei gilydd.

'Helô,' meddai, gan wenu ac yna gwgu'n syth wedyn. Ar gyfer Mei-Lin roedd y wên. Fi oedd â'r gwg a'r sŵn chwyrnu isel ddaeth i'w ddilyn. 'Popeth yn iawn?'

Ysgydwodd Mei-Li ei phen a phwyntio ata i. 'Mae O wedi dweud wrth yr heddlu mai CHI yw'r Lleidr Anweledig ac maen nhw am ddod ar eich hôl chi a'ch arestio a'ch taflu i'r carchar, felly mae'n *rhaid* i chi ddianc o fan hyn!'

'Be?' gofynnodd Thomas, gan ollwng ei lyfr. Ymddangosodd tri chrych hir arall ar ei dalcen. 'Pam fyddet ti'n gwneud peth felly?'

'Fel soniais i, wnes i dy *weld* di,' mentrais, gan deimlo'n fuddugoliaethus. 'Ro't ti'n gorwedd mewn drws siop ac ro'n i yn y safle bws dros y ffordd. Welaist ti 'mohona i, ond welais i ti. Welais i'r cyfan wnest ti! Dal rhyw declyn trydanol i fyny er mwyn troi'r goleuadau i ffwrdd ac yna dringo'r ffynnon a dechra llifio'r cerflun.'

'Rwy wedi taeru'n barod nad fi oedd e – aros funud, welaist ti un o'r lladradau *go iawn*?' gofynnodd yr hen ddyn, ei lygaid yn lledaenu gymaint fel eu bod wedi dod yn agos at wneud i'r crychau o dan ei lygaid ddiflannu. 'Welaist ti'r lleidr?'

'Do, dy weld DI,' mynnais eto.

'Gwranda'r cythraul bach,' meddai Thomas, gan godi ar ei draed a phacio popeth yn frysiog i fag du enfawr oedd bron mor dal â fi. 'Dwi ddim yn gwybod *pwy* welaist ti, ond dim fi oedd e, na neb sy erioed wedi bod yn ddigartre chwaith. Fydde neb sy wedi byw ar y strydoedd yn chwistrellu ein cod ni ym mhobman fel y lleidr 'ma. A rwyt ti'n llawer twpach na'r disgwyl os wyt ti'n meddwl bod gan yr un ohonon ni ddigon o dŵls i ddwyn banana o fferm ffrwythau, heb sôn am ddarnau mawr o waith celf cyhoeddus!' Gan roi'r gorau i'w bacio am funud, edrychodd yr hen ddyn arna i o'm esgidiau i'm llygaid, ac ychwanegu, 'Ond eto, falle dy fod ti'n dwpach na'r disgwyl wedi'r cyfan.'

'Ti jest yn flin achos 'mod i wedi gweithio'r peth allan,' gwaeddais.

Gan daflu'i fag dros ei ysgwydd, edrychodd yr hen ddyn i lawr arna i a sibrwd, 'Mae gen ti'r ateb anghywir, 'machan i.'

'Mae'n ddrwg calon gen i, Thomas,' meddai Mei-Li, oedd yn edrych fel petai am ddechrau crio. 'Fy mai i yw hyn i gyd. Ddylwn i ddim fod wedi gadael iddo fo ddod *yma*.'

'Paid â phoeni, 'mheth bach i,' meddai'r hen ddyn, a'i bodio'n ysgafn ar ei boch. 'Fydde rhywun yn meddwl

147

'mod i wedi hen arfer â'r peth erbyn hyn. Ein bai ni yw popeth sy'n mynd o'i le ym mhobman. Sonia wrth dy dad bod angen dweud wrth bawb y bydd 'na lecyn gwag ar gael am sbel,' ychwanegodd, gan amneidio at y babell.

'ARHOSWCH,' gwaeddais, gan drio meddwl am ryw ffordd o'i gadw yn y parc. Petai'n gadael a'r heddlu'n methu dod o hyd iddo, fyddai neb yn gwybod mai fi oedd wedi'i ddal o! 'Mae'r heddlu ar eu ffordd yn barod – os wyt ti'n dianc fydd hynny'n gwneud pethau'n waeth i ti.'

'Gymera i'r risg, diolch yn fawr,' atebodd Thomas, wrth iddo guddio'i waled yn ddiogel yn nyfnderoedd ei gôt. 'Dymuna bob lwc i dy ffrindiau yn yr heddlu ar fy rhan i, ac yn y cyfamser, dwi'n cynnig dy fod ti'n mynd am brawf llygaid.'

Wrth iddo gerdded i ffwrdd, saethodd Mei-Li edrychiad tuag at i – edrychiad oedd yn dweud yn glir ei bod hi'n fy nghasáu i'n barod, ac yn fy nghasáu gan gwaith mwy bellach. Ond do'n i ddim wedi dychmygu y byddai'n rhuthro yn ei blaen, a chydag ebychiad swnllyd oedd yn swnio fel sgrech wedi'i thorri'n ei hanner, yn fy ngwthio i'r llawr.

Syllais i fyny arni, wedi synnu gormod i ddweud gair. A chyn i fi fedru codi, roedd hi wedi rhedeg allan o'r coed a diflannu i ganol yr un twnnel llachar o olau'r haul â'r hen ddyn.

Codais a rhuthro allan o'r coed ar eu holau. Ond roedd y ddau wedi toddi i ganol y torfeydd o gŵn a phobl a loncwyr a beicwyr, a dim syniad gen i lle ro'n nhw wedi mynd. Roedd y parc yn rhy fawr, a llawer gormod o lwybrau allan ohono. Do'n i ddim yn medru gwneud unrhyw beth, felly cerddais adre, gan gasáu Mei-Li am sbwylio'r cyfan.

★ ★ ★

'Brrââââââân! Ti sy 'na?' sgrechiodd Mam yr eiliad i fi agor y drws ffrynt. Roedd hi'n hofran yn y coridor fel swyddog traffig yn disgwyl rhoi tocyn parcio i rywun.

Ro'n i isio gofyn iddi pwy arall roedd hi'n ddisgwyl, ond daeth yn glir yn syth na fyddai hynny'n syniad da. Roedd hi'n edrych yn flin.

Gwthiodd Blod ei phen allan o'r stafell fyw a sbecian o bellter diogel.

'Brân, oes gen ti syniad pam ges i alwad ffôn heddiw, ar ganol cyfarfod hollbwysig, a'r newyddion bod fy mab I yn cael ei holi gan yr heddlu? YR HEDDLU!'

Sefais yn ddistaw a disgwyl. Byddai torri ar draws

Mam yng nghanol ffit o sgrechian ddim ond yn gwneud i'r holl beth bara'n hirach.

'Alla i ddim *credu* y bysat ti'n creu stori am weld trosedd ac wedyn yn dweud celwydd am y peth wrth yr heddlu! Oes gen ti syniad pa mor ddifrifol ydi hyn?'

'Wnes i *ddim*,' mynnais, gan lithro heibio iddi a rhedeg i fyny'r grisiau. 'Wnes i ddim dweud celwydd!'

'Ty'd lawr y FUNUD 'MA!' gwaeddodd Mam, gan anwybyddu be ddwedais i'n llwyr. Roedd hi'n flin, ond ddim yn ddigon blin i 'nilyn i fyny'r grisiau. 'Aros di nes i dy dad gyrraedd, 'ogyn. Dyna'i diwedd hi! Dwi 'di cael hen ddigon ar orfod gwneud esgusodion ar dy ran di o hyd a phoeni'n ddi-baid am ba fath o drwbwl fyddi di'n tynnu ar dy ben di!'

Caeais ddrws fy stafell yn glep a thaflu 'mag ar lawr. Ond cyn pen dim, clywais sŵn traed y tu allan ac wedyn sŵn cnocio swnllyd ac annifyr. Cyn i fi fedru ateb, cafodd y drws ei agor led y pen, gan wneud i fi ddyheu am gael clo arno am y canfed tro.

Blod oedd yno, yn edrych yn gochach ac yn fwy smotiog nag erioed. 'Dos o 'ma,' rhybuddiais.

'Wyt ti *wir* wedi dweud wrth yr heddlu dy fod ti 'di gweld y lleidr?' gofynnodd hi.

'Do,' atebais. 'Pam?'

'Ti *yn* gwybod bod pobl yn cael eu taflu i'r carchar am ddweud celwydd wrth yr heddlu?' meddai hi, gan roi'i dwylo ar ei chluniau. 'Bod yn "rhwystr i gyfiawnder" maen nhw'n galw'r peth.'

'Dwi DDIM yn dweud celwydd,' mynnais, gan ei gwthio allan o'r stafell a chau'r drws yn ei hwyneb. 'GEWCH CHI WELD!'

'Ia, wel, paid â disgwyl i fi helpu os wyt ti,' gwaeddodd Blod drwy'r drws.

'FYSAT TI BYTH YN GWNEUD BETH BYNNAG,' gwaeddais yn ôl. Ro'n i'n medru clywed sŵn ei thraed wrth iddi ruthro i lawr y grisiau.

Roedd fy stumog yn grwgnach, felly estynnais am fy mocs mawr o dan y gwely, a chan eistedd wrth fy nesg, dechreuais chwalu bar siocled a chnau a phaced o gylchoedd nionyn yn ddarnau. Wrth droi 'nghyfrifiadur 'mlaen a thywallt y briwsion creision olaf yn syth i 'ngheg, agorodd drws fy stafell eto. Dechreuais baratoi i orchymyn Blod allan am yr eildro, ond Beli oedd 'na y tro hwn. Roedd yn chwarae ei hoff gêm, sef smalio sboncio ar ffon bogo ddychmygol. Am ryw reswm, roedd llinell o gliter yn clymu'i aeliau gyda'i gilydd.

'Sbonc-sbonc-sbonc,' datganodd Beli, gan fownsio mewn cylch o'm hamgylch. 'Sbia, Bân! Sbonc sbeshal iawn!' A gan ddringo ar fy ngwely, dechreuodd neidio i fyny ac i lawr ar fy nghlustogau.

'Rho'r gora iddi,' meddwn yn ddig. 'Dos i lawr a dos o 'ma.'

'Sbonc–sbonc–sbonc,' atebodd, gan neidio'n uwch.

Estynnais fy llaw a gwthio Beli i ffwrdd. Ond gwthiais yn galetach nag o'n i wedi bwriadu gwneud, ac yn hytrach na glanio'n ddiogel ar lawr, disgynnodd wysg ei ochr oddi ar y gwely a tharo'i ben yn erbyn fy nghwpwrdd dillad.

Trodd yn goch a dechrau llefain yn swnllyd, gan sticio'i fysedd yn ei geg – dim ond pan oedd o wedi brifo go iawn roedd o'n gwneud hynny.

'Shhh!' dywedais. 'Mae'n ddrwg gen i, Beli. Ti'n iawn?' Rhwbiais ei freichiau fel y byddai Lisa'n gwneud ar ôl iddo fo ddisgyn.

'Wnest ti wthio fiiiiiiii,' udodd Beli, yn dal i grio.

'Wnes i'm trio,' atebais, gan wrando am sŵn Lisa neu Mam yn rhedeg i fyny'r grisiau. 'Sbia,' cynigiais, gan estyn am fy mocs mawr. 'Gei di gymryd unrhyw beth ti isio, iawn? Ond mae'n rhaid i ti roi'r GORA i grio.'

Gan sugno ar ei fysedd yn arbennig o galed am rai eiliadau, llowciodd Beli weddillion ei ddagrau wrth i fi archwilio'i ben. Roedd lwmpyn bychan bach yn codi o'r talcen fel rhôl fara. Gwnes addewid i fi fy hun i beidio gwthio Beli eto petai'r lwmp yn mynd i lawr yn gyflym a phetawn i'n osgoi cael fy nal.

'Ga i hwn?' gofynnodd, gan edrych arna i â'i lygaid dyfrllyd a phwyntio at yr un bar caramel a chnau oedd ar ôl – yr un na fyddwn i byth wedi'i roi iddo fel arfer.

'Cei siŵr,' atebais, gan rwygo'r gorchudd lapio ar agor iddo.

Cymerodd Beli'r bar siocled a llond llaw o fferins eraill, a chan ddringo'n ôl ar fy ngwely, dechreuodd sglaffio'i ffordd drwy'r cyfan fel petai dim byd wedi digwydd. Troeais at fy nghyfrifiadur, yn diolch bod Dad wedi rhoi cyfrinair newydd i fi ar ôl cael cymaint o hwyl arni yn nhŷ Mrs Sanders – er nad o'n i wedi treulio mwy na hanner awr yno. Doedd hi ddim isio i fi wneud mwy na phalu ychydig o chwyn – a do'n i ddim yn medru credu pa mor arbennig o gyflym lwyddais i wneud hynny. Gwisgais fy nghlustffonau er mwyn boddi synau papurau fferins yn siffrwd a Beli'n cnoi fel bochdew, a pharatoi i drio darganfod be oedd ystyr yr arwyddion roedd y lleidr wedi'u gadael ar ôl. Roedd Dad wedi sôn bod angen deall y cod cyfrinachol i'w deall nhw, ond ro'n i'n siŵr y byddai'r cod ar y we yn rhywle.

Wrth glicio ar dop y sgrin er mwyn dechrau chwilio, galwodd Beli, 'Sbia Bân!' Gan beintio dotiau o siocled wedi toddi dros ei wyneb a'i drwyn â'i fys bach tew, esboniodd, 'Fi 'di Blod!'

Saethais wên ato a dweud, 'Rwyt ti'r un ffunud â hi. Ddylsat ti fynd i ddangos iddi'r funud 'ma.'

Ond ysgydwodd ei ben, a chan ddringo i lawr o'r gwely, daeth i sefyll o 'mlaen er mwyn gwneud synau ceir. Chwilotais am 'arwyddion melyn lleidr digartre' ar y we, a gwyliodd y ddau ohonom gyda'n gilydd wrth i'r sgrin lenwi â lluniau gwahanol. Roedd y tair llinell groes ro'n i wedi'u gweld yn cael eu chwistrellu ar ffynnon Piccadilly Circus yno, a'r cylch mawr oedd wedi'i adael ar Sel-Fridges, arwydd oedd yn edrych fel blaen gwaywffon oedd wedi'i adael yng Ngorsaf Paddington, a llun o het grand wedi'i adael wrth draed y cerflun o Peter Pan. Doedd yr un o'r disgrifiadau o dan y lluniau'n esbonio unrhyw beth am eu hystyr nhw.

Wrth i fi leihau'r ddelwedd o gerflun Peter Pan, giglodd Beli a phwyntio at fy nghyfrifiadur, gan sibrwd, 'Toilet'.

'Paid â mwydro,' dywedais wrtho. 'Nid toilet yw hwnna.'

Pwyntiodd Beli ato eto, gan ddweud, 'Ia tad! Dwi'n gwybod sut i'w sillafu rŵan, Lisa wedi deud. T-O-I-L-E-T!'

Pwysais 'mlaen er mwyn gweld at be roedd o'n pwyntio. Arwydd oedd o, mewn siâp baner wen, yn chwifio oddi ar yr adeilad drws nesa i ysbyty Peter Pan, â'r geiriau 'TO LET' arno mewn llythrennau mawr coch. Uwchben y llythrennau roedd symbol yn dangos dwy ddraig las lachar yn chwythu tân, yn sefyll naill ochr i'r geiriau 'Eiddo Uchelwrol Llundain'.

'Nid "toilet" sy yna,' esboniais, 'ond "To Let". Mae'n arwydd ar gyfer pobl sy isio rhentu rhywle.'

Ond roedd Beli'n meddwl llawer gormod am doiledau, ac wrth i fi edrych drwy fwy o luniau oedd yn gysylltiedig â'r lladradau, dechreuodd weiddi 'TOILED!' ar y cyfan. Yna diflasodd ar hynny a rhedodd yn ôl i lawr y grisiau er mwyn dangos y fersiwn siocled o'i wyneb i Blod.

Hyd yn oed ar ôl i Beli adael gan roi cyfle i fi ganolbwyntio eto, do'n i ddim yn medru dod o hyd i unrhyw wybodaeth am ystyr y negeseuon cudd. Felly, gan roi'r gorau iddi, dyma ddechrau chwarae gêm a choncro cymaint o fydysawdau â phosib.

Y DARGANFYDDIAD

Dros y dyddiau nesa, tan y penwythnos, fi, a'r adeg welais i'r lleidr wrth ei waith, oedd yr unig bynciau trafod yn yr ysgol.

Roedd hyd yn oed Randy a Lavinia a'r plant ro'n i fel arfer yn pigo arnyn nhw'n dechrau brolio 'mod i wedi sibrwd cyfrinachau iddyn nhw wrth gymryd eu fferins a'u creision a'u pres. Ond y gwir oedd bod neb yn gwybod unrhyw beth, achos do'n i ddim wedi sôn gair wrth neb. Dim hyd yn oed Wil a Katie. Roedd y straeon yn tyfu ar eu pennau eu hunain, fel hadau anweledig yn cael eu bwydo gan eiriau oedd ddim yn bodoli.

Erbyn diwedd prynhawn dydd Gwener, heb i fi orfod dweud unrhyw beth, roedd pawb yn meddwl amdana i fel pencampwr sglefrfyrddio oedd wedi mynd ar ôl y Lleidr Anweledig ar fy mhen fy hun bach, yn syth ar ôl i

Wil ddod yn agos at dorri'i goes wrth ymdrechu i droi'i sglefrfwrdd drosodd deirgwaith yn yr awyr.

Yr unig un oedd ddim i'w gweld yn poeni oedd Mei-Li. Felly gwnes fy ngorau glas i *wneud* iddi boeni. Dechreuais ei baglu a galw enwau arni a gwneud hwyl am ben y bwyd rhyfedd roedd hi'n ei fwyta amser cinio. Wnes i hyd yn oed sbarduno Wil a Katie i arllwys potel o ddiod oren byrlymog arbennig o stici, ac wedi'i hysgwyd yn arbennig o hir, drosti mewn damwain ac ar bwrpas. Cafodd y tri ohonom ein cadw ar ôl ysgol am wythnos oherwydd hynny, ond doedd hi'n dal ddim yn fodlon talu unrhyw sylw i fi.

'Mae'n rhaid i ni feddwl am rywbeth gwell iddi hi,' meddai Katie, wrth i ni anelu am adre ar ddydd Gwener ar ôl y gosb gynta o lawer gan Mr Lancaster oherwydd y tric â'r ddiod oren. 'Mae hi'n ymddwyn fel nad ydi hi'n ein hofni ni o gwbwl. Mae'n od.'

'Feddyliwn ni am rywbeth gwerth chweil dros y penwythnos,' meddai Wil. 'Hei, 'dach chi'ch dau isio sglefrfyrddio wrth ymyl Piccadilly Circus fory? Rhag ofn i'r lleidr ddod 'nôl?'

'Fydden nhw ddim yna eto, y twpsyn,' meddai Katie'n wawdlyd. 'Does neb yn dwyn o'r un lle ddwywaith. Sbia ar yr holl lefydd gwahanol mae'r lleidr wedi ymweld â nhw yr wythnos hon. Wedi dwyn o'r sgwâr 'na.'

'Leicester Square,' gwenodd Wil.

'Dyna'r un,' meddai Katie, yn rowlio'i llygaid. 'Wedi dwyn ffon Charlie Chaplin, ac ymbarél Mary Poppins a brechdan y fersiwn *arall* o Paddington yr Arth o fan'no. Ond wedyn, ar ôl hynny, wnaethon nhw ddwyn y lampau o ddrysau ffrynt y lle 'na mae'r Brenin yn cael ei holl fwyd –'

'Fortnum a Teisen,' torrodd Wil ar draws, yn wybodus.

'Fortnum a *Mason*,' cywirodd Katie, yn ysgwyd ei phen. 'Does 'na ddim rhan ohono'n gwneud synnwyr, a deud y gwir, nag oes? Ond un peth wnawn nhw ddim yn *sicr* ydi dychwelyd i'r un lle eto.'

'Ond mae'r holl lefydd yn yr un rhan o Lundain, dydyn?' nododd Wil. 'Dim ond i lawr y lôn o'r ffynnon oedd y lle Fortnum 'na. Felly ti byth yn gwybod!'

Edrychodd Wil arna i fel petai'n gofyn i fi ei gefnogi. Ro'n i'n teimlo'n flin drosto, achos ro'n i'n gwybod y bysa fo'n gwneud unrhyw beth er mwyn cael ei holi gan yr heddlu a dod mor enwog â fi. Felly mwmiais 'Debyg iawn' yn ateb.

Wrth i ni gyrraedd siop y gornel, arafodd y tri ohonon ni rhag ofn bod 'na rywun yno ag unrhyw beth da yn eu meddiant. Ond doedd dim llawer o bobl o gwmpas, a Mr McEwan yn gwylio, felly daliodd pawb i gerdded.

'Isio dod i'r parc fory?' gofynnodd Katie. 'Mae 'mrawd wedi sôn ei fod o am brynu un o'r ffrisbis newydd 'na sy'n gwneud swn ar ôl ei daflu.'

Cododd Wil ei ysgwyddau. 'Ella.'

'Ddim yn gallu,' atebais. Do'n i ddim isio dweud wrthyn nhw eto 'mod i'n mynd i swyddfa'r heddlu. Ro'n i isio i'r newyddion eu syfrdanu nhw ar ôl i Thomas gael ei ddal ac ar ôl i fi ymddangos yn y papurau newydd gan brofi pawb yn anghywir. Roedd Mam wedi sôn bod yr heddlu isio cofnodi popeth yn iawn a chael datganiad gen i, oedd yn golygu ei bod hi'n fy nghymryd o ddifri hefyd. 'Dwi dan glo o hyd,' esboniais, achos bod hynny'n dechnegol gywir.

'Druan â ti,' meddai Katie.

'Ia,' cytunais, gan feddwl am y cyffro o orfod gwneud datganiad swyddogol a chael pobl yn gwrando arna i'n iawn am unwaith. 'Druan ohona i.'

★ ★ ★

Aeth fy nghyfweliad yn swyddfa'r heddlu ddim yn union fel y disgwyl.

I ddechrau, roedd dyn o'r enw Inspector Wyde – â wyneb digon tew i ffitio fy un i ynddo fo ddwywaith drosodd – wedi mynd â Mam a fi i stafell aros. Dechreuodd sôn fod cannoedd o bobl yn ffonio er mwyn dweud eu bod nhw'n gwybod rhywbeth am y lleidr.

'Er hynny,' meddai, gan fy llygadu'n ofalus, 'hyd yma, dy stori di yw'r unig un sy'n gwneud synnwyr. Felly rown ni'r cyfan ar gof a chadw, os yw hynny'n iawn gyda chi.'

Dyma'r tro cynta i fi sylweddoli 'mod i'n cystadlu'n erbyn cannoedd o bobl, gan fy nhaflu i dymer drwg yn syth. Ar ôl i'r Inspector Wyde orffen siarad, cafodd Mam a fi ein tywys i stafell fach lwyd gan PC Miriam a dyn o'r enw Mr Riddles oedd yn honni mai arlunydd oedd o. Ro'n i'n gorfod adrodd y stori eto ac eto a disgrifio popeth welais i, yn union fel ro'n i'n ei wneud o flaen Mr Lancaster o bryd i'w gilydd pan oedd o isio bod yn siŵr 'mod i'n dweud y gwir.

Wnaethon nhw 'ngorfodi i ateb gymaint o gwestiynau am be ro'n i wedi'i weld, be do'n i ddim, ar ba fws wnes i deithio gyda Wil, be'n union ddigwyddodd a phryd yn union ddigwyddodd o, ac a o'n i'n *siŵr* mai Thomas o'r parc oedd yn gyfrifol, nes i fi ddechrau difaru 'mod i wedi sôn unrhyw beth o gwbwl wrth unrhyw un.

'Dwi 'di dweud y cyfan yn barod,' cwynais. 'Thomas ydi ei enw ac mae'n byw yn y parc. Ac weithiau mae i'w weld tu allan i siop fferins McEwan. Fo wnaeth.'

'Mae'n well bod yn gwbl sicr am y pethau 'ma,' meddai PC Miriam, gan wenu.

'Dwi *yn* sicr,' mwmiais yn flin, gan gicio coes y bwrdd yn ddigon caled i wneud twrw, ond ddim yn ddigon caled i ysgwyd unrhyw beth.

'Iawn. Un peth arall,' meddai hi wedyn. 'Fedri di ddisgrifio'n fanwl sut un oedd y dyn welaist ti yn Piccadilly Circus? Ry'n ni am i ti fod mor fanwl â phosib.'

Gan anadlu'n ddwfn, disgrifiais sut un oedd Thomas, a gofynnodd Mr Riddles res o gwestiynau am siâp ei drwyn a'i lygaid a pha mor flewog oedd ei aeliau. Wrth i fi siarad, arluniodd yn gyflym, gan wneud synau crafu uchel ar y papurau gwynion oedd yn gorffwys ar ei liniau. Roedd gan Mr Riddles fwstásh mawr oren troellog, a sbectol oren hefyd. Doedd o ddim yn edrych fel rhywun fyddai'n gweithio gyda'r heddlu.

'Oedd ei farf yn wlanog ta'n *gyrliog*?' gofynnodd Mr Riddles, am be oedd yn teimlo fel y seithfed tro.

'Y ddau,' atebais. 'Gwlanog *a* chyrliog.'

'Fel hyn?' Daliodd Mr Riddles ei ddarlun i fyny.

161

Roedd o wedi ymdrechu i wneud llun o Thomas ar sail fy nisgrifiad, ond do'n i erioed wedi disgrifio wyneb rhywun o'r blaen felly doedd gen i ddim digon o eiriau er mwyn gwneud yn berffaith gywir. Ond roedd y darlun wedi dal barf hanner-gwlanog, hanner-cyrliog Thomas, a choler ei hen gôt grychog ddu, a'i drwyn oedd braidd yn gam, sef y pethau pwysicaf i gyd, yn fy marn i.

Ar ôl i fi nodio, diolchodd PC Miriam i fi a chyhoeddi 'mod i'n cael mynd adre. Soniodd hi hefyd wrth Mam y byddai hi'n cysylltu â ni petai rhywbeth yn digwydd.

Ond fel y mwyafrif llethol o oedolion, roedd hi'n dweud celwydd. Achos erbyn nos Sul, heb unrhyw rybudd, roedd llun Mr Riddles o Thomas yr hen ddyn ar y newyddion, yn arnofio y tu ôl i newyddiadurwr oedd yn dweud wrth y byd bod y 'Lleidr Anweledig' wedi'i enwi o'r diwedd gan 'Ffynhonnell Anhysbys'.

'Brrrââââââân! Rwyt ti'n Ffynhonnell Anhysbys!' galwodd Lisa, wrth i Mam rwbio 'nghefn a mynnu'i bod hi'n falch ohona i ac wrth i Beli glapio'i ddwylo heb ddeall pam. Ddywedodd Blod ddim byd a dechreuodd bwdu mwy fyth ar ôl i Dad ffonio o rywle yn Norwy er mwyn fy llongyfarch a dweud 'mod i'n cael dewis un anrheg ganddo fel diolch am siarad â'r heddlu.

Erbyn bore dydd Llun, roedd y darlun ym mhobman. *Pob un man.* Roedd yr heddlu wedi'i ddefnyddio er mwyn gwneud posteri mawr yn gofyn 'YDYCH CHI WEDI GWELD Y DYN YMA?' a'u gosod nhw yn y papurau newydd, yn ogystal ag ar fyrddau hysbysebu mawr mewn archfarchnadoedd ac ar ochrau bysiau ac ar byst lamp a photeli llefrith arbennig. Roedd poster yn ffenest siop Mr a Mrs McEwan hyd yn oed, a do'n nhw *byth* yn rhoi unrhyw beth yno. Dim hyd yn oed posteri'n tynnu sylw at gŵn bach coll.

Roedd Wil a Katie wedi sôn wrth bawb mai fi oedd wedi disgrifio'r lleidr i'r heddlu, ac erbyn y diwrnod canlynol, roedd pawb yn fy nilyn o amgylch y lle ac yn gofyn i fi arwyddo copïau o'r poster.

Ond po fwya o bosteri ro'n i'n gorfod arwyddo, a'r mwya ro'n i'n gorfod edrych ar lun o'r hen ddyn, mwya y dechreuais i deimlo bod rhywbeth o'i le am yr holl beth. Erbyn dydd Mercher, dechreuais deimlo bod yr heddlu'n chwarae tric arna i ac wedi newid y llun rywsut.

''Dach chi'n meddwl bod y llun yn edrych fel hen ddyn y troli?' gofynnais i Wil a Katie, wrth eu gwylio'n ychwanegu cyrn a mwstásh coch i un o'r posteri y tu allan i'r ysgol.

Camodd Katie'n ôl ac edrych ar y poster â'i phen i un ochr. 'Ydi. Os wyt ti'n edrych arno fo fel hyn a dychmygu'i fod o'n toddi'r mymryn lleia.'

'Ydi mae o,' meddai Wil. 'Ond, ti'n gwybod, yn hŷn ac yn hyllach.'

Ar ôl i ni sgriblo cyrn a pheli o faw trwyn a thafodau neidr ar dri chopi arall o'r poster ac ar ôl i fi eu harwyddo hefyd, anelais am adre, ddim yn siŵr eto pam fod y darlun ar fy meddwl i.

Wrth i fi agor y drws ffrynt, saethodd arogl sglodion wedi ffrio i fyny fy ffroenau. Dyma ddiwrnod lwcus! Sglodion cartre Lisa, wedi'u gwneud o datws heb eu plicio, oedd y pethau gorau i'w bwyta ar y blaned, er nad oedd hi byth yn gwneud digon ohonyn nhw.

'Be 'di hwnna, Beli?' gofynnais, gan daflu 'mag i gornel y gegin. Roedd o wrth y bwrdd, yn sgriblo rhywbeth â'i bensiliau lliw a'i feiros gliter.

Daliodd Beli un o'r posteri o'r hen ddyn i fyny gan wenu'n falch. Roedd o wedi'i orchuddio â sêr mewn gliter ac wedi lliwio'r het wlanog yn wyrdd llachar.

'Lle gafodd o hwnna?' gofynnais i Lisa, wrth iddi roi powlaid fawr o sglodion a thalpiau cyw iâr i lawr ar y bwrdd o 'mlaen, a phlât ar ei ôl.

'Gawson ni e o'r postyn lamp tu fas, on'd do fe?' atebodd hi, wrth iddi fwytho gwallt Beli. 'Nawr, gorffenna dy fwyd yn gyflym, os gweli di'n dda. Mae Beli wedi gorffen yn barod, ac mae gan Blodeuwedd ambell ffrind yn dod cyn hir, a bydd angen y bwrdd arnyn nhw.'

Dechreuais rwgnach. Ro'n i'n casáu bob un o ffrindiau Blod. Dim ond giglo a chario pensiliau fflwffog o amgylch y lle a smalio eu bod nhw'n gwneud gwaith cartra gyda'i gilydd oedden nhw'n wneud, er mai arwyddo enwau eu cariadon dychmygol yng nghefnau eu llyfrau oedden nhw mewn gwirionedd.

Gan gladdu fy mynydd o sglodion a chyw iâr o dan sos coch fel ei fod yn edrych fel llosgfynydd yn ffrwydro, llowciais y cyfan, wrth i Beli liwio'i boster. Roedd hi wastad yn hawdd dweud pan oedd Beli'n brysur ac o ddifri am bethau am ei fod yn hymian wrtho'i hun ac yn cicio coesau'i gadair fel petaen nhw'n set o ddrymiau. Newydd orffen lliwio dros y llygaid mewn pensil glas golau yn gymysg â gliter aur oedd o, a bellach yn lliwio'r farf mewn creon coch llachar, er ei fod wedi lliwio'r gwallt oedd yn gwthio allan o dan yr het mewn gliter arian.

Rhoddais y gorau i gnoi a llyncu'n arbennig o swnllyd. Sylweddolais yn sydyn be oedd yn bod â'r poster a pham ei fod wedi fy mhoeni drwy'r dydd.

Roedd y dyn ger y ffynnon wedi tynnu'i het wrth foesymgrymu i'r sgriniau . . . ac wrth iddo wneud, ro'n i wedi gweld top ei ben. Roedd wedi disgleirio'n lliw arian rhyfedd, yn union fel gliter Beli. Sy'n golygu nad oedd ei wallt a'i farf yr un lliw, achos bod ei farf yn dywyll. Ond roedd gwallt Thomas yr un lliw â'i farf – roedd y *ddau* yn dywyll. Ro'n i wedi'i weld o ar ôl iddo ddigio â fi y tro 'na yn y parc a thynnu ei het. Oedd yn golygu . . . oedd yn golygu . . .

Bod y darlun yn anghywir ac yn gywir ar yr un pryd!

'Pŵ!' llefodd Beli wrth i'r creon yn ei law grwydro dros y llinellau mewn camgymeriad.

Roedd Mr Riddles wedi darlunio'n union be ddisgrifiais i yng ngorsaf yr heddlu – ond doedd yr wyneb ar y poster ddim yn edrych fel un Thomas, achos nid wyneb Thomas ro'n i wedi'i ddisgrifio! Wyneb hollol wahanol oedd o. Hen wyneb oedd yn edrych yn gyfarwydd mewn ffordd ryfedd, ac eto'n anghyfarwydd ar yr un pryd . . .

Gollyngais y sglod arbennig o fawr o'm llaw a gwthio 'nghadair ymhellach o'r bwrdd. Do'n i ddim yn llwglyd bellach, ac mae'n siŵr na fyddwn i byth yn llwglyd eto. Ro'n i wedi gwneud y camgymeriad mwya fyddai unrhyw un ar y blaned yn medru ei wneud – a fyddai neb byth yn cael gwybod.

Y GEGIN GAWL

Roedd y bore nesa mor llwyd a gwlyb a gwyntog, teimlai fel bod y gaeaf wedi dychwelyd yn sydyn gan drio gwneud fy nhymer yn waeth nag oedd yn barod. Gwlychais ar y ffordd i'r ysgol am fod y sip ar fy nghôt wedi torri a do'n i ddim yn gallu dod o hyd i fy hwdi yn unman. Ac ar ôl cyrraedd y maes chwarae, roedd Mr Lancaster wrthi'n gweiddi gorchmynion ar bawb i anelu'n syth at y dosbarth er nad oedd y gloch gynta wedi canu eto, felly ges i ddim bwyd ychwanegol gan unrhyw un. Roedd yr holl ysgol fel petai'n ysgwyd ac yn rhynnu yn y gwynt wrth i ddafnau glaw mawr a thrwm ffrwydro ar y ffenestri fel peli o ganon, cyn llithro i lawr y gwydr a gadael llwybrau malwod sigledig y tu ôl iddyn nhw.

Roedd pawb yn fwy tawel nag arfer oherwydd y tywydd. Roedd Mrs Vergara wedi dweud bod croeso i bawb eistedd lle fynnon nhw tan i'r gloch ganu, ond doedd 'na ddim llawer i'w wneud heblaw am siarad. Neu ddal i fyny â gwaith cartre fel Rania a Joseph, ond doedd neb arall yn ddigon trist i wneud peth felly. Dim hyd yn oed Mei-Li. Ro'n i'n gallu'i gweld hi'n chwarae rhyw fath o gêm bosau gyda Robert ac yn piffian chwerthin.

'Dwi'n meddwl 'mod i ar fin marw o ddiflastod,' meddai Katie, gan ddal ei gên i fyny â'i dwylo. Roedd Wil a fi'n eistedd wrth ei bwrdd. 'Dach chi'n meddwl bod hynny'n bosib?' Heb ddisgwyl am ymateb, ychwanegodd, 'Roedd Lavinia a'r hogyn newydd 'na i fod rhoi llwyth o fferins i fi hefyd . . . fydd rhaid i fi gael gafael arnyn nhw dros ginio.'

Nodiodd Wil, ond do'n i ddim wir yn gwrando. Ro'n i edrych tua blaen y dosbarth lle eisteddai Robert a Mei-Li.

'Be ti'n feddwl, B?' gofynnodd Wil, gan fy nharo ar fy mraich.

'Y?'

'Elli di gredu eu bod nhw wedi cipio saith deg dau ohonyn nhw?'

'Saith deg dau o be?' gofynnais. 'Fferins?'

'Na.' Edrychodd Wil ar Katie, oedd yn ysgwyd ei phen arna i. 'Pobl ddigartre,' meddai Wil. 'Yr heddlu wedi arestio saith deg dau o ddynion digartre ddoe.'

'Be?' gofynnais, gan deimlo mymryn yn sâl.

'Achos dy boster di,' meddai Katie, gan symud ei sbectol i fyny ac i lawr o'r tu ôl i'w chlustiau. 'Hei, dychmyga nhw'n sefyll mewn rhes, pob un yn edrych yr un fath. Fyddai hynny mor ddigri!'

Agorais fy ngheg er mwyn gofyn oedden nhw'n siŵr am hynny, ond torrodd y gloch ar fy nhraws, heb sôn am Mrs Vergara yn dweud wrth bawb am ddychwelyd i'w seddi. Codais a mynd at fy nesg lle'r oedd Rajesh yn disgwyl er mwyn derbyn ergyd gyfrinachol y bore. Ond doedd gen i ddim amynedd heddiw. Yr unig beth ro'n i isio gwneud oedd mynd adre a dringo i'r gwely a rhwystro 'mhen rhag curo.

Disgwyliais i'r diwrnod ddod i ben, ond gwrthododd wneud. A dweud y gwir, llusgodd 'mlaen a 'mlaen, a'r glaw a'r gwynt a'r cymylau isel llwyd yn gwneud i bob gwers deimlo fel ei fod yn para am byth. Gwnaeth Mrs Vergara ei gorau i wneud pethau'n hwyl wrth chwarae cerddoriaeth yn ystod amser egwyl a darllen llyfr digri dros ginio, ond edrychai fel ei bod hi hyd yn oed wedi diflasu, a rhoddodd y gorau iddi yn y diwedd.

Wrth i'r diwrnod a'r awyr dywyllu a mynd yn wlypach, meddyliais fwy a mwy am y poster a'r saith deg dau o hen ddynion digartref roedd Katie wedi'u dychmygu'n sefyll mewn rhes. Ella nad oedd llawer o ots os o'n i wedi cael pethau'n anghywir. Ro'n i wedi rhoi'r disgrifiad cywir wedi'r cwbwl, ond yr enw anghywir. Ella bod y dyn welais i *yn* un o'r saith deg dau o ddynion gafodd eu harestio. Ac os nad oedd y lleidr yn eu mysg nhw, yna mae'n debyg y bydden nhw'n gwybod pwy oedd o, neu o leia'n deall ystyr yr arwyddion. Wedi'r cyfan, roedd pobl ar y teledu wastad yn siarad am bobl ddigartref fel 'staen' ar y gymuned – fel petaen nhw'n lympiau o faw yn yr hysbysebion teledu 'na am lanhawyr dillad. Mae'n siŵr nad oedd y saith deg dau o ddynion 'na wedi gwneud lot o ddaioni beth bynnag. Ro'n i wedi gwneud ffafr â phawb yn arwain at eu harestio nhw a'u llusgo oddi ar y strydoedd.

Ond os oedd hynny'n wir, pam bod fy stumog wedi dechrau curo gymaint â 'mhen? Pam 'mod i'n poeni bod Thomas wedi'i ddal a'i gloi yn y carchar yn lle'r lleidr go iawn â'r gwallt arian? Beth oedd yr ots os oedd llwyth o bobl ddigartre'n cael eu harestio yn hytrach na'r lleidr, oherwydd fi? Doedd dim ots!

Ond ro'n i'n gwybod bod 'na ots go iawn. Achos os oedd y gwir yn datgelu'i hun, fyddai'r heddlu a Mei-Li a Mam a Dad a Blod a Mr Lancaster a Mrs Vergara a'r teulu McEwan a'r ysgol gyfan yn meddwl 'mod i'n llwfrgi ac yn gelwyddgi ac wedi trio landio Thomas mewn trwbwl ar bwrpas. Fydden nhw ddim yn coelio unrhyw beth y byddwn i'n ei ddweud na'i wneud eto, ac ella y byddai'r heddlu isio fy arestio i am rwystro cyfiawnder, yn union fel roedd Blod wedi rhybuddio . . . roedd rhaid i fi ddod o hyd i'r gwir, a dim ond un person allai fy helpu. Y broblem oedd ei bod hi bellach yn fy nghasáu i'n fwy nag o'n i'n ei chasáu hi, ac er 'mod i'n edrych i'w chyfeiriad drwy'r dydd yn y dosbarth, doedd hi ddim am edrych arna i o gwbwl.

'Cofiwch lapio'n gynnes nawr,' meddai Mrs Vergara, wrth i'r gloch ola ganu o'r diwedd, a phawb yn sboncio allan o'u seddi fel cangarŵs. 'Dwi ddim isie clywed unrhyw sniffian yn y dosbarth fory.'

Thrafferthodd Katie a Wil ddim i wisgo'u cotiau. Dim ond dydd Iau oedd hi, gan olygu bod dau ddiwrnod arall o gael ein cadw ar ôl ysgol yng nghwmni Mr Lancaster eto i ddod, am bigo ar Mei-Li.

'Ti'm yn dod?' gofynnodd Wil, wrth i fi wisgo 'nghôt.

Ysgydwais fy mhen. 'Ddim yn gallu. Cur pen,' dywedais cyn rhedeg allan i'r coridor. Roedd rhaid i fi siarad â Mei-Li – hyd yn oed os oedd hynny'n golygu bod Mr Lancaster yn fy nghadw ar ôl ysgol deirgwaith eto am golli'r sesiwn hon.

Gwelais Mei-Li yn cerdded gyda Rania, Robert a Joshua drwy gatiau'r ysgol, a chan blygu 'mhen yn isel er mwyn osgoi'r glaw trwm, dilynais nhw o bellter allan o'r maes chwarae. Oedodd Robert a Joshua yn siop McEwan, gan adael dim ond Mei-Li a Rania yn cerdded at y parc. Dechreuais boeni nad oedd Rania am adael, ond yna ym mhen draw'r lôn trodd hi i'r dde, wrth i Mei-Li godi'i llaw a throi i'r chwith.

Dechreuais gyflymu, gan bendroni pam fod Mei-Li yn defnyddio'r llwybr hir o amgylch y parc yn hytrach na phasio drwy'r canol fel roedd hi'n ei wneud fel arfer. Cerddodd heibio i'r fynedfa gynta ac yna'r ail. Yn sydyn dechreuodd redeg, felly cychwynnais wibio ar ei hôl hefyd. Bu bron i fi ddal i fyny â hi pan, mor sydyn ag y dechreuodd hi, arhosodd yn ei hunfan, a minnau'n dod yn agos at redeg i mewn iddi.

Trodd o'i chwmpas. 'Pam wyt ti'n fy nilyn i?' gofynnodd, gan edrych allan o dan gwfl fflwffiog ei chôt law felen lachar. Roedd hi wedi'i glymu mor dynn o amgylch ei hwyneb fel ei bod yn edrych fel lemon wedi gwasgu.

'Dwi angen siarad â ti,' mentrais. Roedd fy llais yn ysgwyd yn yr oerfel. 'Am y poster . . . a T-Thomas. Dwi . . . dwi'n meddwl 'mod i 'di gwneud camgymeriad.'

Syllodd Mei-Li tuag ata i. Ro'n i mor wlyb ac mor oer fel nad o'n i'n medru teimlo fy wyneb bellach.

'Gad lonydd i fi,' meddai.

Cyn i fi fedru ateb, trodd a rhuthro i lawr y lôn, gan droi i'r dde ar fan croesi yn union cyn y stryd fawr. Rhedais ar ei hôl mewn pryd i'w gweld yn cerdded at ddrysau adeilad mawr brics coch, â baner wedi'i harddangos uwchben y drws oedd yn dweud 'CEGIN GAWL, CROESO I BAWB'.

Gan rwgnach yn swnllyd, gorfodais fy hun i'w dilyn i mewn. Cerddais drwy'r drysau pren anferth, a dod i mewn i neuadd yn llawn byrddau a chadeiriau a phobl mewn cotiau'n sgyrsio ac yn yfed te o gwpanau papur. Roedd arogl cŵn gwlyb a hen ffrwythau drwy'r lle, a hwnnw mor gryf nes bod rhywun bron yn medru eu blasu. Pinsiais fy nhrwyn ar gau ac edrych o gwmpas y stafell yn chwilio am Mei-Li. Gwelais hi'n anelu at gefn y neuadd, yn codi llaw ar bobl wrth fynd heibio.

'Wel, mae'n ddiwrnod da pan mae Mei-Li yma,' meddai dyn mewn côt biws lachar, gan godi bawd arni.

Cododd Mei-Li fawd yn ôl heb stopio.

'Mei-Li!' gwaeddais. Anwybyddodd hi'r alwad yn llwyr a pharhau i gerdded.

'Hei, Mei-Li, sonia wrth dy dad fod angen mwy o sbeisys yn y bwyd,' chwarddodd dynes â gwallt golau gwyllt oedd yn dal paned o de. Roedd ei llygaid yn edrych yn ifanc ac yn hen ar yr un pryd, ac roedd ganddi fag plastig mawr ar ei braich oedd mor fwdlyd a thyllog, edrychai fel petai newydd gael ei godi allan o'r baw.

'Wna i,' meddai Mei-Li, yn dal i symud.

'Hei Mei-Li – stopia!' gwaeddais, gan wthio heibio i bawb er mwyn ceisio'i chyrraedd.

'Mei-Li, 'sgen ti rai o'm hoff fisgedi heddiw?' gofynnodd dyn â rhaffau enfawr brown o wallt troellog.

'Ofynna i, dwi'n gaddo,' gwaeddodd Mei-Li yn ôl.

Erbyn hyn, ro'n ni wedi cyrraedd cefn y neuadd lle'r oedd cegin fawr arian yn disgwyl amdanom, a'i chownteri'n sgleinio. Roedd wedi'i llenwi â phobl yn gwisgo menyg plastig glas a chrysau-T duon â'r geiriau 'Cegin Gawl Lotws' arnyn nhw. Ro'n nhw i gyd yn gwneud te ac yn torri bwydydd gwahanol ac yn symud o amgylch ei gilydd fel dawnswyr.

'Mei-Li, ti'n hwyr, 'nghariad i,' meddai dyn tal oedd yn dadlapio blociau mawr o fenyn. Roedd wedi'i wisgo yn un o'r crysau-T duon, a phâr o jîns glas wedi colli eu lliw, ac yn rhannu'r un gwallt du â Mei-Li. Ond roedd ei wallt o yn fyr ac yn bigog. Ac roedd yr un siâp wyneb yn union ganddo hefyd.

'Dyw ambell i wirfoddolwr ddim wedi cyrraedd eto felly mae'n brysur dros ben heddiw,' aeth yn ei flaen, gan anelu cusan at dop ei phen.

'Mae'n ddrwg gen i, Phay-Phay,' meddai Mei-Li, gan dynnu'i chôt, a pharhau i fy anwybyddu i'n llwyr.

'Hei, pwy 'di hwn?' gofynnodd y dyn, yn sylwi arna i.

'Ffrind,' atebais yn gyflym, cyn i Mei-Li fedru dweud unrhyw beth. 'Wedi dod i . . . i helpu,' ychwanegais. Edrychais ar Mei-Li, ond roedd hi'n syllu'n syth o'i blaen.

'Rwyt ti'n garedig iawn i wirfoddoli gyda ni,' meddai'r dyn. 'Cheng ydw i, tad Mei-Li. Mae hi wastad yn bleser cyfarfod ffrindiau ysgol newydd fy merch. Pwy wyt ti?'

'Kevin,' atebodd Mei-Li'n gyflym.

Gwgais arni, ond daliodd hi i edrych yn syth ar ei thad.

Gwenodd Mr Cheng ar y ddau ohonom, heb sylweddoli bod unrhyw beth o'i le. 'Wel, Kevin, rwyt ti'n wlyb iawn, yn dwyt ti? Ond mae dy freichiau'n edrych yn gryf! Be am i chi'ch dau ymolchi a dechrau gratio caws? Mae 'na bentwr o datws yma, ac angen mynyddoedd o gaws i fynd ar ben y cyfan.'

Cyn i fi fedru dweud 'mod i wedi newid fy meddwl, rhoddodd dynes ffedog blastig a phâr o fenyg i fi a 'ngwthio i ganol y gegin.

'Ty'd yn dy flaen, 'ta,' meddai Mei-Li, gan rythu arna i'n gas. 'Gan dy fod ti yma i helpu. Oni bai bod ofn gwneud arnat ti?'

'Nag oes,' atebais, a'i dilyn at y sinc. Gan gopïo pob un symudiad ganddi, golchais fy nwylo a gwisgo'r ffedog a'r menyg, cyn sefyll wrth ei hymyl y tu ôl i fwrdd mawr haearn. Daeth dyn enfawr a fyddai wedi medru actio rhan cawr mewn unrhyw ddrama oedd yn cynnwys cawr, a rhoi'r blocyn mwya o gaws a welais i erioed o 'mlaen gan chwerthin, 'Pob lwc i ti, hogyn newydd!'

'Brysia,' gorchmynnodd Mei-Li, wrth iddi ddechrau gratio'i bloc hithau o gaws. Bob hyn a hyn roedd hi'n oedi er mwyn rhoi llond ei dwylo o gaws ar y rhesi o datws chwilboeth oedd yn cael eu gosod o'n blaenau'n gyflym.

Yn awyddus i'w churo hi, gratiais mor gyflym â phosib. Roedd y gegin yn llawn synau pobl yn coginio – meicrodonau'n bîpian a phoptai'n chwythu a sosbenni o ddŵr yn berwi ac yn ffrwtian. Roedd cymaint o bethau'n cael eu paratoi – nid tatws pob yn unig. Roedd un ddynes yn llenwi bocsys â reis a ffa Ffrengig mewn rhyw fath o saws coch, a'u rhoi i bobl oedd yn llyfu eu gwefusau ac yn gwenu. Roedd lliw'r saws yn fy atgoffa o'r bwydydd ym mocsys bwyd Mei-Li, gan wneud i fi feddwl y dyliwn i fod wedi rhoi cynnig arnyn nhw, yn hytrach na gwneud hwyl am ei phen a thaflu ei bwyd yn y bin. Os oedd ei bwydydd hi hyd yn oed hanner cystal ag oedd y pryd o ffa coch yn arogli, fyswn i'n eu bwyta drwy'r amser hefyd.

Gan sbecian i'r neuadd, gallwn weld bod y lle'n brysurach fyth bellach. Roedd yn llawn pobl oedd yr un mor ddrewllyd a rhyfedd yr olwg â'i gilydd. Roedd rhai'n eistedd a siarad â phobl mewn crysau-T Cegin Gawl Lotws, gan ddal eu dwylo a nodio'u pennau, tra bod eraill yn chwarae gwyddbwyll, cardiau neu gemau bwrdd eraill. Yng nghefn pella'r neuadd roedd dynes â phentyrrau o hen ddillad o'i blaen, yn helpu pobl i ddod o hyd i ddillad a fyddai'n eu ffitio. A drws nesa iddi hi roedd dyn yn sefyll wrth fwrdd wedi'i orchuddio â thuniau o fwyd a bagiau o fara oedd yn cael eu rhoi i wahanol bobl. Doedd dim un pecyn o greision nac unrhyw fariau siocled ar y bwrdd hwnnw, gan wneud i fi feddwl beth fyddai'n digwydd petai rhywun isio rhywbeth melys yn hytrach na thorth o fara neu dun o ffa pob.

Dechreuodd fy mreichiau frifo oherwydd yr holl gratio, felly arafais ac edrych o amgylch y stafell eto. Roedd dynes ifanc oedd yn lanach ac yn gwisgo dillad gwell na phawb arall yn cerdded drwy'r neuadd. Roedd ei hwyneb a'i llygaid yn goch ac yn union y tu ôl iddi cerddai dau o blant bach gwlyb a digalon yr olwg. Chwifiodd law at Mr Cheng wrth ddod at y cownter.

'S'mai Cheng. Oes gen ti unrhyw beth i'r plant, digwydd bod?' gofynnodd yn dawel.

'Wrth gwrs – bob tro,' meddai yntau, gan fynd i gefn y gegin a thynnu dau fag mawr allan o dan rhyw fainc. Ro'n i'n medru gweld eu bod nhw'n llawn fferins a chreision a theganau. Clapiodd y plant eu dwylo a dechrau tyrchu drwyddyn nhw'n syth, wrth i'r ddynes ddechrau crio.

'Rŵan 'ta,' meddai Mr Cheng, gan adael y gegin i'w chofleidio. 'Be am i ti ddweud wrtha i be sy'n digwydd â'r beiliaid 'na?' Arweiniodd hi at gefn y neuadd, ac eistedd wrth ei hymyl o gwmpas bwrdd gwag.

'Pam bod y ddynes 'na'n crio?' gofynnais i Mei-Li, wrth i fi wneud fy ngorau i ddal i fyny â'i gratio. Roedd hi'n gryfach ac yn gyflymach nag oedd hi'n edrych.

Cododd Mei-Li ei hysgwyddau, fel nad oedd hi isio ateb. Ond yna meddai, 'Mae ei gŵr wastad yn gamblo felly does gyda nhw ddim digon o bres i brynu bwyd a dydi o ddim yn ddyn caredig iawn wrthi hi. Dyna pam ei bod hi'n dod yma gyda'i phlant. Weithiau dyw hi ddim yn bwyta drwy'r dydd oni bai am fan hyn, ac mae Dad a phawb arall yn trio'i helpu hi rhag colli ei thŷ.'

'O,' atebais.

'Dewch blant, 'mlaen â'r torri. Dim ond cant o brydau i fynd! Mae'n brysur hen-oooooo,' canodd y dyn cawraidd, wrth iddo ollwng bloc mawr arall o gaws o 'mlaen. Dechreuais bendroni pam bod ceginau cawl yn cael eu galw'n geginau cawl pan doedd 'na'r un bowlen o gawl i'w gweld yn unman.

Erbyn i'r holl gaws gael ei lwytho ar yr holl datws a'r prydau gael eu rhoi i bobl y neuadd, roedd fy mreichiau'n farwaidd ac ro'n i wedi blino cymaint nes 'mod i'n teimlo fel taswn i wedi rhedeg o leia ddeuddeg marathon.

'Da iawn, Kevin,' meddai Mr Cheng. Rhoddodd fisged fawr a gwydraid o laeth yr un i Mei-Li a fi. 'Dyma chi. Am eich ymdrechion gwych.'

Syllais i lawr ar y fisged a'r llaeth. 'Aros funud,' dywedais, gan edrych i lygaid Mei-Li. 'Dwyt ti ddim hyd yn oed yn cael dy dalu? Wyt ti jest yn cael bisgeden?'

'Does neb yma'n cael eu talu!' meddai Mei-Li, yn rowlio'i llygaid. 'Gwirfoddolwyr yw pawb.'

Edrychais o 'nghwmpas at y dyn cawraidd a'r hen ddynes oedd bellach yn rhoi bisgedi poeth ar blatiau mawr, a'r ddau ddyn ifanc oedd yn dawnsio i gerddoriaeth o'r radio wrth sgrwbio'r popty, a phenderfynu fod pawb yn wallgo.

Aeth Mei-Li at fainc yng nghefn y gegin ac eistedd i lawr. Dilynais hi a'i gwylio wrth iddi gymryd llond pen o'i bisgeden a llowcio'r llefrith.

'Pam ddwedaist di wrth Dad mai Kevin oedd fy enw i?' gofynnais, gan eistedd fymryn ymhellach i lawr y fainc.

'Achos 'tasa fo'n gwybod pwy wyt ti go iawn, fysa fo wedi mynnu dy fod ti'n gadael,' meddai Mei-Li.

Gallwn deimlo fy hun yn gwrido'n goch llachar.

'Ti'n meddwl wnei di ddweud wrtho . . . ?'

Nodiodd Mei-Li. 'Mae'n rhaid i fi wneud ar ôl dod adre wedi fy ngorchuddio â sudd oren ac â briwiau dros fy mhengliniau a stwff.'

Dyma fi'n troi'r fisgeden drosodd yn fy llaw. Do'n i ddim wedi ystyried bod unrhyw un yn mynd adre ac yn sôn wrth eu rhieni am be ro'n i wedi gwneud iddyn nhw. Doedd fy rhieni byth yn gofyn unrhyw gwestiynau i fi am yr ysgol heblaw gofyn pam 'mod i mewn trwbwl, felly ro'n i'n meddwl bod yr un peth yn wir am bawb arall.

'O,' dywedais, ddim wir yn gwybod be i wneud nesa.

Eisteddodd y ddau ohonom mewn distawrwydd am rai eiliadau, cyn i Mei-Li agor ei cheg o'r diwedd.

'Be wyt ti isio? Pam fy nilyn i yma?' gofynnodd.

'Fel dywedais i gynnau. Dwi'n meddwl 'mod i 'di gwneud camgymeriad. Dwi'n meddwl 'mod i 'di rhoi'r enw anghywir i'r heddlu. Felly mae'n rhaid i fi ddod o hyd iddo fo. Thomas, dwi'n meddwl. A dwi isio gwybod oes gen ti syniad lle mae o.'

Ysgydwodd Mei-Li ei phen. 'Does neb wedi'i weld o ers y diwrnod y gadawodd y parc. Ti'n cofio? Pan wnaeth o ddarganfod dy fod ti 'di dweud CELWYDD amdano fo wrth yr heddlu.'

'Do'n i ddim yn dweud celwydd,' dadleuais, yn mynnu ei bod hi'n gwybod nad o'n i'n gelwyddgi. 'Ddim ar bwrpas, beth bynnag. Ro'n i'n meddwl mai Thomas oedd o – roedd y lleidr yn edrych yr un *ffunud* â fo. Dwi'n gaddo! Ond ddoe gofiais i – roedd y dyn welais i wedi tynnu'i het a phlygu o flaen y goleuadau mawr. A phan wnaeth o hynny, gwallt arian oedd ganddo fo ar dop ei ben – nid gwallt brown fel Thomas.'

Edrychais at Mei-Li ac aros i weld oedd hi'n fy nghoelio i. Roedd ei llygaid wedi culhau ac roedd hi wrthi'n cnoi'i gwefus isa gymaint, roedd wedi diflannu i'w cheg.

'Felly be wyt ti isio gwneud?' gofynnodd o'r diwedd. 'Mynd a dweud wrth yr heddlu dy fod ti 'di gwneud camgymeriad?'

Ysgydwais fy mhen. 'Alla i ddim. Mae'n siŵr y gwnawn nhw feddwl 'mod i 'di rhwystro cyfiawnder ar bwrpas a fy arestio i.'

'Byddan,' meddai. 'Debyg iawn.'

Llowciais y llefrith mor ara deg â phosib, gan ddisgwyl iddi ddweud rhywbeth arall. Wrth i fi gyrraedd y pwynt lle na allwn i lowcio unrhyw beth arall, nodiodd Mei-Li.

'Iawn,' meddai'n araf. 'Wna i dy helpu di, dim ond achos 'mod i isio i'r heddlu wybod nad Thomas wnaeth. Na'r un ohonyn nhw,' ychwanegodd, gan amneidio at yr holl bobl ddigartref yn y neuadd.

Ro'n i'n teimlo cymaint o ryddhad nes 'mod i wedi torri mymryn o wynt mewn camgymeriad. 'Diolch,' dywedais.

Meddyliodd Mei-Li am funud arall. Yna pwysodd 'mlaen.

'Mae'n rhaid i ni ddod o hyd i Thomas,' meddai. 'Yr unig ffordd allwn ni brofi nad fo sy'n gyfrifol yw i ddal y lleidr go iawn, ac i wneud hynny, mae angen help.'

182

Edrychodd at flaen y gegin lle'r oedd y dyn cawraidd yn rhoi bocsys bwyd i bawb wrth y cownter. 'Solo, ydi Cati'r Cathod yma heddiw?' galwodd hi.

Astudiodd y dyn y neuadd, gan gylchdroi'n araf o'r chwith i'r dde fel goleudy. Ysgydwodd ei ben. 'Na'di, fy nwmplen i. Ddim yma heddiw. Yn ymweld â'i ffrindiau, mae'n debyg. Ond fydd hi yma ddydd Sadwrn. Ti'n gwybod yn iawn nad yw hi'n colli ein cinio dydd Sadwrn ni.'

'Diolch, Solo.' Gan edrych yn ôl arna i, gofynnodd Mei-Li, 'Elli di fod yma erbyn deuddeg ddydd Sadwrn?'

'Gallaf,' atebais. 'Pam?'

'Achos dwi'n meddwl bod gen i gynllun,' meddai Mei-Li. 'Ond mae'n rhaid i ni siarad â Cati'r Cathod gynta.'

CATI, FORTNUM AND MASON

Ar ôl treulio dydd Gwener i gyd yn trio dal i fyny â chosbau Mr Lancaster a chadw Katie a Wil i ffwrdd o Mei-Li rhag ofn iddyn nhw ddyfalu ei bod hi'n fy helpu i, ro'n i ar bigau wrth aros am ddydd Sadwrn. Pan gyrhaeddodd y diwrnod mawr o'r diwedd, deffroais yn teimlo fel bod 'na dri deg o beli ping-pong yn bownsio y tu mewn i fi. Codais o'r gwely'n llawer cynharach na'r arfer. Ro'n i'n ysu am gael gwybod pwy oedd Cati'r Cathod a sut allai hi helpu i ddod o hyd i Thomas. Gan 'mod i'n gwybod dim am gynllun Mei-Li, ro'n i wedi treulio fy amser ar ôl ysgol yn rhoi fy nghynllun fy hun at ei gilydd. Mae'n debyg na fyddai hanner cystal â chynllun Mei-Li am ei bod hi'n nabod pawb oedd yn ffrindiau â Thomas a do'n i ddim. Ac eto, mae'n siŵr nad oedd ei chynllun hi'n llawn pethau cŵl fel gwisgo mewn mentyll a dysgu sut i gychwyn ceir heb allwedd, fel fy un i.

'Hei, drychwch pwy sy 'di codi gyda'r wawr am unwaith,' meddai Dad, gan edrych arna i dros ei bapur newydd wrth i fi gerdded i'r gegin. Roedd o wedi hedfan yn ôl o Norwy y noson cynt ac yn amlwg wedi treulio'r noson gyfan yn gweithio. Roedd yn dal i wisgo dillad ddoe ac yn eistedd ar ben ei hun, yn yfed paned o goffi oedd mor gryf fel ei fod yn gwneud i'r gegin gyfan arogli fel tomen o gompost oedd wedi'i rhoi ar dân. Ro'n i wedi anghofio bod Mam a fo am fod adre drwy'r penwythnos.

'Be wyt ti'n wneud heddiw?' gofynnodd. Roedd yn gwgu arna i. Ond dyna be oedd o wastad yn ei wneud, hyd yn oed pan do'n i ddim wedi gwneud unrhyw beth o'i le.

'Dim,' atebais, yn osgoi edrych arno wrth i fi fynd at yr oergell a thynnu'r botel laeth allan. Roedd un o bosteri Thomas arno'n syllu arna i. Felly rhoddais y botel yn ôl a thynnu'r sudd oren allan yn ei lle.

'Tyrd yn dy flaen. Dydi hynny ddim yn bosib. Pan o'n i dy oed di, ro'n i'n brysurach adre nag o'n i yn yr ysgol! Llyfrau . . . gemau . . . rhaglenni radio . . . gwaith cartre . . . clybiau ar y penwythnos . . . dim digon o amser i ffitio'r cyfan i mewn,' meddai Dad.

'Mae'n ddrwg gen i am beidio cael fy ngeni ddwy ganrif yn ôl,' mwmiais, gan bendroni pam bod rhieni'n mynnu siarad am be ro'n nhw'n gwneud yn blant wrth dynnu sylw at be doeddech chi *ddim* yn ei wneud. Nid ein bai ni oedd bod gyda nhw ddim gemau cyfrifiadur na hyd yn oed teledu, mae'n debyg, pan o'n nhw'n ifanc. A beth bynnag, doedd dim clybiau i ymuno â nhw fan hyn. Dim os nad oeddech chi'n hoff o wisgo teits a gwneud ffŵl ohonoch chi'ch hun ar lwyfan neu chwarae gêm ddiflas o bêl-droed. Doedd dim clybiau gemau na chlybiau sglefrfyrddio i ymuno â nhw. Dim yn y rhan anniddorol yma o Lundain, beth bynnag.

Chwarddodd Dad o glywed fy mhrotestiadau a mynd yn ôl i ddarllen ei bapur. Gwyliais o am ychydig. Ro'n i'n gwybod 'mod i'n dal i fod dan glo, yn dechnegol, am aros allan mor hwyr ar y noson 'na yn Piccadilly Circus, er bod Dad wedi prynu'r sticer mawr sgleiniog o benglog ro'n i wedi bod isio ar gyfer fy sglefrfwrdd am helpu'r heddlu. Ond tan heddiw, doedd dim llawer o ots a o'n i dan glo ai peidio, achos doedd Mam a Dad ddim wedi bod adre. Rŵan eu bod nhw yma, sylweddolais y byddai'n rhaid i fi ddod o hyd i ryw ffordd o adael y tŷ er mwyn cael gweld Mei-Li.

Ella mai peth da oedd 'mod i wedi deffro mor gynnar. Dyma oedd yr adeg ora i drio cael Dad ar fy ochr i – roedd o wastad yn haws ei argyhoeddi na Mam.

'Dad?'

'Hmmmm?'

'Ydw i dan glo o hyd?'

'Wyt.'

'Er 'mod i'n helpu'r heddlu rŵan?'

'Wyt.'

'O. Ond . . . ddwedais i wrth ffrind o'r ysgol y byswn i'n ei helpu mewn cegin gawl heddiw, dros amser cinio.'

Petawn i wedi dweud 'mod i'n bwriadu rhedeg i lawr y stryd heb drôns, yn taflu wyau siocled at bawb, dwi'n meddwl y buasai Dad wedi ymateb yn gallach. Tagodd ar ei goffi, gollwng ei bapur newydd ac yna'i ên hefyd – ac agor ei geg mor llydan fel 'mod i'n medru gweld llenwadau ei ddannedd i gyd.

'Cegin gawl? *Chdi*?'

'Ia!' mynnais, gan baratoi iddo chwerthin ar fy mhen i.

'CHDI?' gofynnodd Dad, yn uwch.

'Ia,' mynnais eto, gan wgu.

'Wel . . . dyna droi dalen newydd.'

'Pwy sy'n troi dalen newydd, Dad?' gofynnodd Blod,

gan hanner sgipio i mewn i'r gegin a thaflu'i breichiau o amgylch ei wddw.

'Dy frawd di'n fan'na,' meddai Dad, gan bwyntio ata i fel petai hi ddim yn gwybod pwy o'n i, 'yn sôn ei fod o am helpu mewn cegin gawl heddiw.'

'Na'di!' crechwenodd Blod.

'Ydw!' cyfarthais. 'Am hanner dydd!'

'Pa un, 'ta?' prociodd Blod.

'Cegin Gawl Lotws,' atebais, gan godi 'ngên. 'Yn yr eglwys oddi ar y stryd fawr.'

Gwthiodd Dad ei sbectol i fyny fel petai isio 'ngweld i'n well. 'Yr un sy'n cael ei redeg gan Mr Zhou – Mr Cheng Zhou ti'n feddwl?'

Felly roedd Mei-Li'n iawn. Roedd ei thad hi a Dad *yn* nabod ei gilydd.

'Ia. Mae ei ferch Mei-Li yn fy nosbarth i,' meddwn.

'Wel, dyna . . . wych,' meddai Dad, yn dal i swnio fel nad oedd o cweit yn medru coelio'r peth. 'Dwi ddim wedi gweld y lle fy hun eto, ond wastad wedi bwriadu galw heibio. Pam na wna i dy yrru di yna am hanner awr wedi un ar ddeg?'

'Iawn.' Codais fy ysgwyddau, yn dal i drio cymryd arna i fod hyn yn beth arferol iawn i'w wneud. Er mai dyma'r tro cynta mewn blynyddoedd i Dad gynnig mynd â fi i unrhyw le.

'Dwi 'di bod yn bwriadu gweld a fysa fo'n medru ffitio i mewn i fy ffilm. A dwi angen mynd â dy chwaer i'w gwers ffidil hefyd. Tri aderyn, un garreg,' meddai Dad, gan wincio i 'nghyfeiriad.

Cymerais fy sudd oren a sleifio hanner paced o fisgedi'n ôl i fy stafell. Do'n i ddim yn gwybod sut o'n i'n teimlo am fod yn aderyn roedd fy nhad isio'i daro â charreg.

Am hanner awr wedi un ar ddeg yn union, gafaelais yn fy sglefrfwrdd a 'mag, oedd wedi'i stwffio â chymaint o bethau melys o 'mocs mawr ag y gallwn i eu ffitio ynddo, ac anelu i lawr am y drws ffrynt. Roedd pawb yn disgwyl yn y coridor fel petawn i'n gadael am y maes awyr a mewn perygl o beidio â dychwelyd.

'Dwisio myyyyyynd,' cwynodd Beli.

'Dim heddiw 'nghariad i,' meddaai Mam. 'Brân, dwi wrth fy modd dy fod ti'n gwneud hyn. Ond ti am – ti am fihafio, dwyt ti?'

'Ydw,' atebais. Be oedd hi'n meddwl y byswn i'n gwneud, dwyn y caws 'di gratio?

Ar ôl i fi gyrraedd y car, roedd Blod yn y sedd flaen yn barod, ei breichiau wedi lapio o amgylch câs ei ffidil.

Wedi canu ei gorn drwy holl draffig bore Sadwrn, parciodd Dad wrth ymyl y gegin gawl a'i harwydd mawr gwyn.

'Arhosa fan hyn, Blod,' meddai, gan ddatgloi'i wregys diogelwch. 'Dwi jest am fynd i mewn i ddweud helô wrth Mr Zhou a'i griw.'

Dyna pryd gofiais i. Roedd tad Mei-Li a'i dîm cyfan yn meddwl mai Kevin oedd fy enw i!

'NA,' gwaeddais. 'ELLI DI DDIM!'

'Pam ddim?' gofynnodd Dad, gan droi i fy wynebu i.

'Ym . . . fydd dim amser ganddo i siarad – dydd Sadwrn ydi eu diwrnod prysura nhw,' dywedais. 'Dyna glywais i. Ddwedodd o y byddai'n rhuthr gwyllt yno ac na fyddai ganddo unrhyw amser i siarad ag unrhyw un o gwbwl.'

Gwyliais Dad wrth iddo ystyried fy ngeiriau. 'Iawn,' meddai, gan glipio'i wregys amdano eto. 'Ro i alwad iddo fo wythnos nesa, 'ta. Ty'd adre'n syth ar ôl i ti orffen, iawn?'

Nodiais a neidio allan o'r car, gan gau'r drws yn glep cyn i Dad fedru newid ei feddwl. Gwenais ar Blod a gwibio drwy ddrysau'r eglwys. Ro'n i'n siŵr y byddai'r wên honno'n ei chynhyrfu weddill y diwrnod.

Yn y neuadd, roedd rhai o'r gwirfoddolwyr eisoes yn helpu grwpiau o bobl ddigartref i ddod o hyd i gadeiriau neu gael gafael ar ddillad. Y bore hwn, roedd 'na hefyd arwydd ger un o'r byrddau'n dweud, 'GORSAF YMOLCHI: TOCYNNAU I'R GAWOD AR GAEL YMA', lle'r oedd nifer o'r bobl ddigartref yn sefyll mewn rhes. Ro'n i'n medru arogli pawb o hyd, ond doedd o ddim cynddrwg ag oedd o ddeuddydd yn ôl. Falle bod fy synhwyrau'n marw'n araf.

'Kevin! Rwyt ti'n ôl eto,' meddai Mr Cheng gan wenu. Roedd ei freichiau'n llawn towelion mawr a phentwr o fariau sebon melyn llachar. 'Mae Mei-Li yn y gegin. Gei di ymuno â hi os wyt ti isio.'

Nodiais ac anelu am y gegin, lle'r oedd cymylau mawr o fwg a stêm yn hisian i'r awyr fel petaen nhw'n cael eu chwythu o ffroenau draig. Roedd llawer mwy o bobl yn y stafell nag oedd ddydd Iau, felly roedd angen i fi wthio heibio i bawb er mwyn cyrraedd Mei-Li. Wrth y bwrdd mawr haearn oedd hi eto, y tro yma'n torri bocs yn llawn ciwcymbrau wrth ymyl dwy o ferched eraill.

Chwifiodd law mewn maneg las i 'nghyfeiriad i. 'Ddylai Cati'r Cathod fod yma'n fuan,' sibrydodd hi. 'Ond i ddechrau, gwisga hwn a brysia i helpu.'

Tynnodd grys-T du o'r boced fawr yn ei ffedog a'i ddal o 'mlaen.

Ysgydwais fy mhen. 'Dim ond unwaith dwi 'di bod yma cyn hyn. Dwi ddim angen crys-T.'

'Roedd Dad isio i ti wisgo un,' meddai Mei-Li.

Wrth i fi ei dynnu amdana i, gwaeddodd Solo y cawr ar draws y gegin, 'HEI, SBÏWCH BAWB! MAE KEVIN YR HOGYN NEWYDD YN UN OHONOM NI BELLACH!' Gan bwyntio ata i a gwneud sŵn trwmped, dechreuodd glapio, ac aeth y gymeradwyaeth drwy'r gegin gyfan.

Trodd fy wyneb mor goch â'r bocs anferth o bupurau coch o 'mlaen, ac ro'n i'n siŵr bod stêm yn codi o gopa 'mhen. Gafaelais mewn ciwcymbr a dechrau ei dorri mor gyflym ag y medrwn, heb edrych ar unrhyw un.

'Paid â theimlo cywilydd,' meddai Mei-Li, gan grechwenu a dal ati i dorri hefyd. 'Maen nhw'n gwneud hynny i bob gwirfoddolwr newydd.'

'HEI, DWMPLEN!' gwaeddodd Solo ar Mei-Li, wrth i fi ddechrau torri fy negfed ciwcymbr. 'MAE CATI'R CATHOD YMAAAAA! WRTH Y TUNIAU.'

Gan ollwng ei chyllell, rhwygodd Mei-Li ei menyg i ffwrdd a gafael yn fy mraich. 'Ty'd!' meddai.

Rhwygais fy menyg innau i ffwrdd, a'i dilyn hi allan i'r neuadd. Gan wthio ein ffordd i'r cefn, cyrhaeddodd y ddau ohonon ni'r bwrdd mawr bwydydd tun, lle'r oedd grŵp cyfan o bobl yn dewis a dethol pethau i'w cymryd.

Edrychais o 'nghwmpas am ddynes yn cario cath neu ella'n gwisgo crys-T â llun o gath neu hyd yn oed wedi'i gwisgo fel Catwoman. Yn hytrach, cerddodd Mei-Li at hen ddynes â gwallt du cyrliog a menyg piws llachar heb fysedd.

Dyna'r ddynes ro'n i wedi sgwrsio â hi y tu ôl i'r orsaf drenau! Yr un gwallgo oedd wedi sgrechian arna i!

Cyn i fi fedru'i rhybuddio hi, aeth Mei-Li ati i dapio'r ddynes ar ei braich. 'S'mai Cati,' meddai.

'O, helô 'nghariad i,' gwenodd Cati, gan daro bys ar foch Mei-Li. 'Elli di fy helpu i, tybed? Mae fy mabanod i angen mymryn o fwyd.'

'Arhoswch fan'na, a wna i nôl peth,' meddai Mei-Li, gan amneidio arna i er mwyn fy siarsio i aros yno, cyn iddi ddiflannu.

Sefais wrth ymyl Cati heb edrych arni. Edrychais ar y nenfwd ac yna'r llawr. Ond ro'n i'n medru dweud ei bod hi'n edrych yn syth tuag ata i.

'Wyt ti'n newydd yma?' gofynnodd hi.

Nodiais, gan edrych dros fy ysgwydd.

'Ac yn un o ffrindiau Mei-Li?'

Nodiais eto gan edrych i lawr at fy sgidia'r tro 'ma.

'Dyw hi erioed wedi dod â'r un o'i ffrindiau yma cyn hyn,' aeth Cati yn ei blaen. 'Ond pam ydw i'n teimlo ein bod ni wedi cyfarfod o'r blaen?'

Codais fy ysgwyddau, a heb fod angen gwneud, edrychais yn ddwfn i lygaid Cati. 'A-ha!' meddai hi, yn clicio'i bysedd. '*Ti* yw'r bachgen â'r sglefrfwrdd.'

'Dyma chi,' meddai Mei-Li, gan ddod i'n cyfeiriad yn cario bag plastig yn llawn bwyd cath.

'Be ma *hwn* yn ei wneud 'ma?' gofynnodd Cati i Mei-Li, gan gamu'n ôl oddi wrtha i. 'Ma fe'n un o'r criw sy'n hoff o aflonyddu arna i a 'mabanod!' Roedd ei llais yn cynhyrfu.

Edrychodd Mei-Li arna i er mwyn gwneud yn siŵr nad o'n i'n un ohonyn nhw. Ysgydwais fy mhen.

'Allwn ni esbonio, Cati,' meddai Mei-Li, gan rythu arna i fel petai hi ddim yn siŵr a ddylai hi 'nghoelio ai peidio. 'Dewch allan, wnewch chi? 'Dan ni angen eich help chi.'

'Hei, Mason, tyrd i helpu Mei-Li a fi wneud synnwyr o'r bachgen 'ma,' meddai Cati, gan daro braich dyn tal oedd wedi bod yn sefyll y tu ôl iddi â dau dun o diwna yn ei ddwylo. Roedd yn gwisgo hen siwt frethyn frown oedd yn rhy fawr iddo, crys mymryn yn fudr a thei bô las llachar wedi'i gorchuddio ag ysgrifen flêr oedd bron yr un lliw â glas ei lygaid. Roedd yn edrych fymryn bach fel Mr Lancaster – petai Mr Lancaster wedi gwrthod cymryd cawod am oes ac yn berchen ar ben o wallt llwyd.

Gan nodio, dilynodd y dyn o'r enw Mason Cati, Mei-Li a finnau drwy'r prif ddrysau ac at y darn bach moel o borfa y tu allan.

'Beth yw ystyr hyn i gyd?' gofynnodd Cati, gan hoelio'i sylw arna i.

'Trio dod o hyd i Thomas ydan ni,' atebais.

'A pham hynny? Er mwyn ei fradychu i'r heddlu? Fi'n rhyfeddu nag ydyn nhw wedi dod o hyd iddo'n barod, diolch i'r poster gwirion 'na.' Syllodd llygad troellog brown-wyrdd Cati ata i, gan wneud i fi feddwl falle ei bod hi'n hanner cath ei hun.

Ysgydwais fy mhen. 'Na. Dwi isio profi i'r heddlu *nad* fo wnaeth.'

Mwythodd Mason fraich Cati'n esmwyth. 'Falle y dylet ti esbonio ychydig mwy, 'machgen i?' Roedd ei lais mor ddwfn a chrand, do'n i ddim yn siŵr a oedd hi'n perthyn iddo fo o gwbwl.

Edrychais draw at Mei-Li. Do'n i ddim yn medru siarad yn gyflym iawn. Doedd y geiriau 'Ro'n i'n anghywir ac mae'n ddrwg gen i' ddim am ddod allan.

Felly Mei-Li oedd yr un esboniodd am y lleidr â'r gwallt arian a beth ro'n i wedi'i weld go iawn ar y noson honno, a sut y gwnes i gamgymeriad wrth ddweud wrth yr heddlu mai Thomas oedd yn gyfrifol a sut ro'n i isio gwneud yn iawn am hynny.

'Dyna pam bod rhaid i ni ddod o hyd i Thomas. *Rhaid* bod ganddo fo alibi am holl nosweithiau'r lladradau, ac ella'i fod yn gwybod rhywbeth am yr arwyddion melyn all ein helpu i ddal y gwir leidr – ac wedyn all Brân ei adnabod o'n iawn, a fydd yr heddlu ddim yn mynnu ei fod o'n rhwystro cyfiawnder. Thomas yw dy ffrind gora yn'de, Cati? Allwch chi'n helpu ni i ddod o hyd iddo fo? Os gwelwch chi'n dda?' Daeth ei haraith i ben.

Edrychodd Cati a Mason ar ei gilydd â'u llygaid yn dweud cyfrolau. Beth bynnag ro'n nhw'n ddweud, roedd yn ddigon i Mason bwyso 'mlaen er mwyn astudio fy wyneb, fel cadfridog yn y fyddin yn archwilio ceffyl. Ar ôl rhai eiliadau, safodd yn ôl ar ei draed a nodio'n siarp i gyfeiriad Cati.

'Falle y medrwn ni,' meddai. '*Os* wyt ti o ddifri am wneud iawn am dy gamgymeriadau a'n helpu ni i ddal y lleidr go iawn. Does dim amser i'w wastraffu.'

'Eich helpu *chi* i ddal y lleidr go iawn? Ydych chi'n

golygu . . . eich bod chi'n trio dod o hyd iddo fo'n barod?' gofynnais.

'Wrth gwrs,' meddai Mason, gan sythu ei dei bô. 'Doeddech chi ddim yn meddwl y bydden ni'n eistedd yn ôl a gadael i'r gwarth o leidr 'ma fynd o amgylch y lle a'n beio *ni* am bopeth, oeddech chi? Ni sydd â'r llygaid a'r clustiau gorau drwy'r ddinas er mwyn darganfod pwy sydd wrthi go iawn.'

'Ond os yw'r lleidr yn ddigartre, pam nad y'ch chi'n gwybod pwy ydi o'n barod?' gofynnais.

Gwingodd Cati a Mason fel petawn i wedi cicio'u coesau ar yr un pryd yn union.

'Dyw'r lleidr *ddim* yn ddigartre,' meddai Cati, gan ysgwyd ei phen i 'nghyfeiriad. 'Meddylia, fachgen! Mae angen cyfarpar o ddifri i gyflawni'r troseddau 'ma. Lle gwag i gadw'r cerfluniau. Pwy bynnag yw'r lleidr, maen nhw'n defnyddio'n symbolau cudd er mwyn gwneud i bobl feddwl mai'r gymuned ddigartre sy'n dinistrio eiddo cyhoeddus – er mwyn arwain pobl i'n casáu ni'n fwy na maen nhw'n ei wneud yn barod.' Chwarddodd yn chwerw. 'A beth bynnag, oes 'na unrhyw un yma'n edrych fel petai ganddyn nhw'r amser neu'r egni i ladrata cerfluniau pan does gyda ni ddim bwyd i'n cathod na tho dros ein pennau?'

'A ble feddyli di y bydden ni'n cael y teclynnau cymhleth sydd eu hangen er mwyn troi goleuadau a chamerâu i ffwrdd pryd bynnag y'n ni eisie?' ychwanegodd Mason. 'Dyw hyd yn oed fy annwyl Fortnum ddim yn gwerthu trysorau felly!'

'Fortnum?' gofynnais.

'Ieuenctid heddiw,' meddai Mason, yn ysgwyd ei ben. 'Sdim syniad ganddyn nhw, nag oes, Cati? Fortnum and Mason – fy nghartre bach clyd, syr.' Moesymgrymodd Mason yn ddramatig o nunlle. 'Digwydd bod, roedd dy leidr gwarthus di wedi galw heibio'r noson o'r blaen a dwyn dwy lantern o'r fynedfa – ynghyd â'r breichiau o graig oedd yn eu dal nhw! Lanterni hardd, amhrisiadwy o'n nhw. Yn dod ag anrhydedd i Fortnum a'i ffrind annwyl Mason am flynyddoedd – a nawr wedi mynd! Ac yn waeth na dim, fe gawson nhw eu cipio tra 'mod i yno, yn cysgu rownd y gornel.'

'A welsoch chi ddim byd?' gofynnais, gan gofio pa mor dawel a chyflym oedd y lleidr.

Ysgydwodd Mason ei ben yn drist. 'Dim byd,' meddai.

'Felly, be amdani?' gofynnodd Mei-Li eto. 'Wnewch chi gysylltu â Thomas a rhoi gwybod ein bod ni isio helpu?'

Nodiodd Cati'n araf. 'Iawn. Bydd Banw'n chwilota am Thomas yn hwyrach yn nes 'mlaen heddiw, ar ôl iddi lenwi ei bol.' Daliodd y bag bwyd cath i fyny. 'Allwch chi ddim disgwyl iddi weithio ar stumog wag. Dwi ddim yn gwneud unrhyw addewidion, cofiwch; Thomas sydd i benderfynu. Dewch i 'ngweld i yn y lle arferol yn nes 'mlaen heddiw, tua phedwar o'r gloch. Allwch chi wneud hynny?'

Nodiodd Mei-Li, felly rhoddais i gynnig arni hefyd, gan bendroni sut oedd cath o'r enw Banw am yrru neges at unrhyw un, heb sôn am Thomas.

'Dyna ni. A DIM chwarae'n wirion,' ychwanegodd Cati, gan wthio'i bys yn galed yn erbyn fy ysgwydd. 'Unrhyw arwydd o unrhyw beth amheus, a fydda i a'r cathod ar dy ôl di. Wyt ti'n deall, Mr Troli?'

Mr Troli? Syllais yn ôl, fy ngên yn hongian mor isel ag un Dad y bore hwnnw. Oedd 'na boster cyfrinachol ohona i doedd neb ond pobl ddigartref yn medru'i weld?

'Ie wir, ry'n ni'n gwybod yn iawn pwy wyt ti. Eto, mae'n dda dy fod ti'n mynd ati i wneud yn iawn am y peth,' meddai. Winciodd yn betrusgar dros ben. 'A jest mewn pryd, yn ôl y sôn.' A chyda hynny rhuthrodd i lawr y lôn a Mason yn dynn wrth ei sodlau, y bag o fwyd cath yn clecian yn swnllyd yr holl ffordd.

MAPIO'R RHYFEL

Am hanner awr wedi tri yn union, pan oedd yr holl dŷ yn dawel, rhedais i lawr y grisiau â fy sglefrfwrdd a gwisgo fy sgidiau'n frysiog.

Ro'n i'n trio bod mor dawel â phosib wrth agor y drws ffrynt pan ymddangosodd Mam yn y cyntedd. 'Lle wyt ti'n mynd?' gofynnodd hi. Roedd gan Lisa brynhawn rhydd, felly roedd Beli'n dal yn dynn yng nghefn Mam fel petai'n gragen crwban. 'Cofia dy fod ti'n dal dan glo.'

'Anghofiais i rywbeth yn y gegin gawl,' dywedais, oedd yn wir mewn ffordd – ro'n i wedi gadael y crys-T newydd gefais i'n anrheg gan Mr Cheng a Mei-Li ar ôl. 'Hefyd, ddwedais i y byswn i'n eu helpu nhw amser swpar.'

Gwenodd Mam. 'Wir yr?'

'Ia.'

'Mam, ga i gawl yn y gegin hefyd?' gofynnodd Beli, gan neidio oddi ar ei chefn a gwasgu heibio iddi er mwyn gafael ynof i. Roedd yn amlwg wedi bod yn chwarae â gliter aur achos pan wnes i ei wthio i ffwrdd, cafodd coesau fy nhrowsus eu gorchuddio â llwybrau mawr ohono.

'Felly . . . ga i fynd?' gofynnais.

'Mae'n debyg. Ond gwisga dy siaced,' meddai, wrth iddi ymestyn llaw a thwtio 'ngwallt. 'A ty'd yn ôl yn syth wedyn, iawn? Beli, be am i ni fynd i'n cegin *ni* ar ôl bwyta ychydig o rawnfwyd, a gwneud hwnna'n gawl cegin arbennig i ni?'

Syllais ar gefn Mam wrth iddi fynd i lawr y coridor at y gegin, a Beli'n sboncio tu ôl iddi ar ei ffon bogo ddychmygol. Doedd hi ddim wedi twtio 'ngwallt ers blynyddoedd. Dim ers dau Nadolig o leia. Gan roi 'ngwallt yn ôl sut roedd o i fod, neidiais ar fy sglefrfwrdd ac anelu i gyfeiriad y stryd fawr tu allan.

Des o hyd i'r stryd gefn gul rhwng y siop bitsas a'r orsaf drenau cyn rhedeg drwyddi i'r ochr draw, gan symud at wal gefn yr orsaf lle'r oedd Cati'n byw.

Roedd Mei-Li yno'n barod, yn eistedd ar y llawr yn chwarae â dwy gath fach. Eisteddai Cati yn ei chadair gynfas â chath lwyd fwy o faint yn canu grwndi ar ei glin. Ond doedd Thomas ddim yno.

Taranodd trên o dan fy nhraed gan wneud i'r tir grynu wrth i fi fynd draw at Cati a Mei-Li. Arhosais ychydig droedfeddi i ffwrdd oddi wrthyn nhw.

'Paid â bod yn swil,' meddai Cati. 'Eistedda er mwyn cael dweud helô wrth fy mabanod i.'

Gan gofio sut oedd un o'i babanod wedi hisian ata i y tro diwetha, eisteddais yn araf ar lawr wrth ymyl Mei-Li. Disgwyliais i un o'r cathod agosáu ata i. Ond wnaeth yr un ohonyn nhw wneud hynny. Ella'u bod nhw hefyd yn meddwl 'mod i'n un o'r hogia oedd wedi bod yn bwlio Cati.

Gwyliais wrth i'r cathod gerdded mewn cylchoedd fel modelau mewn sioe ffasiwn. Roedd gan bob un ohonyn nhw goleri bach brown â thiwbiau bychain arnyn nhw a chlychau'n tinclan wrth symud.

'Dy arogli di maen nhw,' sibrydodd Mei-Li. 'Wnaethon nhw'r un peth i fi pan o'n i yma gyda Dad y tro cynta.'

Codais fy ysgwyddau. Do'n i ddim isio cyffwrdd â'r cathod beth bynnag rhag ofn eu bod nhw'n fudr. Be ro'n i isio go iawn oedd gwybod a oedd Thomas yn dod.

Fel petai'n medru darllen fy meddyliau, cododd Cati'r gath ar ei glin fel babi, a'i dal o 'mlaen, gan ddweud, 'Fydd e yma'n fuan. Drycha.'

Syllais, ddim yn siŵr a o'n i fod i ddal y gath fel babi hefyd.

Gwenodd Cati, ei dannedd melyn yn gwthio o'i cheg. 'Cymer di'r nodyn o goler Banw, fachgen,' meddai, gan wincio ar Mei-Li.

Gan eistedd ar fy ngliniau, edrychais yn agosach ar goler Banw. Yn sticio allan o'r tiwb bach roedd darn o rywbeth gwyn. Cydiais ynddo, a dechrau dadrowlio'r ddalen oedd wedi'i gorchuddio â llawysgrifen gyrliog, a'i darllen yn uchel:

Fydda i yno erbyn 4. Gobeithio nad tric gan y bachgen yw hyn. Yn agos at dorri'r cod. Wedi rhoi bach o diwna i Banw.

Thomas

J ᴹ

Crychais fy nhalcen wrth weld y symbolau ac edrych i fyny ar Cati.

'Be ydi'r sgwigls 'ma?' gofynnais.

'Symbolau'r wyddor Ladin ar gyfer "L" ac "M",' esboniodd hi, fel petai hynny'n gwneud y peth yn gliriach. 'Mae gyda ni'r bobl ddigartre ein symbolau ein hunain – er mwyn gwneud yn siŵr bod pawb yn gwybod mai ni yw ni pryd bynnag fyddwn ni angen gyrru neges. LM yw symbolau Thomas.'

Syllais yn ôl ar y tiwb ar goler Banw, gan bendroni pam mai symbol Thomas oedd 'L' ac 'M'. 'Felly, eich cathod . . . maen nhw'n cario negeseuon at bobl? Fel colomennod?'

Gwenodd Cati. 'Yn union. Dim ond eu hyfforddi nhw sydd angen, ac i ffwrdd â nhw.'

'Cŵl!' ebychais cyn i fi fedru rhwystro fy hun.

'Ydi, ydi, braidd,' cytunodd Cati.

'A beth yw ystyr hyn i gyd?'

Neidiodd Mei-Li a Cati a fi ar unwaith wrth glywed y llais dwfn yn ffrwydro o'r tu ôl i ni.

'Thomas!' llefodd Mei-Li. Neidiodd i fyny a'i gofleidio. 'Ti 'ma!'

Gan gyffroi, neidiais innau ar fy nhraed hefyd. Ond yna eisteddais gan deimlo'n wirion bost.

'Wrth gwrs 'mod i! Fyswn i'n gwneud unrhyw beth i'r cogydd sy'n gwneud y tato pob gorau yn Llundain,' meddai, gan wincio arni. Ond yna trodd a rhythu arna i â chymaint o nerth nes 'mod i'n gallu teimlo'r gwres yn pelydru o'i lygaid. Roedd ei farf wedi tyfu'n hirach a'i wyneb yn edrych yn dywyllach nag o'n i'n eu cofio, a rŵan 'mod i'n gallu'i weld yn iawn yn y golau, yn union o 'mlaen i, ro'n i'n gwybod yn iawn nad fo oedd wedi bod yn Piccadilly Circus. Roedd Thomas yn llawer byrrach na'r lleidr go iawn, a'i farf yn llai trwchus. Roedd yn dal i wisgo'i gôt hir ddu a'i het felen, ond bellach roedd sgarff werdd wedi'i lapio o amgylch ei wddw, fel petai'n fis Rhagfyr yn hytrach na mis Mai.

'Be sy gen *ti* i'w ddweud wrtha i?' meddai. 'Heblaw am "mae'n ddrwg gen i am fynd ati i chwalu dy fywyd", hynny yw?'

'Mae'n wir dd-ddrwg gen i,' atebais yn drwsgl, gan edrych ar y palmant er mwyn osgoi edrych i'w lygaid. Do'n i erioed wedi teimlo mor ddrwg am unrhyw beth o'r blaen. Dim hyd yn oed ar ôl brifo Beli mewn camgymeriad neu wneud i Lavinia yn yr ysgol redeg i ffwrdd mor gyflym fel ei bod wedi cael pwl o asthma.

'Am beth?' meddai Thomas. 'Am wthio 'nhroli i'r llyn neu am ddweud wrth yr heddlu mai fi oedd y dihiryn gwaetha yn Llundain?'

'Y ddau,' dywedais, fy mysedd yn chwarae â cherrig mân ar lawr. 'Ro'n i wir yn meddwl mai chi oedd o. Roedd y lleidr go iawn yr un ffunud â chi.'

Atebodd Thomas ddim. Gan drio dangos iddo 'mod i o ddifri am helpu, sefais a chan dynnu'r darnau o bapur wedi plygu o 'mhoced, daliais nhw allan o'i flaen.

'Beth yw rhain?' gofynnodd Thomas, a'u cipio.

Codais fy ysgwyddau.

'Stribedi cartŵn?' meddai Mei-Li, gan bwyso 'mlaen i edrych.

Ysgydwais fy mhen. 'Syniadau. Am sut allwn ni ddal y lleidr go iawn, o bosib, a gwneud yn siŵr bod yr heddlu'n rhoi'r gora i arestio'r holl bobl ddigartre.'

'Fyddwn i ddim wedi dyfalu dy fod ti'n arlunydd,' meddai Thomas, gan droi at yr ail ddalen.

'Ai ti yw hwnna'n pwyntio at y lleidr?' crechwenodd Mei-Li, gan bwyntio at stribed yn dangos rhes gyfan o ddynion yn gwisgo barfau ffug. Nodiais.

'Yn bersonol, dwi'n hoff o'r syniad o wisgo clogyn,' meddai Thomas, yn sniffian. 'Syniadau digon call,' ychwanegodd, wrth roi fy lluniau'n ôl i fi heb ddweud gair arall. Dydywedodd Mei-Li ddim byd chwaith, felly gwthiais y darluniau'n ôl i 'mhoced yn gyflym, gan ddifaru eu gwneud nhw. Roedd pawb yn amlwg yn meddwl eu bod yn wirion bost.

Daeth distawrwydd hir, ac yn ei ganol dechreuodd fy nghoesau gosi, yn mynnu 'mod i'n troi ar fy sawdl a gadael. Ond do'n i ddim yn llwfrgi, felly disgwyliais, gan ddal fy anadl yn y tawelwch rhyfedd.

'Os wyt ti *wir* eisie helpu, bydd angen i fi glywed am bopeth welaist ti'r noson honno,' meddai Thomas o'r diwedd, gan dorri'r distawrwydd lletchwith oedd wedi disgyn ar ein traws. 'Mewn cymaint o fanylder â phosib. Fedri di wneud hynny?'

Anadlais yn ddwfn a nodio 'mhen, gan edrych i'w wyneb y tro yma. Syllai ei lygaid craff yn syth i fy rhai i, fel petaen nhw'n chwilio am rywbeth cudd.

''Mlaen â ti,' gorchmynnodd.

Eisteddodd ar y gadair gynfas drws nesa i Cati a gwrando, ei geg wedi cau'n dynn a'i fysedd yn pwyntio at ei wefusau, wrth i fi ddisgrifio am y canfed tro be ro'n i wedi'i weld o gwmpas Piccadilly Circus y noson arbennig honno.

Ar ôl gorffen, disgwyliais iddo ddweud rhywbeth. Ond daliodd i eistedd â'i lygaid wedi cau am amser hir dros ben. Yna, heb unrhyw rybudd, agorodd ei lygaid led y pen a phwyso 'mlaen, gan wneud i bob un ohonom ni – Mei-Li a Cati hefyd – neidio.

'Nawr, dwi am i ti'i ddisgrifio eto. Ond y tro 'ma, cau dy lygaid. Dwi am i ti ganolbwyntio dy holl egni ar y dyn yna'n unig. Ceisia gael dy atgofion i olchi dros bob rhan ohono fe – fel pelydr-X. Dechreua gyda'i wallt arian a disgrifia fe eto, gan fynd mor bell â disgrifio'r sgidiau ar ei draed.'

Wedi 'nychryn gan yr olwg ar wyneb Thomas, caeais fy llygaid a gwneud fy ngorau i gofio'r union foment y moesymgrymodd ac edrych i fyny at y byrddau poster. Disgrifiais bopeth allwn i weld yn fy meddwl, o'r cylch rhyfedd o wallt arian ar ei ben, i'r rheolydd yn ei law, i'r gôt ddu grychiog, i'r treinyrs gwyn oedd fel petaen nhw'n goleuo yn y tywyllwch, i ddisgleirdeb gwan rhywbeth aur ar ei fys. Ond doedd dim byd newydd i'w adrodd.

'Rhywbeth yn disgleirio ar ei fys?' gofynnodd Thomas. 'Wnest ti ddim sôn am hynny o'r blaen.'

'Naddo?'

Ysgydwodd Mei-Li a Cati eu pennau.

'Ydi hynny'n bwysig?'

'Bosib iawn,' meddai Cati. 'Modrwy oedd hi?'

Caeais fy llygaid eto a chanolbwyntio'n galed, gan orfodi fi fy hun i weld y lleidr eto wrth iddo dynnu'i het a'i ddal o'i flaen er mwyn moesymgrymu.

'Ia,' dywedais, gan wasgu fy llygaid yn dynnach fyth.

'Weli di rywbeth arni hi?' gofynnodd Thomas, ei lais yn agosáu at fy nghlustiau.

Ysgydwais fy mhen. 'Methu gweld – dwi'n rhy bell. Ond aur oedd hi'n sicr – a chrwn. Ac ar fys bach ei law dde – roedd o'n dal ei het â'i law dde pan blygodd o drosodd!'

'Aha, modrwy ar fys bach,' meddai Thomas, wrth i fi agor fy llygaid. 'Dyna gliw newydd i ni, o leia!'

'Be am y tair llinell ar risiau'r ffynnon?' gofynnais. 'Roedd rheini'n gliw go iawn, siŵr o fod? Driais i edrych amdanyn nhw ar y we, heb allu dod o hyd i'w hystyr nhw.'

'O, mae hynny'n hawdd. Drycha, fan hyn.' Estynnodd Thomas i boced ei gôt, gan dynnu dalen o bapur allan, cyn ei hagor er mwyn datgelu map anferth o'r holl lwybrau bws yn Llundain. Roedd wedi'i phlygu a'i hagor gymaint o weithiau, edrychai fel petai ar fin disgyn yn ddarnau. Ar y blaen, wedi'i ysgrifennu mewn llythrennau mawr coch, oedd y geiriau, 'I'n hoff Deithiwr Nos. Oddi wrth holl yrwyr Teithio Llundain'.

Do'n i erioed wedi gweld map tebyg o'r blaen, a doedd o ddim yn edrych fel petai Mei-Li wedi gwneud chwaith, oherwydd pwysodd y ddau ohonom yn agosach er mwyn ei weld yn fanylach. Roedd gan bob un llwybr bws ei liw llachar ei hun, yn troelli ac yn cordeddu ac yn llifo heibio i ddarluniau bychain o barciau ac

Prif Lwybrau Bysiau Nos: Canol Llundain

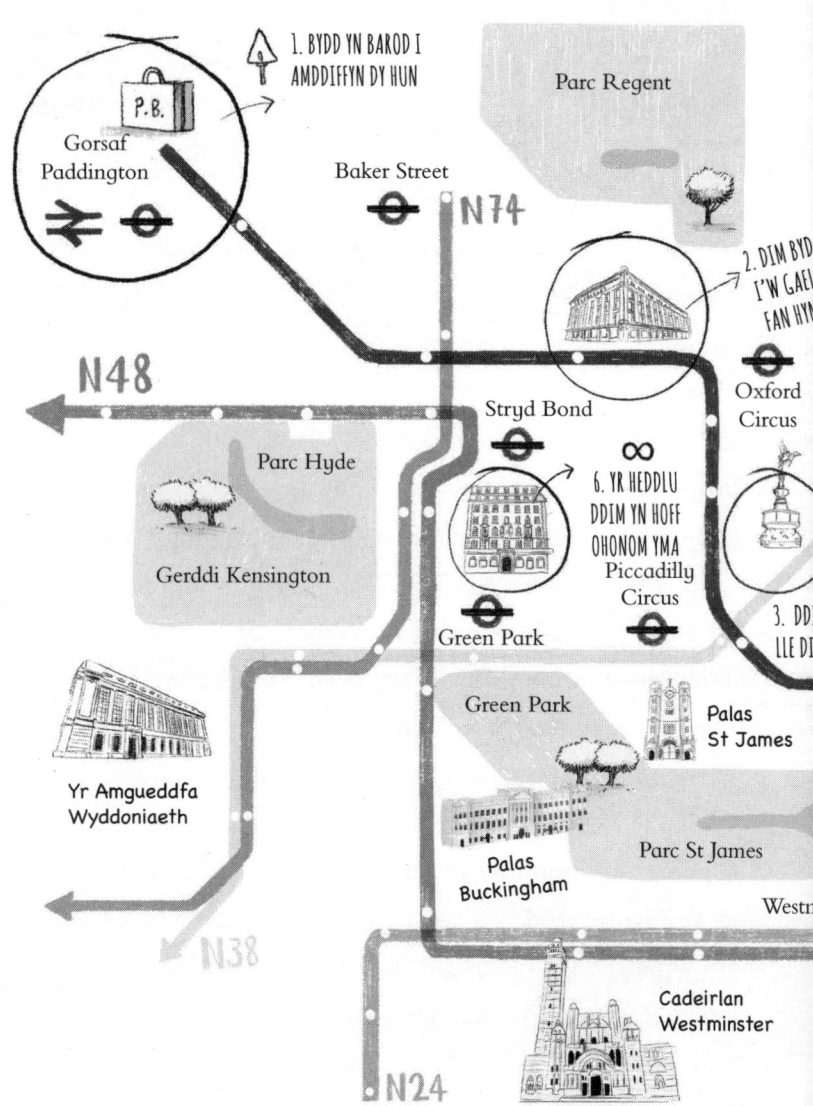

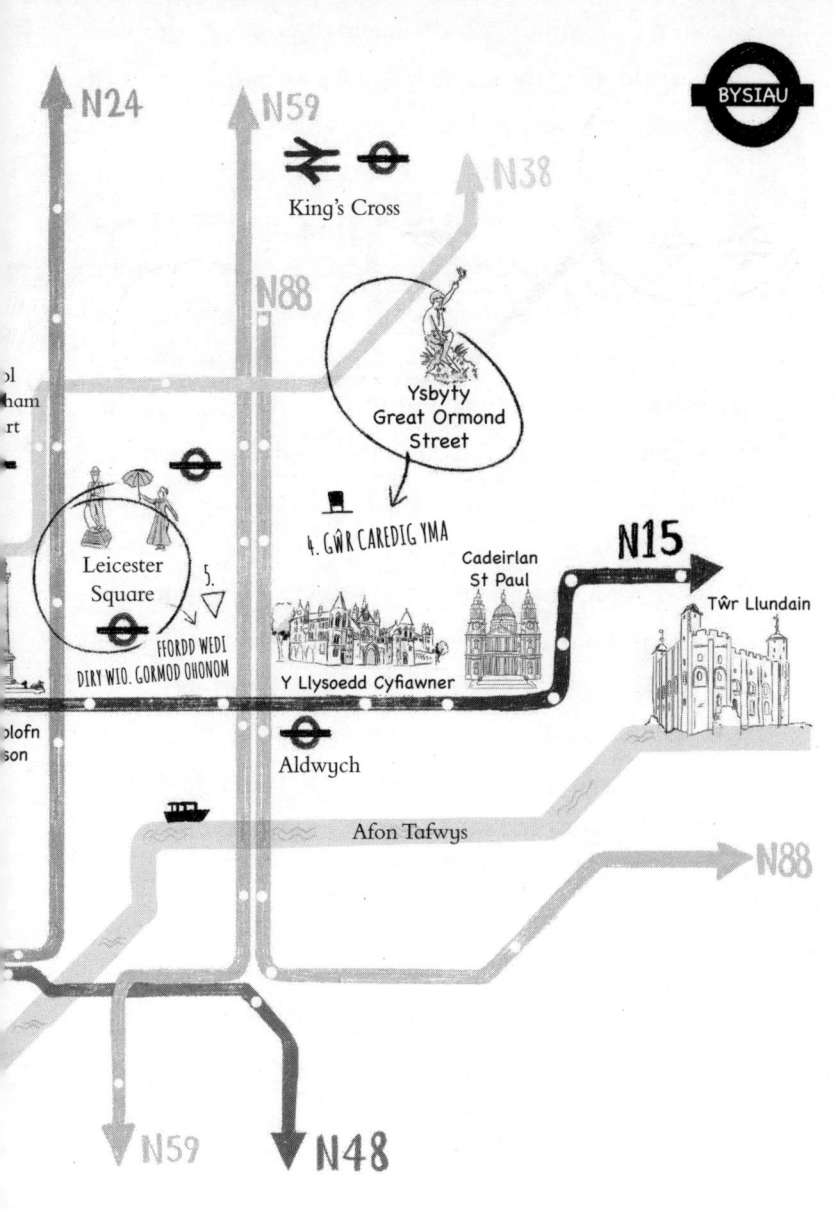

amgueddfeydd a phalasau, fel octopws anferth â'i goesau'n gwahanu i bob un cyfeiriad posib. Ar draws y map, roedd Thomas wedi rhoi cylch o amgylch ambell le ac wedi sgrifennu rhif a symbol wrth eu hymyl.

Dilynais fys Thomas at arosfan bws wedi'i nodi dan yr enw 'Piccadilly Circus' a darlun o gerflun o'r enw 'Eros' – oedd yn gwneud i fi feddwl am Mam a Dad a sut y bydden nhw wedi ysgwyd eu pennau wrth gwyno bod hyd yn oed mapiau swyddogol wedi'u labelu'n anghywir. O dan y llun, roedd Thomas wedi rhoi symbol y llinellau croes welais i'n cael eu chwistrellu, ac wrth eu hymyl, mewn ysgrifen bitw roedd y geiriau 'DDIM YN LLE DIOGEL'.

'Dwi wedi bod yn cofnodi'r lleoliad, beth gafodd ei ladrata, y symbol, ac ystyr y symbol hwnnw o safbwynt y lladradau i gyd,' esboniodd Thomas. 'Drychwch.'

Closiodd pawb dros y map, a bysedd Mei-Li yn gorffwys ar y llwybrau bws o wahanol liwiau, fy rhai i'n symud i fyny at lle'r oedd rhif '1' mawr â chylch o'i gwmpas. Roedd y rhif drws nesa i lun o gês dillad ac arno'r llythrennau 'PA'. Heb wybod be ro'n i'n ei wneud, dechreuais ddarllen holl nodiadau Thomas yn uchel.

'Rhif un. Lleoliad: Gorsaf Paddington. Wedi'i ddwyn: Paddington yr Arth. Symbol: gwaywffon. Ystyr: Angen amddiffyn dy hun.

'Rhif dau. Lleoliad: Selfridges. Wedi'i ddwyn: angel adeiniog. Symbol: cylch. Ystyr: Dim byd i'w gael fan hyn.

'Rhif tri. Lleoliad: Piccadilly Circus. Wedi'i ddwyn: bwa Eros. Symbol: tair llinell. Ystyr: Ddim yn lle diogel.

'Rhif pedwar. Lleoliad: Ysbyty Great Ormond Street. Wedi'i ddwyn: Tinkerbell. Symbol: het. Ystyr: Gŵr caredig yma.

'Rhif pump. Lleoliad: Leicester Square. Wedi'i ddwyn: ymbarél Mary Poppins, ffon Charlie Chaplin a brechdan Paddington yr Arth. Symbol: triongl ben i waered. Ystyr: Ffordd wedi dirywio; gormod ohonom.

'Rhif chwech. Lleoliad: Fortnum and Mason. Wedi'i ddwyn: lanterni. Symbol: dau gylch yn sownd i'w gilydd. Ystyr: Yr heddlu ddim yn hoff ohonom yma.'

Des at y diwedd ac anadlu'n ddwfn. 'Waw.'

'Ac mae'r holl symbolau wir yn rhan o god cyfrinachol?' gofynnodd Mei-Li.

Nodiodd Thomas. 'Yr holl symbolau'n rhan o god y digartre. Cod sy'n cael ei ddefnyddio dros y byd, wedi'i ddatblygu dros ddegawdau.'

'Neu "god y trempyn" neu "god y crwydryn",' torrodd Cati ar draws. 'Yn dibynnu ar be mae pobl yn ein galw ni.'

'Dyma'r un cod ry'n ni i gyd yn ei ddefnyddio er mwyn rhybuddio rhywun am safle peryglus, neu i roi syniad iddyn nhw am ba gymorth allen nhw ddisgwyl yno – os oes unrhyw gymorth o gwbwl,' esboniodd Thomas. 'Ry'n ni'n eu cuddio'n weddol dda fel arfer, felly dim ond rhywun sy wir yn un ohonon ni all ddod o hyd iddyn nhw a'u deall. Mae'n rhaid bod y lleidr 'ma, pwy bynnag yw e, yn adnabod rhywun o'r strydoedd – mae'n rhaid bod e, er mwyn gwybod bod y cod yn bodoli a deall ystyr y symbolau. Ond dyw e'n sicr *ddim* yn un ohonon ni. Fyddai neb sy wedi gorfod cysgu ar y strydoedd yn meiddio rhoi gwybod i bawb am ein cod. Yn enwedig i'r heddlu neu'r wasg.'

'Fyswn i'n licio cael gwybod be yw ystyr yr holl symbolau a lle i ddod o hyd iddyn nhw,' meddai Mei-Li.

'Wel, mae 'na ddigonedd ohonyn nhw i'w dysgu,' meddai Cati, gan lapio cynffon cath o amgylch ei bysedd. 'Mae'n gallu cymryd blynydde i ddeall y cyfan. Ma fe fel wyddor newydd. Ond dyw rhywun byth yn cael gweld yr holl lythrennau ar unwaith, a weithie mae ystyr y llythrennau'n newid, neu maen nhw'n ymddangos yn wahanol.'

Bellach ro'n i'n gwybod pam nad o'n i wedi medru dod o hyd i unrhyw beth ar y we – roedd y cod yn dal i fod mor gyfrinachol fel nad oedd chwilotwyr gorau'r byd wedi dod o hyd i'r holl ystyron eto.

'Anghofiaist ti ychwanegu lladrad neithiwr,' meddai Cati, gan bwnio Thomas a phwyso'n ôl yn ei chadair gynfas.

'Roedd 'na un *arall*?' gofynnais. Ro'n i wir angen darllen papur newydd Dad yn amlach.

Nodiodd Mei-Li. 'Cerflun o ddraig,' meddai hi. 'Roedd y cyfan ar y newyddion bore 'ma.'

'Ond nid unrhyw hen ddraig,' ychwanegodd Cati. 'Un oedd yn byw ar bwys y Llysoedd Cyfiawnder Brenhinol. Y lle gorau ym Mhrydain i ysgaru. Yn ôl y sôn.'

'Dim ond ar y ffordd yma glywais i am hyn,' meddai Thomas, gan ddod â beiro o'i gôt fel petai'n gleddyf. Gan blygu dros y map, gwnaeth gylch o amgylch y llun o adeilad wrth ymyl y geiriau 'Fleet Street'. Yna ychwanegodd symbol o groes hir, a'r geiriau, 'GEWCH CHI FWYD WRTH SIARAD AM GREFYDD YMA' wrth ei ymyl.

'Nawr dyma un rhyfedd,' mwmiodd.

'Pam?' gofynnais.

'Oherwydd bod gyda ni godau arbennig er mwyn nodi llysoedd neu lefydd ble allech chi ddod o hyd i farnwr. Ond mae'r arwydd yma i fod ar gyfer eglwysi neu aelodau o'r weinidogaeth,' atebodd Thomas, gan fwytho'i farf yn union fel roedd Cati'n mwytho'r gath ar ei glin. 'Welwch chi?' Pwyntiodd Thomas at safleoedd yr holl ladradau eraill. 'Mae gan bob symbol sydd wedi'i ddefnyddio gan y lleidr cyn hyn gyswllt pendant ag union leoliad y lladrad mewn rhyw ffordd. Hyd yn oed os yw'r cysylltiad yn un digon od. Er enghraifft . . .' Pwyntiodd Thomas at y llun o'r gwaywffon wrth ymyl cês dillad Paddington yr Arth. 'Rhybudd yw hwn – er mwyn i bawb "amddiffyn" eu hunain. Falle mai ein rhybuddio i'n hamddiffyn ein hunain rhag y lleidr a phopeth ma fe ar fin gwneud yw e, ond mae'n un od hefyd – pam fyddai rhywun angen amddiffyn eu hunain rhag arth o gartŵn sy'n edrych am gartre ei hun? Dyma hwn wedyn – fan hyn,' meddai Thomas, gan bwyntio at Selfridges a'r cylch wrth ei ymyl. 'Mae'r arwydd yna'n dynodi bod "dim byd i'w gael yma" – hynny yw, dim bwyd na diod i ni. Ond ma fe wrth ymyl rhywle sy'n cynnwys popeth fyddech chi ei eisie, ac i gyd o dan yr un to. Gan gymryd bod arian gyda chi, wrth gwrs. Felly mewn gwirionedd, dyw'r lle wir ddim o unrhyw ddefnydd i rywun digartre ac yn edrych am bethau syml fel bwyd a llety. Ac yna siop Fortnum and Mason – mae'r ddau gylch fan hyn yn golygu na fydd yr heddlu'n trin crwydriaid yn gyfeillgar. Falle na fydd 'na unrhyw heddlu go iawn yno, ond mae'n dal i fod yn siop llawn pobl grand sy wir ddim yn meddwl llawer o rai fel ni – pobl a fyddai'n galw'r heddlu er mwyn delio â ni petaen nhw'n medru. A'r llinellau wrth ymyl Piccadilly Circus fan hyn, yn ein rhybuddio nad yw'n lle diogel, o bosib oherwydd ei fod yn llecyn poblogaidd ar gyfer lladron pocedi.'

'Be am hwn?' gofynnais, gan bwyntio at yr het wrth ymyl Ysbyty Great Ormond Street.

'Dyna un hapusach,' meddai Thomas. 'Falle mai'r gŵr caredig sy'n cael ei gyfeirio ato gan y symbol yw J. M. Barrie – awdur *Peter Pan*, a roddodd holl elw'r llyfrau yna i helpu'r cleifion ifanc yn yr ysbyty. Ond falle'i fod yn cyfeirio at yr holl ddoctoriaid yno. Neu at Peter Pan ei hun, o bosib. Pwy a ŵyr?'

'Fy ffefryn *personol* yw Leicester Square,' meddai Cati, gan biffian chwerthin wrth iddi bwyntio ato ar y map. 'Mae dweud bod 'na "ormod ohonom" mewn lle sy'n gartref i Charlie Chaplin a Mary Poppins, ill dau braidd yn athrylilthgar.'

Crychais fy nhalcen ar Mei-Li, a gwnaeth hithau'r un peth yn ôl. Ro'n i'n falch nad oedd hi'n ddigon clyfar i ddeall pam bod Cati a Thomas yn chwerthin yn braf.

'Chi'n gweld?' meddai Thomas, gan sylwi ar ein wynebau diddeall. 'Oherwydd bod y ddau ohonyn nhw'n ddigartre, siŵr,' esboniodd yntau. 'Charlie Chaplin, crwydryn enwoca'r byd. Dyn oedd yn ei alw ei hun yn drempyn.'

'A Mary Poppins?' gofynnodd Mei-Li.

'O, mae hi wastad yn gwibio o un lle i'r llall,' meddai Cati. 'Athrawes oedd hi, mae'n wir, ac yn cael ei thalu, ond doedd dim cartre go iawn ganddi chwaith.'

'Wrth gwwwwwwwrs,' meddai Mei-Li a fi gyda'n gilydd.

'Felly, chi'n gweld, mae gan bob un o'r symbolau ryw fath o gysylltiad â'r lle maen nhw wedi'u chwistrellu – hyd yn oed os yw e'n gysylltiad braidd yn ddigri, bron yn sarcastig. Ond does dim cysylltiad rhwng y lladrad o'r ddraig ddoe a'r symbol o groes fan hyn. Dim un alla i ei ddeall, beth bynnag. Felly pam? Ydi e wedi defnyddio'r arwydd anghywir? Neu'n gwneud hwyl am ein pennau ni?' Ochneidiodd Thomas. 'Jest pan ydw i ar fin gwneud synnwyr o'r cyfan, mae'n drysu pethau. Does 'na ddim un patrwm amlwg gan y lleidr yma. Heblaw am un, sef –'

'Fod pob un lladrad,' torrodd Mei-Li ar ei draws, 'wedi digwydd reit yng nghanol y ddinas.'

'Plentyn clyfar,' meddai Cati, wrth i Mei-Li fflicio'i gwallt yn arbennig o uchel. 'Mae hi'n medru gweld rhyfel yn mudferwi o'i blaen, hyd yn oed os nad oes neb arall yn gwneud.'

'Rhyfel fel mae gangiau mewn ffilmiau'n eu hymladd?' ebychodd Mei-Li.

'Ddim yn union,' chwarddodd Thomas. 'Drychwch. Be sy'n gyffredin i bob man yn y rhan yma o Lundain?' Chwifiodd ei law dros ganol y map.

'Dyna lle mae'r siopau mwya drud i gyd?' meddai Mei-Li.

Ysgydwodd Thomas ei ben. 'Be arall sy yma? Mwy ohonyn nhw nag yn unrhyw le arall yn Llundain?'

'Parciau? Palasau? Anifeiliaid?' cynigodd Mei-Li eto.

Ysgydwodd Cati ei phen. 'Dyma gliw,' meddai, a phwyntio at Thomas ac ati hi ei hun.

'Pobl ddigartre,' llefais.

'Yn union!' meddai Thomas. 'Mae 'na filoedd ohonon ni'n cysgu ar strydoedd y rhan hon o Lundain yn unig. A dyw llawer o bobl ddim yn hoff o hynny. Mae'n rhyfel sy wedi bod yn rhuo ers adeiladu'r ddinas yn y lle cynta. Mae busnesau a'r llywodraeth eisie ein cicio ni mas.'

'Yn hytrach na cheisio helpu,' ychwanegodd Cati, gan ysgwyd ei phen.

'Felly ry'ch chi'n meddwl bod y lleidr yn dwyn yr holl bethau rhyfedd 'ma . . . ac yn darlunio'r holl arwyddion . . . er mwyn gwneud i'r heddlu feddwl bod . . .' Orffennodd Mei-Li 'mo'i brawddeg. Yn hytrach, gorchuddiodd ei cheg â'i dwylo.

'Mae hi wedi deall,' sibrydodd Cati. Edrychodd arna i er mwyn gwneud yn siŵr 'mod i wedi gwneud hefyd.

Ro'n i'n deall yn iawn, ond yn canolbwyntio gormod ar be ddywedodd Thomas am y *rhyfel* i ddweud unrhyw beth. Roedd y cyfan yn dechrau swnio fel gêm gyfrifiadurol!

Ar lefel naw, roedd grŵp o greaduriaid o'r enw'r Zuldac yn rasio'n fy erbyn er mwyn concro planed o'r enw Exted. Ond yn hytrach na defnyddio 'myddin fach i'n erbyn byddin anferth y Zuldac, codais faneri dros bobman yn gyfrinachol, er mwyn gwneud iddi edrych fel petai'r Zuldac wedi meddiannu Exted *yn barod*. Yn ei dro, roedd hynny'n gwneud i bobl Exted godi ar eu traed er mwyn ymladd yn erbyn y Zuldac. A thra eu bod yn brysur yn ymladd yn erbyn ei gilydd, dyna roi cyfle i fi ruthro i mewn, concro'r lle go iawn, ac ennill.

Dyna oedd yn digwydd *fan hyn* hefyd! Roedd y lleidr yn beio'r rhai'r oedd o'n trio cael gwared ohono am droseddau do'n nhw ddim wedi'u gwneud, ac wrth wneud i bawb arall eu casáu nhw hefyd, roedd o'n ennill! Yr unig wahaniaeth oedd bod y Lleidr Anweledig yn defnyddio arwyddion melyn yn hytrach na baneri er mwyn cychwyn ei ryfel. Yr unig beth do'n ni ddim yn ei wybod oedd pam roedd o'n trio tynnu sylw pobl yn y lle cynta.

Baneri. Baneri gwyn . . . ag ysgrifen arnyn nhw . . . a dwy ddraig las . . . baneri oedd wedi gwneud i Beli chwerthin am doiledau! A fel mellten, daeth yr ateb.

'Brân? Ti'n iawn?' gofynnodd Thomas, gan roi llaw ar fy ysgwydd. 'Ti wedi mynd yn welw i gyd, 'machgen i.'

'Arwyddion y toiledau,' sibrydais, gan dapio'r map. 'Arwyddion y toiledau ydi'r baneri go iawn!'

TOCYN RHYDDID

'Toiledau?'

Roedd Mei-Li, Cati, Thomas a'r holl gathod yn syllu i fyny arna i, wedi drysu.

'Beli, fy mrawd, welodd nhw,' esboniais. 'Arwyddion "To Let" mewn siâp baneri ar bob un adeilad oedd wrth ymyl y lladradau. Yr un arwyddion yn union – rhai gwyn â dwy ddraig las. Roedd 'na un ar y platfform lle cafodd Paddington yr Arth ei ddwyn, uwchben hen gaffi. A digonedd ar y fflatiau wrth ymyl ysbyty'r plant, *ac* ar y swyddfeydd wrth ymyl Piccadilly Circus. Be os mai *dyna* arwyddion go iawn yr ymosodiad a bod pob un arall yn ffug?'

'Mae'n gwneud synnwyr,' meddai Cati, gan gyffwrdd â chanol y map â'i bys. 'Mae hwn i gyd yn dir penigamp ar gyfer eiddo. *Y* rhan ddrutaf o un o'r dinasoedd drutaf *yn y byd*. Y peth ola mae unrhyw ddatblygwr eiddo sy'n ceisio rhentu adeilad eisie yw i griw digartre wthio'r prisiau i lawr.'

'Felly dyna ffugio ambell ladrad ar eiddo cyhoeddus, ein beio ni a'n gyrru allan,' meddai Thomas, yn nodio'i ben. 'Hawdd! A rwyt ti'n iawn. Yr arwyddion 'na – y rhai â'r dreigiau glas – maen nhw ym mhobman. Dwi'n eu gweld nhw drwy'r amser wrth deithio yn y nos . . . falle mai nhw yw rhan coll y pos!'

'Rwyt ti'n fwy na phen da o wallt, Brân bach!' gwenodd Cati.

Codais fy ysgwyddau a rhoi gwên fach yn ôl, gan wthio 'ngwallt i ffwrdd o fy wyneb.

'BE yw hyn i gyd am yr arwyddion "To Let"?' gofynnodd Mei-Li, gan edrych yn fwy dryslyd nag erioed. 'Dwi ddim yn dallt!'

Gan bendroni sut bod un o ffefrynnau'r athro'n medru bod mor wirion, esboniais bopeth mewn mwy o fanylder. Lledaenodd ei llygaid yn ara fel dau falŵn yn cael eu chwythu ar unwaith, wrth iddi ddeall o'r diwedd.

'Ond pam fydda ymosodwyr yn beio pobl ddigartre?' gofynnodd, wedi i mi orffen esbonio.

'Pam ddim?' gofynnodd Thomas. 'Allwn ni ddim amddiffyn ein hunain, a does neb i ymladd ar ein rhan.

Dy'n ni'n ddim byd ond problem, cofia di. Begeriaid sy'n gaeth i ddiod a chyffuriau y mae pobl yn eu hofni'n barod. Targedau hawdd.'

Ysgydwodd Mei-Li ei phen. 'Am erchyll.'

'Mae'n rhaid bod y lleidr yn rhywun â digon o arian a phŵer er mwyn gwneud hyn i gyd yn bosibl,' mwmiodd Cati. 'A chysylltiadau hefyd. Fyddai gan berchennog eiddo gydag adeiladau dros Lundain ddigon o lefydd i guddio'r cerfluniau. Sut yn y byd y'n ni am ei ddal e?'

'Arhoswch funud.' Gan droi'r map drosodd, llithrodd bys Thomas i lawr rhestr fer o ddyddiadau. 'Fan hyn,' meddai. 'Dwi wedi bod yn gwneud rhestr o holl ymosodiadau'r lleidr. Does 'na ddim patrwm fel arfer. Weithiau mae'n ymosod dros ddwy noson yn syth ar ôl ei gilydd ac ar adegau eraill bydd wythnos yn mynd heibio rhwng lladradau. Ond dwi wedi sylwi ar *un* peth.'

Neidiodd ei fys o un dyddiad ar y rhestr i lawr at un arall, ac yna at drydydd un. 'Maen nhw wedi ymosod ar bob un dydd Sadwrn ers cychwyn y lladradau . . . a phob un ar adegau gwahanol o'r nos.'

'Ond mae'n ddydd Sadwrn *heddiw*,' dywedais yn araf.

'A does dim syniad gyda ni lle fydd o'n ymosod nesa – na phryd,' ychwanegodd Mei-Li.

Aeth pawb yn dawel. Yna, yn sydyn, gwthiodd Cati'r gath oedd wedi bod yn canu grwndi'n gysglyd ar ei glin ar lawr. 'Thomas,' ebychodd hi. 'Y groes . . . pam defnyddio symbol y groes ger y ddraig sy wedi'i dwyn o'r llysoedd?'

Cododd Thomas ei ysgwyddau. 'Ydi'r lleidr yn diflasu ac yn defnyddio unrhyw hen symbolau bellach? Falle nad yw e'n poeni am y peth.'

'*Neu*,' meddai Cati, ei llygaid brown-wyrdd yn disgleirio. 'Be os yw e wedi gwneud camgymeriad? Be os oedd e wedi bwriadu gadael y symbol yna ger y targed *nesa*?'

'Be 'di ystyr y groes eto?' gofynnais i.

'Symbol y byddwn ni'n ei adael ger eglwys, neu rywle tebyg,' esboniodd Cati. 'Fel cartre offeiriad.'

'Falle dy fod ti'n iawn,' meddai Thomas. 'Falle mai eglwys yw targed heno.' Ochneidiodd. 'Ond mae cannoedd o eglwysi dros Lundain, a cherfluniau gan ddigonedd ohonyn nhw.'

Closiodd pawb o amgylch y map a syllu ar Thomas fel petai am gynnig yr ateb i ni.

'Ydi'r lladradau i gyd yn symud o'r ochr yma o Lundain i'r ochr hon?' gofynnodd Mei-Li, gan droi'i phen i un ochr a llithro'i llaw i lawr o Orsaf Paddington i'r Llysoedd Cyfiawnder Brenhinol. 'Neu ydyn nhw'n gymysg i gyd, yn neidio'n ôl a 'mlaen?'

Trodd Thomas ei fap drosodd, eto ac eto, a chyfri ar ei fysedd.

'Yn neidio'n ôl a 'mlaen,' meddai o'r diwedd. 'Y mymryn lleia. Ond mae'r rhan fwya o ladradau *wedi* bod yn symud o'r gorllewin i'r dwyrain.'

'Clyfar iawn, cariad,' meddai Cati, gan wasgu breichiau Mei-Li.

Codais innau fy mawd hefyd.

'A drychwch,' meddai Thomas. 'Mae'r rhan fwya ohonyn nhw ar hyd un llwybr penodol! Y llwybr hira sy 'na ar gyfer bysiau nos . . .'

'A'r druta hefyd!' meddai Cati. 'Yn mynd heibio i holl lefydd poblogaidd Llundain.'

Dilynodd y tri ohonom fys Thomas wrth iddo symud ar hyd llinell binc lachar, 'N15', oedd yn cychwyn ger Gorsaf Paddington, yna'n mynd heibio i Selfridges, yn pasio cerflun Anteros, yn teithio ar draws Leicester Square, ac yn parhau heibio i'r Llysoedd Cyfiawnder Brenhinol.

Yr unig ddau le oedd wedi'u gadael allan oedd y lladradau yn siop Fortnum and Mason ac Ysbyty Great Ormond Street, ill dau ar bennau pella'r ddinas.

Llonyddodd bys Thomas wrth iddo gyrraedd llun o eglwys wedi'i labelu – 'Cadeirlan St Paul'.

'Does bosib!' ebychodd Cati.

'Falle wir,' meddai Thomas. 'Dyna'r arhosfan fawr nesa ar y llwybr.'

'Dwi ddim yn credu y bydden nhw'n neidio ar fws nos er mwyn lladrata,' meddai Cati, gan ysgwyd ei phen. 'Beth bynnag, allan nhw ddim cyrraedd y gadeirlan heno. Mae'n Ddiwrnod VE fory, cofiwch. Fydd 'na gorau'n canu yno heno a sioe oleuadau hefyd. Fydd y lle'n llawn dop hyd at hanner nos o leia – a hyd yn oed ar ôl hynny bydd y lle cyfan wedi'i oleuo. Fydden nhw'n wirion i geisio . . .'

'Ond mae hynny'n rhoi cyfle i ni – awr neu ddwy pryd y gallen nhw fod yn gweithredu,' meddai Thomas.

'A pheidiwch ag anghofio bod gan y lleidr y rheolydd arbennig 'na,' atgoffais bawb. 'Welais i o. Yn troi'r holl oleuadau i ffwrdd ag un clic.'

'A dychmygwch y peth,' meddai Thomas, gan neidio o'i gadair a dechrau camu i fyny ac i lawr y stryd gefn, yn llawn cyffro. 'Dychmygwch ladrata o'r gadeirlan y noson cyn Diwrnod VE! Byddai hynny wir yn ergyd! Yn dwyn o un o eglwysi cyfoethoca'r byd, un sydd â rhai o'r cerfluniau druta, ar un o ddyddiau pwysica'r flwyddyn.

Dyna'n union fyddai'r lleidr 'ma'n ei wneud! A'r cyhoedd yn gandryll. Os nad oedd pobl yn ofnus ac yn flin ac yn awchu i gael gwared arnon ni eisoes, fydden nhw'n sicr yn teimlo felly ar ôl hynny!'

'*Os* ydyn ni'n gywir,' mentrodd Mei-Li.

'Be am ddeud wrth yr heddlu?' cynigiais, gan obeithio ein bod ni wedi gwneud synnwyr o'r cyfan. Os oedden ni, mae'n debyg y byddwn ni'n arwyr y bore wedyn! Byddai'n rhaid i fi rannu fy enwogrwydd â Mei-Li rŵan ei bod hi'n deall y cyfan hefyd, ond do'n i ddim yn meindio, cyn belled â bod pawb yn gwybod mai fi wnaeth y rhan fwya o'r gwaith caled o ran dal y leidr. Y cyfan roedd rhaid i'r heddlu wneud wedyn oedd mynd i wylio'r eglwys a dal y gwir leidr.

Chwarddodd Cati. 'Sôn wrth yr heddlu? Fydden nhw byth yn coelio rhai fel ni,' meddai, gan amneidio ar Thomas a hithau.

'Na ni,' ychwanegodd Mei-Li, gan edrych arna i. 'Dim ond plant ydan ni. Fydden nhw'n meddwl ein bod ni'n dweud celwydd am y cyfan. Ar ben hynny, fydden nhw'n sicr ddim yn dy goelio *di*. Newydd sôn wrthyn nhw mai Thomas yw'r lleidr wyt ti.'

Rhoddodd Thomas y gorau i gerdded a chlicio'i fysedd yn swnllyd.

'Mae gen i syniad,' llefodd. 'Gan gymryd ein bod ni'n iawn am hyn, wrth gwrs. Ond fedra i ddim gwneud hyn ar fy mhen fy hun. Bydd rhaid i fi gael help . . . gan rywun digon dewr a digon bach i sleifio i mewn drwy ffenest gul dros ben.'

Gan droi ata i a Mei-Li, plymiodd Thomas i lawr ar ein pennau fel eryr dynol a gafael yn nwylo'r ddau ohonom.

'P'un ohonoch chi sy am ddod gyda fi?' gofynnodd, ei aeliau wedi'u plethu'n dynn. 'A helpu i ddal lleidr?'

★ ★ ★

'Mae hyn yn wirion bost,' mwmiais, wrth i Mei-Li a finnau ruthro'n ôl i lawr y stryd gefn ac ar hyd y stryd fawr. 'Fydd y syniad 'ma byth yn gweithio. Dydi Thomas ddim yn gall.'

'Mae o *yn* gall,' meddai Mei-Li. 'Ac yn ddewr. Ac mae'r cynllun yn un dewr hefyd. Y cyfan sy angen i ti wneud yw bod yn ddewr dy hun, a pheidio sbwylio pethau.'

Rhythais ar Mei-Li. Hi ddylai fod yn gorfod mynd, yn hytrach na fi. Pa hawl oedd ganddi hi, o bawb, i ddweud wrtha i beth i'w wneud?

'Ddo i heibio cyn swper,' aeth hi yn ei blaen, gan anwybyddu'r rhythu. 'Er mwyn rhoi Tocyn Rhyddid i ti.'

'PAID â chanu'r gloch na dim byd felly,' gorchmynnais. 'Ar flaen y tŷ ma ffenest fy stafell, ar y dde. Tafla rywbeth ati, a wna i ei hagor i ti gael taflu'r tocyn i fi.'

'Pam na alla i gnocio'r drws fel rhywun normal?' gofynnodd Mei-Li. 'Alla i ddweud dy fod ti wedi gadael rhywbeth ar ôl yn y gegin gawl.'

'Na!' dywedais, yn fwy swnllyd nag o'n i wedi bwriadu. 'Dwi wir ddim isio unrhyw un . . .' Rhoddais y gorau i siarad, ond roedd hi'n rhy hwyr.

Arhosodd Mei-Li yn ei hunfan. 'Ddim isio unrhyw un i 'ngweld i? Ai dyna be oeddet ti am ddweud?'

Ro'n i isio gwadu'r peth, ond ro'n i'n gwybod y byddai'n gweld mai celwydd oedd hynny. Achos y gwir oedd, do'n i ddim isio i unrhyw un ei gweld hi yn fy nhŷ. Yn enwedig Blod, oedd â ffrindiau â brodyr a chwiorydd oedd yn mynd i'n hysgol ni. Petai Katie a Wil yn clywed am y peth, fydden nhw byth yn cau eu cegau.

Cochodd wyneb Mei-Li drosto. 'ANGHOFIA'R PETH,' gwaeddodd. Yna heb air arall, trodd a dechrau cerdded i ffwrdd nerth ei thraed. Edrychais arni, gan bendroni a oedd hi'n dal i mynd i roi'r Tocyn Rhyddid ro'n i ei angen ganddi, ac yn difaru agor fy ngheg.

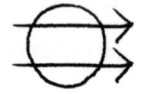

TEITHWYR Y NOS

Ar ôl cyrraedd adre, ro'n i'n teimlo mor anniddig nes i fi gloi fy hun yn fy stafell tan amser te. Yr eiliad i hwnnw orffen, rhedais yn ôl i fyny'r grisiau, ac edrych allan o'r ffenest bob munud neu ddwy er mwyn gweld a oedd Mei-Li'n dod. Ond doedd hi ddim yna am chwech o'r gloch, na hanner awr wedi, na chwarter i saith. Erbyn i'r cloc ar fy nghyfrifiadur ddangos ei bod hi'n saith o'r gloch, ro'n i'n siŵr nad oedd hi'n dod. Oedd yn golygu na fyddwn i'n medru helpu Thomas i ddal y lleidr. A byddai hynny'n golygu na fyddai unrhyw un yn gwybod nad o'n i wedi pentyrru trafferth ar ben Thomas ar bwrpas. Os, wrth gwrs, oedd y lleidr am fod yng Nghadeirlan St Paul o gwbwl yn hytrach na rhywle arall ar y noson hon.

Eisteddais ar fy ngwely a phendroni be allwn i wneud. Taswn i 'di cadw 'ngheg ar gau yn hytrach na gadael i Mei-Li wybod nad o'n i isio i unrhyw un ei gweld yn fy nghwmni . . . ond pam ei bod hi'n malio gymaint, beth bynnag? Pam o'n i'n malio gymaint?

Tap!

Trawodd carreg yn erbyn fy ffenest a chlatran i lawr llechi'r to a dros y drws ffrynt.

Llamais ar fy nhraed.

TAP!

Adlamodd carreg fwy oddi ar y gwydr.

Rhedais ar draws y stafell a thaflu'r ffenest ochr fawr ar agor.

Roedd Mei-Li y tu allan i'r giât flaen, yn cyrcydu tu ôl i wal fach yr ardd.

Codais law arni a gwenu.

Ond wnaeth hi ddim gwenu'n ôl.

Gan dynnu rhywbeth glas llachar o boced ei chôt, safodd ar ei thraed a chan edrych o'i chwmpas yn gyflym er mwyn gwneud yn siŵr bod neb yn dod, taflodd hwnnw'n erbyn fy ffenest mor galed â phosib.

CLAC.

Trawodd yn erbyn sil y ffenest a disgyn yn syth yn ôl i'r ardd.

Gan orchuddio'i cheg â'i dwylo er mwyn rhwystro'i hun rhag gwichian, cyrcydodd Mei-Li yn ôl i lawr. Cyn i fi fedru dweud wrthi y byddwn i'n rhedeg i lawr a'i nôl fy hun, taflodd hi'r giât ar agor, gan afael yn y peth glas llachar a rhedeg yn ôl allan o'r ardd eto.

Pwysais mor bell â phosib allan o'r ffenest heb ddisgyn, a disgwyl. Tynnodd Mei-Li ei braich yn ôl eto. Y tro hwn, troellodd y parsel bach fflat drwy'r awyr fel saeth a 'nharo yn fy wyneb.

'Awwwwwwwwww!' cwynais, gan godi llaw er mwyn profi i Mei-Li 'mod i wedi'i ddal. Ond roedd hi wedi mynd yn barod. Doedd hi ddim hyd yn oed wedi aros er mwyn dymuno lwc dda i fi.

Gan rwbio fy wyneb, caeais y ffenest ac agor y waled las. Y tu mewn, ar yr ochr chwith, oedd Tocyn Rhyddid taid Mei-Li, a llun ac enw a dyddiad wedi'u stampio arno. Syllais ar y llun, gan bendroni sut roedd Mei-Li'n disgwyl i fi esgus mai fi oedd ei thaid 87 oed. Yn un peth, roedd ei wyneb yn edrych fel cannwyll yn toddi, a'i lygaid mor llipa a hir nes eu bod nhw mewn peryg o daro'r llawr. Ar ben y cyfan, roedd ganddo lond pen o wallt perffaith wyn. Byddai angen het a sgarff hir iawn arna i'n bendant, heb sôn am siaced drwchus.

Wrth ymyl y Tocyn yn y waled roedd darn o bapur wedi'i rwygo, ac wedi'i guddio y tu ôl i'r plastig. Roedd ysgrifen arno'n dweud, 'Paid â cholli hwn. Pob lwc. Mei-Li'.

Gan gau'r waled yn glep a'i stwffio i 'mhoced, cipiais fy nghôt aeaf drwchus o'r cyntedd a benthyg cap cerdded crand fy nhad a'i sgarff hir streipiog o'r bachyn yn ei stafell wely gan wthio'r cyfan i 'mag, ac ambell far siocled rhag ofn i fi deimlo'n llwglyd. Pan oedd dim byd ar ôl i'w wneud, chwaraeais fy ngemau tan iddi ddod yn amser diffodd y golau. Roedd Mam a Dad wastad yn dod i ddweud nos da am hanner awr wedi naw ac isio ein goleuadau wedi diffodd erbyn deg pan o'n nhw adre, felly ro'n i'n gwybod y bydden nhw'n chwilio am unrhyw olau o dan fy nrws ar ôl hynny.

Gan orwedd yn y tywyllwch, disgwyliais i fysedd y cloc gyrraedd un ar ddeg o'r gloch. Gwthiodd y bys oedd wedi'i oleuo ar hyd wyneb y cloc, yn arafach nag o'n i erioed wedi'i weld yn symud o'r blaen.

Deg munud wedi deg . . .

Chwarter wedi . . .

Dau ddeg un munud wedi . . .

Dau ddeg tri . . .

Hanner awr wedi . . .

Ro'n i'n medru teimlo fy hun yn disgyn i gysgu. Dechreuais slapio 'mochau a thynnu fy llygaid ar agor gyda 'mysedd. Do'n i ddim am fynd i gysgu – ddim heno!

Dau ddeg saith munud i un ar ddeg . . .

Ugain munud i . . .

Am ddeunaw munud i un ar ddeg, ro'n i'n dal yn medru clywed Mam a Dad lawr y grisiau, yn chwerthin ar rywbeth ar y teledu.

Erbyn chwarter i un ar ddeg, do'n i ddim yn medru aros mwy, a chropiais o'r gwely'n ara deg. Gan drio peidio â gwneud i'r llawr pren wichian, pentyrrais fynydd o ddillad o dan fy nghynfasau gwely a gwneud iddo edrych fel corff hir, yn union fel yn y ffilmiau. Yna tynnais fy mag gorlawn ar fy nghefn ac anelu am y ffenest. Dyna oedd fy unig ffordd allan. Roedd y drws ffrynt yn rhy agos at Mam a Dad, a debyg eu bod nhw wedi troi'r larwm 'mlaen eisoes.

Edrychai'r stryd yn dawel ac yn wag, fel petai'n swrth ac yn hanner cysgu hefyd. Gwrandewais ac aros. Chwarddodd Mam a Dad yn uchel eto. Gan gymryd fy nghyfle, agorais y clo'n gyflym a gwthio'r ffenest fawr ar agor. Dechreuodd wichian yn swnllyd, gan wneud i fi oedi'n syth a gwrando. Doedd neb yn symud ar y grisiau, felly ar ôl munud fach arall, dringais ar sil y ffenest, gan daflu un goes allan a throsodd ac i'r tywyllwch.

Gan eistedd yng nghanol sil y ffenest, edrychais i lawr. Y cyfan roedd angen i fi wneud oedd neidio ar y to yn union oddi tana i, cyn gollwng fy hun ar y cerrig mân ar y gwaelod. Heb wneud unrhyw fath o sŵn. Edrychai'n hawdd yng ngolau dydd, ond rŵan teimlai'r ddaear mor bell i ffwrdd, waeth i fi fod yn disgyn ugain llawr.

Ystyriais eiriau Mei-Li. *Y cyfan sy angen i ti wneud yw bod yn ddewr dy hun, a pheidio sbwylio petha.*

Ro'n i am ddangos iddi hi!

Gafaelais yn ochr y silff a symud fy nghorff drosti ac am i lawr. Gan afael yn rhan bella'r ffenest â 'mysedd, estynnais fy modiau er mwyn cyrraedd y to oddi tana i. Ond roedd yn rhy bell – a 'nghoesau'n rhy'n fyr. Do'n i ddim yn gallu cyrraedd. Gydag un anadl fawr, gollyngais fy ngafael, gan obeithio bod y to'n ddigon agos.

CLEP!
CNOC!
CRASH!
MIAAAAAAAAAAW!
CRENSH!

Agorais fy llygaid. Ro'n i'n gorwedd ar fy nghefn yn yr ardd, ar ben fy mag. Ro'n i wedi gwneud y cyfan mewn un naid!

Cliciodd golau 'mlaen y tu ôl i'r drws ffrynt.

Rowliais fy hun i ganol gwrych cyn gynted â phosib a gorwedd yn fflat ar fy mol, gan drio peidio llyncu unrhyw bridd.

Goleuodd yr ardd wrth i'r drws ffrynt gael ei agor.

'Be sy 'na?' galwodd Mam o'r tu mewn i'r tŷ.

Ar yr eiliad yna dechreuodd y gath ro'n i wedi aflonyddu arni fewian eto o rywle wrth fy ymyl.

'Dim ond cath drws nesa,' gwaeddodd Dad arni. Clywais y drws yn cau wrth iddo fynd yn ôl i mewn.

Gan deimlo'n fwy diolchgar nag erioed o'r blaen am y ffaith bod cathod yn bodoli, disgwyliais am rai eiliadau eto cyn rowlio allan o'r gwrych fel asiant cudd, a gwneud fy ffordd at y giât. Gan ddifaru peidio dod â fy sglefrfwrdd, dechreuais redeg nerth fy nhraed at y ffordd fawr a heibio i ffens y parc gwag. Roedd y cyfan ar glo ac yn disgleirio yng ngolau'r lloer, fel maes chwarae i ysbrydion. Hanner ffordd i lawr y lôn, gallwn weld goleuadau gorsaf fws, a siâp hen ddyn yn eistedd oddi tano.

'Dyna ti,' meddai Thomas, gan godi o'r fainc blastig goch roedd o wedi bod yn eistedd arni. Edrychodd arna i, a gwthio crechwen drwy'i farf. 'Be ddigwyddodd i ti? Wedi cael trafferth gadael dy baradwys bach?'

Edrychais i lawr a sylweddoli bod dwy falwoden wedi gwasgu a llwybr o faw yn arwain yr holl ffordd i lawr blaen fy hwdi.

'YCH!' llefais, gan neidio'n ôl ac thrio dianc rhagof i fy hun.

'Arhosa'n llonydd,' meddai Thomas, gan chwerthin, wrth iddo fflicio'r malwod oddi arna i a'u gyrru'n hedfan i ganol awyr y nos fel fferins jeli wedi lled doddi. 'Brysia nawr – fydd y bws yma mewn mater o funudau. Dyw Malcolm byth yn hwyr.'

Gan nodio, tynnais fy nghôt drwchus a sgarff a het Dad o 'mag a'u gwisgo nhw. Gafaelodd Thomas yn y sgarff a 'nhroi o gwmpas fel darn mawr o gandi-fflos nes iddo orchuddio pob rhan o fy wyneb heblaw am fy llygaid.

'Hmmmm,' meddai Thomas, gan gamu'n ôl er mwyn fy astudio. 'Ti ddim yn ddigon tal i ddarbwyllo unrhyw un dy fod ti'n oedolyn. Plyga dy gefn – fel petaet ti'n edrych am geiniog ar lawr.'

Penderfynais ufuddhau.

'Da iawn, da iawn. Cadwa'r sgarff yn uchel o amgylch dy wyneb, a dy het yn isel fel bod dim o dy wallt yn y golwg – a'r cefn 'na wedi plygu'n llwyr, cofia di – a chrynu mymryn wrth gerdded hefyd. Dyma fydd yr unig ffordd i ti edrych fel gŵr 87 oed ar fws nos. Os na wnaiff neb edrych yn rhy agos, wrth gwrs.' Crychodd ei ên. 'Fydd rhaid i ni wneud rhywbeth am dy wallt.'

Ceisiodd wthio 'ngwallt brown llac yn ôl o dan het Dad. Ond roedd fy ngwallt yn rhy seimllyd ac yn rhy hir, a'r het yn rhy fach.

'Mae'n ddrwg gen i fachgen, ond fydd rhaid i ni ffeirio hetiau,' meddai Thomas, wrth fy helpu i gau 'mag a'i osod yn ôl dros fy holl haenau trwchus o ddillad. 'Mae'n cymryd dau fws i gyrraedd Cadeirlan St Paul. Wrth gychwyn y daith, edrycha'n flinedig, sylla ar y llawr a phaid â gwneud dim ond grwgnach wrth ddangos dy docyn. Deall? A beth bynnag ti'n wneud, PAID ag edrych i lygaid y gyrwyr.'

Wrth iddo siarad, daeth bws mawr coch o amgylch y gornel, gan ddod yn agosach ac agosach nes iddo stopio o'n blaenau yn y man.

'Dyma ni,' sibrydodd Thomas. 'Barod?'

Cyn i fi fedru ateb, gwibiodd y drysau ar agor a galwodd llais o'r bws, 'Noswaith dda, Thomas, ti'n iawn?'

'S'mai Malcolm! Ydw, oni bai am yr oerfel arferol,' meddai Thomas, gan rwbio'i freichiau wrth ddringo ar y bws. 'Mae 'na ffrind yn dod gyda fi heno. Dewch Mr Zhou, i fyny â chi, hen ddyn!'

Gan besychu er mwyn smalio 'mod i'n hen a phlygu drosodd er mwyn chwilio am y geiniog anweledig 'na, dringais i fyny ar ris y bws. Ar ôl ei dynnu allan, daliais y Tocyn Rhyddid i fyny, fy llygaid yn edrych ar ddim byd ond y llawr plastig llwyd llachar.

'Na phoener, Mr Zhou,' meddai Malcolm. 'Mae croeso ar y llong yma i unrhyw deithiwr nos sy'n ffrind i Thomas!' A chyda sŵn cloch yn canu, caeodd y drws yn glep a hwyliodd ei long-fws yn ddwfn i fôr tywyll y lonydd o'n blaenau.

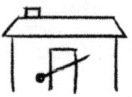

I GROMBIL Y GADEIRLAN

Gan eistedd ar lawr ucha'r bws, gwyliais wrth i'w oleuadau ddisgleirio fel fflachlampau arbennig o gryf ar lôn oedd mor ddu ag awyr y nos.

Do'n i ddim yn medru credu 'mod i wedi llwyddo! Wedi rhedeg i ffwrdd o adre heb gael fy nal a bellach ar fws yn dynwared dyn 87 oed o Asia, er mwyn dal lleidr gyda dyn ro'n i wedi'i fwlio wrth wthio'i droli i ganol llyn. Roedd yr holl beth yn teimlo fel breuddwyd ryfedd.

Gallwn deimlo Thomas yn syllu arna i o'i sedd dros y ffordd. Mentrais gip i'w gyfeiriad. Roedd o'n gwrthod cau ei lygaid, hyd yn oed am hanner eiliad, ac yn mwytho'i farf.

Erbyn i'r bws gyrraedd y safle nesa, do'n i ddim yn medru dioddef y peth eiliad yn rhagor a gofynnais, 'Be sy'n bod?'

'A,' meddai, gan fwytho'i farf yn arafach fyth. 'Anwybydda fi. Dwi'n tueddu i syllu wrth feddwl yn galed. Ac ar hyn o bryd, dwi'n meddwl am ambell beth diddorol dros ben. Dy awydd di i ddal y lleidr. Er dy ymddangosiad ac er popeth wnest ti i fi, falle nad wyt ti'n fachan cynddrwg wedi'r cyfan.'

Es yn ôl i edrych allan drwy'r ffenestri, ond gallwn deimlo 'nghlustiau'n cynhesu o dan haenau fy sgarff.

'Ro'n i'n meddwl am Mei-Li hefyd,' aeth Thomas yn ei flaen. 'A'r gegin gawl. Mae Cati wedi sôn dy fod ti'n helpu yno. Ond mae rhywbeth yn dweud wrtha i na fyddi di'n mynd yn ôl ar ôl i hyn ddod i ben. Falle ar ôl i ti gael mymryn o glod a thipyn o wobr ariannol hefyd, fyddi di ddim yn teimlo fel helpu Mei-Li eto?'

Saethodd ffrwydrad o fflamau folcanaidd i fyny drwy 'mrest. Gan dynnu'r sgarff chwilboeth i ffwrdd o fy wyneb, gwaeddais, 'Ti'n anghywir! A dwi ddim hyd yn oed 'di clywad am unrhyw blincin' wobr ariannol!'

'Wir?' gofynnodd Thomas. 'Ti'n siŵr am hynny, 'machgen i?'

'PAID â 'ngalw i'n hynny! DIM fi yw dy "fachgen" di,' gwaeddais, cyn i fi fedru rhwystro fy hun. Yr eiliad i'r geiriau adael fy ngheg, dechreuais ddymuno'u dal mewn rhwyd a stwffio'r cyfan yn ôl i mewn eto.

Llonyddodd Thomas am rai eiliadau cyn edrych i ffwrdd, gan nodio ar ei adlewyrchiad yn y ffenest.

'Do'n i dd-ddim yn meddwl . . .' mwmiais, gan gasáu'r ffordd roedd ei ddistawrwydd yn gwneud i fi deimlo.

Cododd Thomas ei ddwylo i fyny ac edrych arna i gan wenu'n ffals, cyn dweud, 'Anghofia'r peth. Do'n i ddim wedi golygu bod mor bersonol. Wnaiff e ddim digwydd eto.'

Syllais ar fy nwylo wrth iddyn nhw afael yn dynn yn y canllaw o 'mlaen. Roedd y bws wedi stopio mewn arhosfan arall. Chwe safle arall i fynd. Ro'n i ar dân isio i'r cyfan fod drosodd o'r diwedd.

Daeth dynes a hogyn bach ar y bws, y ddau'n edrych yn oer am eu bod yn gwisgo siacedi hafaidd a'r noson wedi troi'n rhewllyd iawn yn sydyn. Dringodd y ddau'r grisiau a mynd i eistedd reit yn y cefn. Cymerodd Thomas gip arnyn nhw cyn troi'n ôl ata i. 'Drycha, Brân. Mae'n iawn. Does gen i ddim diddordeb mawr yn dy resymau dros fy helpu i. Y cyfan dwi am ofyn yw nad wyt ti'n brifo Mei-Li. Mae hi wedi bod drwy ddigon fel mae hi.'

'Be dach chi'n feddwl?' gofynnais, gan anghofio 'mod i'n flin ac edrych draw at Thomas. 'Be dach chi'n feddwl, wedi bod drwy ddigon fel mae hi?'

Culhaodd Thomas ei lygaid. 'Ydi Mei–Li erioed wedi sôn am ei mam wrtha ti? Neu wyt ti erioed wedi gofyn i dy hun pam ei bod hi'n gweithio mor galed yn y gegin ac yn yr ysgol pan ddylai hi fod yn ymddwyn fel plentyn ac yn mwynhau'i hun? Neu pam nad yw hi wedi dod â ffrind i'r ceginau cyn dod â ti yno?'

Ysgydwais fy mhen, heb fod isio cyfadde wrth Thomas nad o'n i wedi meddwl am y pethau hynny o gwbwl achos bod Mei–Li yn un o ffefrynnau'r athrawon, a do'n i erioed wedi malio am unrhyw un oedd yn un o rheini o'r blaen. Dim digon i fod yn ffrind iddyn nhw, beth bynnag.

'Well i ti symud draw,' gorchmynnodd Thomas, wrth i grŵp mawr o ddynion a merched swnllyd wedi'u gwisgo mewn secwins a siacedi lledr redeg i fyny'r grisiau ar unwaith gan ganu a gweiddi ar ei gilydd.

'Hunllef i deithiwr nos,' sibrydodd Thomas, wrth iddo eistedd wrth fy ymyl.

Cychwynnodd y bws eto a disgwyliais am esboniad gan Thomas.

'Erioed wedi clywed am lewcemia, Brân?'

Nodiais fy mhen unwaith. 'Mae'n afiechyd, tydi?'

'Ydi,' meddai Thomas gan ochneidio. 'Roedd mam Mei–Li yn diodde ohono. Mae rhai'n gwella ac eraill ddim. Wnaeth mam Mei-Li ddim gwella, a bu farw y llynedd.'

'O,' dywedais, wrth i 'nhrwyn ddechrau cosi. Rhwbiais o'n galed ac edrych i lawr ar hen ddwylo Thomas.

'Ychydig fisoedd ar ôl iddi farw,' aeth yn ei flaen, 'penderfynodd ei thad y dylen nhw symud. Doedd e ddim yn gallu diodde byw yn eu tŷ hebddi. Felly mynnodd bod Mei-Li a'i nain a'i thaid yn symud yma. I Mei-Li, roedd hynny'n golygu gadael ei holl ffrindiau ar ôl. Mae hi a'i thad yn gwirfoddoli yn y gegin oherwydd bod ei mam wedi gweithio i elusen debyg lle ro'n nhw'n arfer byw. Elusen oedd yn helpu merched digartref i adael y strydoedd. Merched oedd angen mymryn bach o gymorth, dyna i gyd.'

'Fel Cati 'dach chi'n feddwl?'

'Ymhlith llawer o rai eraill.'

'Ond sut mae hi'n cael ei helpu pan mae hi'n dal i fod *ar* y strydoedd?' gofynnais. 'Yn enwedig pan mae hi mor —' Rhoddais y gorau i'r frawddeg yn ei chanol, gan gofio bod Thomas yn hen hefyd.

'Mae'n iawn. Gei di ddweud: "hen".' Gwenodd Thomas.

Nodiais wrth i'r bws wibio heibio arhosfan arall a magu cyflymder.

'I rai pobl – fel Cati – er ei bod hi'n nain ac yn –'

'Aros funud, mae Cati'n *nain*?' gofynnais, wedi synnu. Do'n i erioed wedi ystyried y byddai gan rywun sy'n byw ar y stryd blant neu wyrion.

'Mae pedwar o wyrion ganddi,' meddai Thomas, gyda gwên. 'Pethau del. Mae ganddi luniau ohonyn nhw yn ei phabell.'

'Felly pam nad yw hi'n byw gyda nhw?' gofynnais, wrth i'r bws ysgwyd a stopio. Dim ond un stop oedd ar ôl bellach. 'Pam ei bod hi'n aros yn y babell?'

'Weithiau, ar ôl treulio amser hir yn byw mewn un ffordd benodol, mae'n haws dal ati i fyw yn y ffordd sy'n arferol i ti,' meddai Thomas. 'Pan oedd hi'n ifanc, cafodd Cati ei bwlio a'i gorfodi i wneud ambell beth drwg a, wel, dechreuodd feddwl ei bod hi'n ddrwg ei hun. Doedd hi ddim wir yn medru mynd yn ôl at deimlo fel hi ei hun. Mae pobl fel mam Mei-Li a phawb yn y gegin yn helpu pobl fel Cati i deimlo fel nhw eu hunain eto. Yn araf, maen nhw'n eu helpu i ddechrau cofio pethau da, ac i gredu eu bod nhw'n *haeddu* pethau da hefyd. Ond gall hynny gymryd blynyddoedd. A weithiau mae'n haws bod gyda dy gathod a'r ffrindiau sy gyda ti. Falle nad oes gyda ni lawer, ti'n gweld, ond mae gyda ni'n gilydd. Ac os oes rhaid i ni ffarwelio â hynny, yna ry'n ni'n ddigartre yng ngwir ystyr y gair. A! Dyma ni,' meddai, gan bwyso'r botwm.

Daeth cyhoeddiad gan y llais ar y bws, 'Nesaf: Aldwych'. Wrth i'r bws arafu, meddyliais am Cati a'r holl bobl yn y gegin gawl oedd angen dysgu cofio pwy o'n nhw eto am eu bod nhw wedi cael eu bwlio. A sut ro'n nhw wedi cael eu gorfodi i anghofio'r holl bethau da amdanyn nhw eu hunain.

A do'n i ddim isio bod yn rhywun oedd yn gwneud i bobl anghofio pwy o'n nhw . . .

'Sgarff dros dy wyneb, a bant â ni!' sibrydodd Thomas. 'Dere nawr!'

Gan led ddisgyn i lawr y grisiau a chwifio'i law at y gyrrwr, arweiniodd Thomas y ffordd yn ôl i'r stryd. Teimlai'r aer yn oerach fyth ar ôl cynhesrwydd y bws, a lapiais sgarff Dad yn dynnach o amgylch fy wyneb.

'Ddyle fe ddim bod yn rhy hir,' meddai Thomas, gan bwyso yn erbyn yr arhosfan bws. Y tu ôl i ni, roedd dynes â chlustffonau anferth amdani'n rhyw sefyll a dawnsio'r un pryd wrth iddi ddisgwyl am ei bws hi. O weld ni'n dau, camodd oddi wrthon ni a throi'i chefn. Rhwng y staeniau mwd ar fy mhengliniau, y sgarff ryfedd a'r het wlanog, cofiais 'mod innau'n edrych yn debycach i berson digartref bellach hefyd.

Gan ddechrau crynu gan oerfel, symudais fy mreichiau, coesau a thraed er mwyn trio cynhesu. Wrth i fi ddechrau pendroni am gyrraedd y gadeirlan cyn toriad gwawr, rowliodd bws tuag atom, ag 'N15' mawr yn disgleirio ar ei flaen.

'O'r diwedd,' mwmiodd y ddynes a gwthio heibio i Thomas a fi am y bws. Ro'n i'n ysu i sticio 'nghoes allan a'i baglu hi am fod mor ddigywilydd wrth Thomas, ond cefais fy nal yn ôl ganddo a gadewais iddi basio.

'Cofia, llygaid i lawr, tocyn i fyny, ac arhosa'n agos,' sibrydodd Thomas, cyn camu ar y bws a dangos ei docyn.

Daliais fy un i fyny hefyd, ond doedd y ddynes y tu ôl i'r llyw ddim fel petai'n malio a gyrrodd i ffwrdd eto cyn i fi ddechrau dringo'r grisiau.

'Arhoswn ni i lawr, fan hyn,' meddai Thomas, gan gipio sedd wrth ymyl y drws. 'Tri stop arall.'

Eisteddais yn dawel wrth ei ymyl. Yng nghornel pellaf cefn y bws, gallwn weld rhywun yn lledorwedd ar sedd, ei gôt yn gorchuddio hanner ucha'u corff. Roedd hi'n ymddangos bod Llundain yn llawn teithwyr nos.

'Nesaf: Chancery Lane . . .'

'Nesaf: Shoe Lane . . .'

Ym mhob arhosfan, agorodd y drysau er mwyn gadael pobl oddi ar y bws a gadael i wynt chwythu i mewn. Ro'n i'n teimlo'n boeth rŵan ein bod ni'n ôl ar fws cynnes yn gwisgo cymaint o haenau ac yn falch ein bod ni'n eistedd wrth y drysau. Roedd llygaid Thomas ar gau, a dechreuais bendroni a oedd o'n meddwl yr un pethau â fi. Pethau fel: be o'n ni am wneud os o'n ni'n anghywir a'r Lleidr Anweledig ddim yn dod i'r gadeirlan heno? Neu be os o'n nhw wedi mynd a'n bod ni wedi'u colli nhw'n llwyr?

'Nesaf: Ludgate Circus.'

'Amser mynd,' sibrydodd Thomas.

Wrth i'r drysau lithro ar agor, ymlusgais ar ei ôl ac ar hyd y stryd wag. Yn codi o'n blaenau fel llong anferth o graig oedd Cadeirlan St Paul. Ond yn hytrach na bod yn wyn ac yn llonydd, roedd ei holl arwyneb wedi'i droi yn un sgrin sinema fawr. Fflachiai lluniau o ddynion a merched mewn lifrau milwrol ar draws ei phileri a'i briciau ac ar draws y cloc aur oedd yn dangos ei bod bron yn chwarter i hanner nos. Dyma ddathliadau Diwrnod VE, yn union fel roedd Cati wedi disgrifio.

Gyda Thomas yn gafael yn fy mraich, cefais fy nhynnu y tu ôl i siop ar y gornel, a sibrydodd yr hen ddyn, 'Beth am gadw golwg o'r fan yma am nawr? Mae'r cyngerdd wedi gorffen, felly dylai'r gadeirlan fod yn wag. Cadwa lygad am unrhyw symudiadau rhyfedd. Cofia, dy'n ni ddim yn gwybod ydyn nhw'n bwriadu dwyn rhywbeth oddi ar gerflun o'r Frenhines Fictoria draw fan'co, neu'n targedu rhywbeth yn yr adeilad ei hun. Os ydyn ni wedi dewis yr eglwys gywir, hynny yw . . .'

Cymerais gip ar y cerflun enfawr, hufennog o wyn, o ddynes â choron aur ar ei phen. Roedd hi'n cario ffon a phêl fel petai hi ar fin chwarae gêm o rownderi. Ella mai dyma oedd targed nesa'r lleidr wedi'r cwbwl. Byddai'n hawdd iawn iddo hongian o wddw'r frenhines er mwyn dwyn ei holl offer chwaraeon hi.

Wrth i ni ddisgwyl, edrychais o 'nghwmpas rhag ofn bod 'na unrhyw lympiau'n trio cysgu mewn drysau allai ddechrau symud a throelli'n sydyn fel planhigion dynol. Ond doedd neb o fewn golwg. Yr unig beth allwn i weld oedd cwpwl yn dal dwylo ac yn cerdded at y gadeirlan ar ochr arall y stryd, yn cusanu ac yn chwerthin yn uchel.

'Thomas, dwi'n meddwl ein bod ni yn y lle anghywir,' sibrydais, gan dynnu ar lawes Thomas. 'Mae'r goleuadau traffig a goleuadau'r adeiladau a phopeth yn dal i weithio. Does dim byd wedi'i ddiffodd.'

Ond roedd Thomas yn edrych i fyny at y gadeirlan ac yn crechwenu. 'Dwi'n meddwl ein bod ni yn yr *union* le cywir. Drycha. Lan fan 'na. Dyw'r goleuadau y tu *mewn* i'r gadeirlan ddim 'mlaen.'

'Pa oleuadau?'

Pwyntiodd Thomas at yr ail res o bileri uwchben drysau anferth y gadeirlan. 'Weli di'r ffenest 'na?' gofynnodd. 'Wel, mae golau yno *drwy'r* amser. Mewn ugain mlynedd ar y strydoedd ac ar fysiau, dwi ddim wedi gweld y golau wedi'i ddiffodd unwaith.'

'Ella mai'i ddiffodd achos y sioe VE wnaethon nhw?' cynigiais.

Ysgydwodd Thomas ei ben. 'Fyddai'r golau ddim yn cael ei droi i ffwrdd heddiw, o bob diwrnod. Ma fe i fod i gynrychioli gobaith tragwyddol i bawb sy'n ei weld. Dwi'n credu bod dy leidr y tu mewn i'r gadeirlan yn barod, yn dewis rhywbeth eithriadol o werthfawr i'w ddwyn.'

'Mwy gwerthfawr na ffon aur y Frenhines?' gofynnais, ddim yn siŵr be allai fod yn ddrutach na ffon wedi'i gwneud o aur.

'Llawer mwy gwerthfawr,' sibrydodd Thomas. 'Mae angen i ni frysio. Dere, does neb o gwmpas bellach.'

Gan symud yn gyflym, arweiniodd Thomas y ffordd heibio i res o siopau wedi cau ac i fyny at swyddfeydd dros y ffordd i ochr y gadeirlan oedd wedi'u hamgylchynu gan res o gatiau byr duon. Rhwng y gatiau, ar dop y grisiau, wrth ymyl drws du, sgleiniog yn arwain at swyddfa, roedd arwydd aur â dau gleddyf wedi'u croesi fel llythyren 'X', a'r geiriau 'Swyddfeydd Gweinyddol Cadeirlan St Paul' wedi'u stampio arnyn nhw.

Gan edrych o gwmpas er mwyn gwneud yn siŵr ein bod ni'n dal i fod ar ein pennau ein hunain, agorodd Thomas y giât. Ond yn hytrach na dringo'r grisiau oedd yn arwain at ddrws y swyddfa, trodd i fynd i lawr ychydig o risiau mwy serth oedd yn edrych fel petaen nhw'n arwain at ogof danddaearol. Dilynais yr hen ddyn i lawr a chyrhaeddodd y ddau ohonon ni ddrws llai gyda ffenest fach gron uwch ei ben, a ffenest lawer mwy wrth ei ymyl.

Edrychodd Thomas i lawr arna i. 'Ti'n meddwl elli di wneud e? Dyna'r unig ffordd o fynd i mewn heb gael dy weld nac achosi i unrhyw larymau sgrechian.'

Ro'n i isio ysgwyd fy mhen. Am syniad gwallgo! Sut oedd rhywun i fod i ffitio drwy'r ffenest fach gron 'na? Ro'n i'n rhy fawr o lawer. A'r ffenest yn rhy fach – ac yn rhy uchel – a ddim ar agor, debyg iawn! Ond meddyliais am rybudd Mei-Li – bod y cynllun yn ddewr, ac na fyddai'n gweithio os nad o'n i'n ddewr hefyd – felly doedd dim amdani ond nodio'n dawel.

'Shhh! Arhosa!' meddai Thomas, yn rhewi.

Rhewais innau hefyd. Ar y palmant uwch ein pennau, clywsom sŵn traed yn atseinio. Pasiodd y synau droston ni a distewi yn y pellter.

'Iawn,' nodiodd Thomas, gan fy helpu i dynnu 'mag, fy nghôt drwchus a sgarff Dad.

'Cadwa'r het ar dy ben – rhag ofn,' sibrydodd Thomas. 'Cofia nawr, does dim larwm ar y ffenest oherwydd ei maint. Gwthia drwyddi'n ysgafn, gwna'n siŵr dy fod ti'n glanio'n ddiogel, ac yna dere i ddatgloi'r ffenest fawr i fi. Cofia, mae'n rhaid i ti bwyso'r botwm gwyrdd ar y wal – os na wnei di hynny, bydd y larwm yn canu wrth i ti godi'r glicied.'

'Iawn,' sibrydais, yn ofni gormod i ddweud unrhyw beth arall.

'Bachan dewr,' sibrydodd Thomas yn ôl, a rhoi fflachlamp fach i fi. Cododd fi ar ei ysgwyddau, cydbwyso'i hun – a finnau – wrth i fi ymestyn i fyny a chyffwrdd y ffenest gron. Yn ôl ei addewid, agorodd y ffenest am i mewn wrth i 'mysedd ei chyffwrdd. Gwnes fy ngorau i dynnu fy hun i fyny at yr agoriad, ond roedd fy nghorff yn rhy drwm.

'*Yn uwch*,' sibrydais. Griddfanodd Thomas wrth iddo 'ngwthio jest yn ddigon uchel i fi fedru lapio 'nwy fraich o amgylch yr agoriad. Tynnais fy nghorff drwy'r ffenest nes bod dim byd ond fy nghoesau'n sticio allan, ac oedi; yna, gan anadlu'n drwm, gwthiais fy hun 'mlaen a glanio gyda chnoc cyn hanner rowlio 'mlaen ar y carped o dan yr agoriad. Lwc bod Thomas wedi mynnu 'mod i'n cadw'r het!

Wrth gynnau'r fflachlamp, des o hyd i'r stafell ar y dde oedd yn arwain at y ffenestri blaen, yn union fel roedd Thomas wedi disgrifio.

Draw â fi at y llenni gwynion anferth oedd yn gorchuddio'r ffenestri, a thynnu'r cwbwl lot ar agor a gweld Thomas yn aros amdana i ar yr ochr draw, yn mwytho'i farf mor daer nes y gallai'n hawdd fod wedi'i rhwygo o'i wyneb. Ar ôl fy ngweld i, cododd ei fawd. Des o hyd i'r botwm gwyrdd ar y wal, a'i bwyso, ac wrth afael yn y glicied, llithrais hanner gwaelod y ffenest i fyny ac ar agor. Gollyngais fy mag ynghyd â chôt a het Thomas tu allan, a phenliniodd hwnnw a gwasgu i mewn i'r stafell fel cysgod.

'Gwaith gwych, Brân. Ond paid byth â gwneud hyn eto,' meddai, gan guro 'mraich yn ysgafn. 'Dyma'r tro ola i ti dorri i mewn i adeilad hanesyddol.'

Gwenais, gan drio penderfynu am faint fyddai Mr Lancaster yn fy nghadw ar ôl ysgol tasa fo'n medru 'ngweld i heno.

'Nawr, wyt ti'n siŵr nad wyt ti eisie aros fan hyn?' sibrydodd Thomas.

'Dim ffiars! Wnest ti addo y byswn i'n cael helpu dal y lleidr!'

'Siŵr?'

Nodiais yn ffyrnicach nag erioed o'r blaen.

'Dyna ni felly. Arhosa'n agos ata i.'

Gan arwain y ffordd i'r coridor, oedodd Thomas o flaen drws pren bach o dan y grisiau. Agorodd y drws bach, a'r tu ôl iddo roedd cwpwrdd gwag.

'Dalia'r fflachlamp yn llonydd,' sibrydodd, wrth iddo fynd ar ei liniau wrth ymyl trap-ddôr mawr haearn oedd yn rhan o'r llawr. Yn union fel roedd o wedi'i ragweld.

'Cofia. Paid ag anadlu'n rhy ddwfn. Anadla'n fyr ac yn gyflym nes i ni gyrraedd y pen, iawn? Mae'n bwysig gwneud hynny er mwyn arbed aer. Mae'r gadeirlan yn ddigon agos, ond mae'r llwybr tanddaerol yn ddwfn ac yn llithrig – sy'n gallu gwneud iddi *ymddangos* yn bell. Neu o leia, dyna 'nghof i o weithio i'r tîm archifau slawer dydd.'

Ro'n i wedi cyffroi gormod i ateb, a Thomas yn llawn gormod o gyffro i ddisgwyl am un. Daliais y fflachlamp mor llonydd â phosib wrth iddo afael yn y cylch haearn gan godi'r trap-ddôr yn araf. Islaw roedd rhes fer o risiau'n arwain i ganol pwll o wacter tywyll.

'Dyma ni'n dod, Paul,' addawodd Thomas, wrth iddo dringo i lawr i'r twll a chael ei lyncu'n sydyn gan y twnnel oddi tano. Wrth i fi ei ddilyn i lawr, dechreuodd y waliau a'r lloriau ddirgrynu o'n cwmpas. Roedd cloc Paul yn taro hanner nos, a'i glychau'n atseinio er mwyn dweud wrth y byd bod diwrnod newydd ar fin cychwyn.

$$\frac{2}{10}$$

Y DYN PUMWYNEBOG

Gan wneud fy ngorau i beidio â phesychu yn yr awyrgylch llychlyd a thrymaidd, sgrialais ar ôl Thomas, gan ddilyn y cylch golau oedd yn dod o'r fflachlamp at ben pella'r twnnel.

'Shhhh!' sibrydodd Thomas, wrth i ni gyrraedd ysgol haearn fer o'r diwedd, oedd yn arwain at ddrws bach pren. 'Paid â symud heblaw 'mod i'n dweud rhywbeth.'

Wrth ddringo hanner ffordd i fyny'r ysgol, diffoddodd y fflachlamp. Estynnais fy nwylo a chyffwrdd yn waliau'r twnnel. Doedd dim arlliw o olau yn unman, a dim byd i fy helpu i weld – yn union fel y noson honno yn Piccadilly Circus.

Uwch fy mhen, clywais sŵn cracio isel yn atseinio o'n cwmpas.

Wedyn distawrwydd.

'Thomas?'

Atseiniodd swn 'Shhhh!' arall oddi ar y waliau.

Arhosais, ddim yn siwr ai o rywle yn y gadeirlan neu o 'mrest roedd y swn cnocio uchel yn dod.

'Estyn dy ddwylo yma,' gorchmynnodd Thomas uwch fy mhen i.

Estynnais i fyny at swn y llais a tharo fy llaw yn erbyn yr ysgol ar ddamwain. Atseiniodd swn metelaidd i lawr y twnnel ac yn ôl i fyny eto.

'Ddrwg gen i,' sibrydais, gan drio eto, yn arafach. Y tro hwn, daeth fy mysedd o hyd i flaenau rhai Thomas a gafael yn dynn ynddyn nhw. Gerfydd fy arddyrnau ac wedyn fy nghanol, cefais fy nhynnu i fyny gan yr hen ddyn fel bwced o ffynnon, cyn iddo 'ngosod i lawr ar ddarn oer a chaled o farmor. O'r nenfwd uwch ein pennau, gallwn glywed swn suo uchel, fel petai pry anferth wedi'i garcharu rhwng y lloriau.

Cynheuodd Thomas y fflachlamp a llenwi'r stafell â golau gwyn. Ro'n ni mewn neuadd fawr danddaearol, a cherfluniau a bwâu carreg enfawr wedi'u gwasgu i lawr gan nenfwd isel. Ar un ochr o'r neuadd roedd stafell wydr hir: y 'Siop Anrhegion', ac ar draws y ffordd roedd arwyddion yn pwyntio tuag at y toiledau. O'n blaenau roedd y caffi, a'r holl fyrddau a chadeiriau wedi'u gadael y tu allan i'r drysau a'u gosod rhwng cerfluniau carreg anferth.

Ond o bopeth o'n cwmpas ni, y llawr oedd fwya diddorol. Roedd wedi'i orchuddio ag ysgrifen grand a throellog wedi'i cherfio ar slabiau hir, petryal. Ymhen dim, sylweddolais mai sillafu enwau pobl ac adrodd straeon am bwy o'n nhw cyn marw oedd yr ysgrifen. Pan soniodd Thomas mai'r unig ffordd o dorri i mewn i'r gadeirlan heb chwalu unrhyw beth na chanu'r larymau oedd sleifio drwy dwnnel i selar yr eglwys, do'n i ddim wedi deall y byddai'r selar hwnnw'n cynnwys llwyth o bobl wedi'u claddu.

'Ry'n ni yn y crypt,' esboniodd Thomas. 'Drycha.' Pwyntiodd y fflachlamp o'i flaen at gegin yn cuddio mewn cysgodion y tu ôl i gownter hir. 'Weli di nad oes un o'r peiriannau 'mlaen? Dim hyd yn oed goleuadau'r oergell. Rhywsut maen nhw wedi torri trydan i'r adeilad heb effeithio ar y grid cyfan. Sy'n golygu na fydd yr un o'r larymau'n gweithio. Craff iawn. Dere. Ffordd hyn.'

Rhedodd at set o ddrysau gwydr trymion, gan dynnu un ar agor ac amneidio arna i i frysio. Cyrhaeddodd y ddau ohonon ni risiau oedd yn troelli o gwmpas at res arall, lawer llai, a llonyddodd Thomas cyn diffodd y fflachlamp eto. Ond doedd y fan hon ddim mor dywyll â'r twnnel, achos bellach roedd yna ffenestri uchel ar y waliau, gan daflu goleuadau'r lleuad a lampiau stryd i lawr ar ein pennau.

Roedd y swn suo'n agosach erbyn hyn, ac ro'n ni'n medru clywed lleisiau hefyd.

Gan ymestyn i boced ei gôt, estynnodd Thomas am bedwar o glecwyr parti siâp poteli siampên a'u rhoi i fi.

'Yr unig rai oedd ar gael,' meddai'n chwareus. 'Barod? Ti'n cofio'r cynllun?'

Gwichiais yn hytrach na chytuno'n gall wrth i fi ddal y clecwyr yn erbyn fy mrest. A ninnau yma bellach, roedd y cynllun yn ymddangos yn gymaint mwy brawychus ac amhosib nag y swniai'n gynharach y prynhawn hwnnw.

Siarsiodd Thomas fi i wthio fy hun yn erbyn y wal a gwneud fy hun mor fflat â phosib, gan arwain y ffordd at ddau ddrws gwydr oedd yn agor yn syth i'r prif neuadd. Wrth i ni nesáu atyn nhw, daeth y stafell anferth y tu hwnt i'r golwg yn gliriach. Disgleiriai teils llawr du a gwyn yn y tywyllwch fel bwrdd gwyllbwyll gloyw, diddiwedd. Ro'n nhw'n gorwedd o dan gromen aur anferth, mewn siâp cwpan te pen i waered ac wedi'i dal yn ei lle gan filiwn o fwâu. Ac yno, yn union o dan y gromen, yng nghanol cylch o deils gwyn llachar â seren bigog wedi'i stampio ar bob un, roedd pelen o dân gwyllt wedi'i gwneud o sbarciau oren a melyn. Yn union fel yn Piccadilly Circus.

Ond roedd mwy nag un belen yno. Gwelais un arall . . . ac un arall . . . ac un arall.

Roedd 'na bump o ladron yn y stafell o'n blaenau! A phob un wedi'u gwisgo mewn cotiau duon crychlyd a threnyrs ac roedd gan bob un farf drwchus hefyd, a'r cyfan yn trio torri drwy rywbeth yn y llawr.

'Ro'n i'n meddwl mai dim ond un fydde 'na,' meddai Thomas, gan edrych yn ddryslyd.

'Mae pump yn *ormod*,' sibrydais wrth Thomas, fy llais bellach yn ysgwyd bron gymaint â 'nwylo. 'Be am i ni fynd yn ôl i lawr a ffonio'r heddlu?' mynnais, gan ddifaru bod Mam a Dad yn meddwl 'mod i'n rhy ifanc i gael ffôn symudol.

'Fyddan nhw wedi mynd erbyn hynny,' sibrydodd Thomas. 'Drycha, maen nhw wedi torri drwy'r llawr yn barod!'

Roedd o'n iawn. Ar yr union foment honno, clywais sŵn CLONC uchel wedi'i ddilyn gan sawl ochenaid gwynfanllyd. Roedd y lladron yn trio codi disg mawr aur oedd wedi'i dorri allan o'r llawr marmor. Gallwn weld ysgrifen droellog o gwmpas ei ochrau, ac arwydd y ddau gleddyf yn disgleirio ar ei ganol, yn union fel ar ddrws mawr du'r swyddfa.

Roedd un o'r lladron wedi dechrau chwistrellu symbol melyn ar lawr y gadeirlan yn barod. Edrychai fel hafaliad mathemateg, â'r rhif dau uwchben llinell a'r rhif deg odd tano.

'Coelia fi,' sibrydodd Thomas. 'Wnawn ni *wneud* i hyn weithio, dwi'n addo. Cofia di redeg mor gyflym â phosib, iawn? Nawr ein bod ni'n gwybod bod y larymau'n sicr wedi'u diffodd, dylai hynny fod yn ddigon hawdd i ti. Gobeithio bod Cati wedi llwyddo i ledaenu'r neges mewn pryd.'

A heb roi cyfle i fi ddweud y byddai pump o ladron yn debyg o'i frifo'n ddrwg, ac nad o'n i isio gweld hynny'n digwydd a 'mod i'n ofni y bydden nhw'n dod ar fy ôl i hefyd, cefais fy ngwthio'n ôl rownd y gornel gan Thomas, cyn iddo agor y drysau a rhuthro yn ei flaen.

'NOSWAITH DDA, GYFEILLION! FELLY BETH YW YSTYR HYN I GYD?'

Daeth yr holl daro haearn a'r synau chwistrellu a griddfan i ben ar unwaith. Daeth saib rhewllyd ac yna gwaeddodd llais dynes yn ôl, 'PWY YN Y BYD Y'CH CHI?'

Gallwn glywed sŵn traed Thomas yn cerdded yn gyflym at ganol y gromen.

'Mae'n ddrwg gyda fi, ffrind. Fi yw'r dyn sy'n cael ei feio am eich troseddau chi. Felly ro'n i'n meddwl y byddwn i'n galw heibio er mwyn gweld be rwy wedi bod mor brysur yn ei ddwyn y tro 'ma!'

Gwthiais y clecwyr parti i boced fy nhrowsus a sbecian o amgylch ochr y grisiau, fy mherfeddion yn teimlo fel petaen nhw isio dianc allan o 'nghorff.

Dyma ni. Roedd y lladron i gyd yn edrych i gyfeiriad Thomas. Dyma 'nghyfle i sleifio i'r neuadd, heibio iddyn nhw at y prif ddrysau cyn tanio'r clecwyr y tu allan, fel bod ffrindiau Cati'n dod i'n helpu ni i ddal yr holl ladron a bod yn dystion i'r cyfan a'u llusgo nhw at yr heddlu! Yr unig beth oedd angen i fi wneud oedd *symud*!

Ond allwn i ddim. Yn hytrach, roedd fy nwylo'n gafael yn y waliau a 'nhraed yn gwrthod gadael y llawr.

Roedd symud yn amhosib. Er gwaetha'r hyn roedd pawb wedi'i feddwl amdana i erioed, do'n i ddim yn ddigon dewr. Ro'n i'n dda i ddim. Do'n i'n ddim ond yn grwt o ffŵl oedd byth yn medru gwneud unrhyw beth yn iawn!

Dechreuodd y lladron i gyd amgylchynu Thomas, eu dwylo wedi'u hymestyn, yn barod i'w frifo.

'Dewch 'mlaen 'te,' meddai Thomas. Roedd ei lais yn ddigyffro, ond gallwn ddweud ei fod yn teimlo'n ofnus. 'Sdim angen mynd ar ôl hen ddyn fel fi. Yn enwedig un sydd wedi dylanwadu cymaint ar eich steil chi.'

Wrth i un o'r lladron mwyaf lamu 'mlaen a gafael ym mreichiau Thomas, herciodd fy nghorff innau yn ei flaen wrth i 'nhraed ddechrau symud mor gyflym fel nad o'n i'n medru teimlo'r tir oddi tanyn nhw, hyd yn oed.

'HEI! GADEWCH LONYDD IDDO, Y LLWFRGWN!' llefais. Wrth i bawb droi i syllu arna i, cofiais yn rhy hwyr mai'r cynllun oedd i fi redeg *yn dawel bach* at y prif ddrysau – heb i unrhyw un weld! Gan anwybyddu'r chwe wyneb barfog syn, gwichiais yn fy nhreinyrs tua'r chwith a dechrau rhedeg fel y gwynt i lawr y llwybr ar ochr y gadeirlan.

'AR EI ÔL O!' sgrechiodd y ddynes, gan achosi i storm o sŵn traed atseinio drwy'r adeilad ar unwaith.

'BRÂN! TU ÔL I TI!'

Cymerais gip dros fy ysgwydd. Roedd un o'r lladron ar fy sodlau'n barod! Neidiais i'r dde a thynnu lliain – oedd â chanhwyllau enfawr ar ei ben – oddi ar fwrdd gan adael iddyn nhw gloncian y tu ôl i fi. Gallwn glywed twrw mawr wrth i'r lleidr faglu drostyn nhw a llithro ar hyd y llawr, gan chwalu fel pêl fowlio a tharo pentwr o gadeiriau pren.

Wrth dorri ar draws y neuadd at ganol y stafell lle'r oedd yr holl feinciau hir, gwelais ddau o'r lladron eraill yn rhedeg tuag ata i o ochr arall y seddi. Fel petawn i mewn ras glwydi, neidiais dros y meinciau, un ar ôl y llall. Ond roedd y coridor yn rhy hir a'r drysau'n rhy bell i ffwrdd ac roedd hi'n mynd yn anoddach ac yn anoddach i godi 'nghoesau'n ddigon uchel. Gallwn weld llyfrau emynau'n gorwedd ar rai o'r seddi a chlustogau, felly gafaelais yn ambell un ohonyn nhw cyn troi ar fy sawdl, a dechrau eu taflu at y lladron.

'AAAAACH! RHO'R GORA IDDI!' llefodd un o'r lladron mewn llais dwfn iawn, wrth i fi anelu llyfr yn berffaith tua chanol ei dalcen.

Neidiais i lawr o'r fainc ro'n i'n sefyll arni. Roedd un lleidr yn symud yn gyflym tuag ata i ond doedd dim llyfrau emynau ar ôl! Gwasgais fy hun yn erbyn y llawr, gan ddechrau teimlo fy ffordd at lyfr oedd wedi'i ollwng, neu unrhyw beth arall oedd yn bosib ei daflu ato. Wrth i fi ymbalfalu â 'nwylo, sylweddolais fod bylchau rhwng coesau'r meinciau oedd yn ddigon mawr i fi rowlio oddi tanyn nhw. Felly disgynnais i lawr ar fy mol a rowlio'n ôl at lle'r oedd Thomas yn cael ei ddal yn garcharor gan ddau leidr, ac oedi ychydig resi i ffwrdd. Gan ddal fy anadl, disgwyliais i'r lladron o 'mlaen sylweddoli nad o'n i lle ddylwn i fod.

'Lle mae o?' sgrechiodd y ddynes.

'Dim syniad!'

'Wel, sbïwch o dan y meinciau!' llefodd hithau.

Cropiais ar ben y fainc yn gyflym, a gorwedd yn fflat ar y sedd hir, gul ac aros yn dawel.

'Dyw o ddim oddi tanyn nhw!' bloeddiodd un o'r lladron.

Wrth i fi glywed y ddau leidr arall yn sefyll ar eu traed eto, gollyngais fy hun i'r llawr, a dechrau rowlio'n dawel yn ôl at y prif ddrysau. Ond gallwn glywed sŵn traed y lladron yn oedi bob hyn a hyn, gan olygu eu bod nhw'n edrych o dan a thros bob un rhes ar eu ffordd drwy'r neuadd.

'Gadewch lonydd iddo!' gwaeddodd Thomas. 'Dim ond plentyn yw e. Does 'da fe ddim i'w wneud â hyn.'

'Cau hi, hen ddyn!' sgrechiodd y ddynes, wrth iddi wneud rhywbeth digon drwg i wasgu sgrech allan o Thomas.

Do'n i ddim am adael iddyn nhw ei frifo! Doedd dim dewis ond tynnu sylw'r lladron eto felly gorchmynnais fy ymennydd i weithio mor gyflym ag y gallai!

Y llyfrau emynau . . . doedd gen i ddim byd arall . . .

Gan gipio un arall o'r fainc uwch fy mhen, llithrais y llyfr ar hyd y stafell. Do'n i ddim yn medru gweld lle aeth o, ond trawodd yn erbyn rhywbeth metel gan atseinio'n uchel.

Roedd wedi taro yn erbyn gwaelod canhwyllbren fawr bres.

Newidiodd cyfeiriad sŵn traed y lladron, gan anelu at y rhan o lle ddaeth y twrw, wrth i un ohonyn nhw weiddi, 'Wedi dy ddal di!'

Gan drio peidio â chwerthin, rowliais yn fy mlaen. Ond wrth i fi gyrraedd y rhes ola o feinciau a gallu gweld gwaelodion y drws anferth, ffrwydrodd rhywbeth yn erbyn fy nghoes gyda 'BANG' uchel!

Yn ddamweiniol, ro'n i wedi tynnu llinyn un o'r clecwyr wrth rowlio, a bellach roedd stribedi o bapur yn ffrwydro allan o 'mhoced.

'Y DRYSAU!' llefodd tri lleidr ar unwaith. Rhoddais y gorau'n llwyr i guddio a rhedeg nerth fy nhraed at y drysau. Ar ôl cyrraedd, ceisiais â'm holl nerth i dynnu'r drws lleia ar agor yn union fel roedd Thomas wedi awgrymu, ond doedd o ddim am symud. Roedd ar glo! Rhedais a thrio'r un wrth ei ymyl, ond roedd hwnnw ar glo hefyd!

'GWTHIA FO, BRÂN! *GWTHIA*!'

Wrth gwrs!

Gan redeg a neidio, gwthiais yn erbyn y drws a rhuthro allan i ganol y noson oer, a glanio ar dop y prif risiau. Llifodd tonnau o oleuadau lliwgar drosta i wrth i'r llun ar flaen y gadeirlan newid. Edrychais o 'nghwmpas gan ddisgwyl gweld rhywun oedd yn barod i helpu – wedi'u galw gan Cati – ond doedd neb yno. Roedd y strydoedd mor wag ac mor ddistaw ag erioed.

Gwthiais fy llaw i 'mhoced a thynnu cleciwr allan yn frysiog er mwyn rhoi arwydd – ond dyna'r un oedd wedi ffrwydro'n barod. Rhoddais gynnig arall arni ond cyn i 'mysedd fedru gweithio'u ffordd at waelod y stribedi papur, gafaelodd pâr o ddwylo yn fy ngwddw.

'Wedi dy ddal di,' meddai llais dwfn a chras.

Dechreuais ysgwyd a gwingo ond roedd ei afael yn rhy gryf.

Daeth lleidr talach a llawer teneuach i ymuno â ni. Gallwn weld rhywbeth yn disgleirio ar ei law. Modrwy aur, gron oedd hi, ar ei fys bach.

Anelais gic at ei goes, ond wnaeth hynny ddim byd ond gwneud iddo chwerthin. Dyna'r un chwerthiniad ro'n i wedi'i glywed yn atseinio o gwmpas Piccadilly Circus.

'Wel, wel, wel . . .' Gan dynnu'i farf ffug, rhoddodd y dyn wên. 'Dyma ddiddorol.'

Gwgais. Ro'n i'n nabod ei wyneb – ac nid o Piccadilly Circus yn unig. Ro'n i wedi'i weld yn rhywle arall hefyd. Ar y teledu . . . yn stiwdio Dad . . . yn cyflwyno siec i ddynes fach mewn siwmper oren lachar . . . dynes oedd yn gweithio i loches y digartref!

'Be am i ni fynd i mewn a chael sgwrs fach gyda dy ffrind, ia?' meddai. 'Dwi'n siŵr y bydd hynny'n ddiddorol iawn.'

'ARHOSA DI!' meddai llais awdurdodol, wrth i ffurf dynes gamu o'r tu ôl i'r cerflun o'r Frenhines Fictoria ar waelod y grisiau.

Cati!

'Peidiwch â chyffwrdd yn y dyn ifanc 'na, syr,' llefodd Mason, yn camu o'r cysgodion ar ochr arall y cerflun.

Yna, dros y gorwel o rywle, fel petaen nhw'n rhan o'r adeiladau a'r coed o'n cwmpas, camodd o leia ddeg o ddynion a merched ro'n i'n eu hadnabod o gegin gawl Mei-Li allan i'r goleuadau.

Eiliad yn ddiweddarach, cafodd y stryd ei goleuo gan fflachiadau glas wrth i gar heddlu stopio â gwich wrth ymyl Cati, â'r Swyddogion Miriam a Philip yn neidio allan.

'DYNA DDIWEDD ARNI, SYR NESBIT!' gwaeddodd PC Miriam. 'NAWR TYNNWCH Y FARF 'NA A CHAMWCH YMLAEN – A CHODI EICH DWYLO.'

11

MAINC YR ARWR

'Pwy fydde wedi meddwl?' meddai Cati. 'Syr Nesbit *a'i* ferch Felicity . . .'

Ro'n ni'n eistedd ar risiau'r gadeirlan – Cati, Thomas, Mason a fi.

'Ac yntau'n ddyn busnes ac yn filiwnydd yn helpu i adeiladu llochesi i'r digartre, a hithau'n un o hoelion wyth y wlad! Ac mewn gwirionedd, y ddau'n lladron. Dwi wedi gweld y cyfan nawr . . .'

O'r tu ôl i ni, gallwn glywed sŵn ymladd a gweiddi a throdd y pedwar ohonom i weld PC Miriam a PC Philip yn gwthio Syr Nesbit a'i ferch i lawr y grisiau ac at y ceir heddlu oedd yn disgwyl amdanyn nhw.

'Gadewch i fi fynd! Dwi wedi fy urddo'n farchog! Yn farchog, chi'n clywed?' llefodd Syr Nesbit, gan wingo i bob cyfeiriad mewn ymdrech i ryddhau ei hun o'i gyffion.

'Ydyn, ry'n ni'n gwybod,' meddai PC Miriam, wrth ei wthio yn ei flaen. 'Fyddwch chi'n farchog mewn carchar yn fuan iawn, peidiwch chi â phoeni.'

'Bydd ddistaw, Dad!' meddai Felicity, gan drio'i gicio â'i threnyrs. Rŵan 'mod i'n gweld ei hwyneb heb y farf ffug, sylweddolais 'mod i wedi'i gweld hi o'r blaen hefyd – nid ar y newyddion, ond ar glawr llyfr roedd Mam wedi bod yn ei ddarllen y llynedd. Rhywbeth am ferched â phŵer a nerth.

Cyn iddyn nhw ein pasio, stranciodd Syr Nesbit, gan orfodi pawb i stopio. Edrychodd i lawr ar Thomas, a gweiddi, 'TI! Rhag dy gywilydd di'n amharu â rhywun fel FI! Dwi am ddial arnoch chi, y parasitiaid drewllyd, digartre! Gewch chi weld! Wnewch chi 'mo ngyrru i allan o 'NINAS I – fy swydd i yw gyrru'r cwbwl lot ohonoch CHI allan! Ro'n i wir am wneud Llundain yn lle gwych eto. Ddim yn lle sy mor ferw o bobl ddigartre nes bod neb isio byw na gweithio yma . . . lle sy mor llawn llygod mawr fel chi, mae hanner yr adeiladau fwy neu lai yn ddi-werth. A fy eiddo i yw'r Maer hefyd! Fydd Mr Bainbridge yn eich gyrru chi allan eto. Fy nghyfreithiau I yw ei gyfreithiau O – dyna sut mae'r byd yn gweithio! Wnewch chi *byth* ennill!'

'CAU hi, Dad!' rhybuddiodd Felicity eto wrth i un o'i chiciau lwyddo o'r diwedd i gysylltu â ffêr ei thad.

Ysgydwodd Thomas ei ben yn araf a sefyll ar ei draed. Digon gwir ei fod yn fyrrach, a'i wyneb yn fwy blewog ac yn flerach ac yn edrych yn hŷn, ond Thomas oedd yr un a edrychai fel marchog bryd hynny. Nid Syr Nesbit.

'Gwrandewch chi,' meddai Thomas yn dawel, wrth i Syr Nesbit grychu'i drwyn mewn atgasedd a thrio symud i ffwrdd. Ond roedd PC Miriam yn dal ei ddwylo'n dynn ac yn ei orfodi i sefyll yn llonydd.

'Falle nad ydyn ni'n farchogion, na hyd yn oed yn berchen ar dŷ. Ond o leia dy'n ni ddim yn esgus bod yn rhywbeth gwahanol. Dy'n ni ddim yn rhoi arian cyn pobl. A dy'n ni ddim yn dwyn oddi wrth ein dinas er mwyn gwneud ein hunain yn gyfoethocach ac yn fwy pwerus. Dim ond un paraseit drewllyd sy 'ma, a chi yw hwnnw, mae gen i ofn. Nid ni. *Syr*.'

Gan orffen efo gwên, nodiodd Thomas ar PC Miriam er mwyn dangos fod ei araith ar ben. Gwenodd hithau'n ôl wrth i Syr Nesbit chwythu a phwffian ei fochau, 'Dewch 'mlaen, Syr, mae'n bryd mynd â chi i'ch cartre newydd,' meddai, gan wthio'r marchog i mewn i'r car.

Wrth i Felicity ddilyn, ysgydwodd Thomas ei ben unwaith eto. 'Tri ar unwaith,' meddai, gan edrych yn drist. 'Syr Nesbit, ei ferch *a'r* maer. Dim rhyfedd eu bod nhw'n medru cael yr holl gamerâu, goleuadau a larymau i stopio gweithio. Roedd y maer yn eu cefnogi nhw!'

'Ond os oedd Syr Nesbit yn casáu pobl ddigartre gymaint, pam rhoi pres i'r lloches?' gofynnais, gan gofio'r eitem newyddion ro'n i wedi'i gweld yn stiwdio Dad. 'Dydi hynny ddim yn gwneud synnwyr.'

'O, mae'n gwneud synnwyr perffaith os wyt ti'n edrych yn ddigon craff,' meddai Thomas. 'Fyddai cyfraith newydd y maer wedi gwneud cysgu ar y stryd yn drosedd os oedd gwely ar gael yn rhywle – hyd yn oed os oedd y gwely hwnnw'n bell i ffwrdd o lle'r o'n ni'n cysgu fel arfer. Wrth dalu i wella llochesi y tu *fas* i'r ddinas, roedd Syr Nesbit yn sicrhau bod pob un ohonom am gael ein gwthio allan er mwyn byw ynddyn nhw wedi i'r ddeddf basio – yn bell o'n ffrindiau a'n teuluoedd, a'r cymunedau ry'n ni wedi'u hadeiladu. A chyda ni mas o'r ffordd, gallai gychwyn codi'r prisiau'r rhent ar ei eiddo'n syth. Byddai wedi gwneud deg gwaith yr arian a roddodd i'r llochesi. Fel rhoi ceiniog a chael pum deg punt yn ôl.'

'Rhag ei gywilydd e,' meddai Mason, gan chwarae â'i dei bô, oedd wedi'i gorchuddio â phatrwm hetiau bach. 'Bron yn ddigon i wneud i fi ddymuno bod yn Americanwr.'

Gwyliodd pawb mewn distawrwydd wrth i'r ceir heddlu oedd yn cludo Syr Nesbit a'i ferch Felicity a'u criw o ladron yrru i ffwrdd mewn niwl o fflachiadau gwyn a goleuadau glas. O'r holl strydoedd o'n cwmpas, roedd pobl wedi rhedeg allan o'u cartrefi er mwyn cael llun o'r lladron yn cael eu dal, a rhai hyd yn oed yn tynnu lluniau ohonon ni hefyd. Yn ffodus, roedd yr heddlu wedi gosod llinell hir iawn o dâp melyn o amgylch y gadeirlan a'n cadw o'i mewn fel na allai neb fentro'n rhy agos.

'Ond os oedd Syr Nesbit a'i ferch yn gyfoethog yn *barod*, pam cychwyn dwyn er mwyn dod yn fwy cyfoethog fyth?' gofynnais, yn dal mewn penbleth. 'Roedd ganddyn nhw filiynau ar filiynau o bunnoedd a llwyth o adeiladau a phetha'n barod.'

Cododd Cati ei hysgwyddau. 'Pwy a ŵyr? Dim ots pa mor gyfoethog mae rhai pobl yn mynd, falle nad yw hynny'n ddigon iddyn nhw. Falle'u bod nhw eisie mwy drwy'r amser. A weithiau maen nhw'n dod mor bwerus fel nad ydyn nhw'n poeni am frifo pobl eraill mwyach.'

'Brân?'

Edrychais i fyny ar y plismon oedd yn sefyll ar y grisiau y tu ôl i ni. 'Fydd PC Miriam yn mynd â ti adre rŵan.'

'O na,' cwynais. 'Bydda i mewn cymaint o drwbwl.' Estynnais a gafael ym mraich Thomas. 'Thomas, allwch chi ddim dod efo fi? Fydden nhw'n gweiddi llai wedyn.'

'Iawn 'te, fachgen, bant â ni,' meddai Thomas. 'Ond dwi ddim yn credu y cei di gymaint o gerydd â'r disgwyl.'

Roedd Thomas yn iawn. Ar ôl cyrraedd adre, roedd Mam a Dad a Beli a Lisa – a hyd yn oed Blod – mor falch i 'ngweld i ac wedi'u cyffroi gymaint gan bopeth roedd gen i a Thomas i'w ddweud, fel eu bod nhw wedi anghofio rhoi pryd o dafod i fi am redeg i ffwrdd a gwneud iddyn nhw boeni gormod fel eu bod *nhw* wedi ffonio'r heddlu hefyd. Doedd fy ymdrechion i wneud corff o ddillad yn y gwely ddim wedi gweithio, mae'n debyg: ro'n i wedi gadael y ffenest led y pen ar agor a'r dillad gwely wedi chwythu ar draws fy stafell a deffro pawb yn y broses.

'Wel, dach chi'n ddau arwr,' meddai Mam.

'Arwyr y bws!' meddai Beli, yn clapio'i ddwylo ac yn edrych i fyny arna i a Thomas fel petaen ni'n ddau blataid mawr o hufen iâ blas toffi.

'Yn union,' gwenodd Mam. 'A Thomas, dwi wir yn mynnu dy fod ti'n aros fan hyn heno. Dyna'r peth lleia allwn i ei wneud ar ôl i ti ddod â'n hogyn ni'n ôl adre'n saff.'

Gwrthododd Thomas i ddechrau gan ddweud bod ganddo fo lefydd i fynd, ond ar ôl i Beli afael yn dynn yn ei goesau ac ar ôl i Blod ei dynnu at y gwely roedd Dad wedi'i greu yn ei stiwdio, newidiodd ei feddwl.

Y bore canlynol, codais yn arbennig o gynnar a rhedeg i lawr y grisiau er mwyn gweld Thomas. Do'n i erioed wedi cael ffrind yn cysgu'r nos cyn hyn ac ro'n i'n awchu cael sgwrsio efo fo am bopeth oedd wedi digwydd. Ond wrth i fi fynd i mewn i stiwdio Dad, gwelais fod y gwely wedi'i dwtio a bod dim sôn am Thomas.

Rhedais i'r gegin. Roedd Mam a Dad yno'n gosod y bwrdd, ond dim sôn am Thomas o hyd. Gwibiais heibio iddyn nhw i'r stafell ymolchi lawr grisiau a gweld bod honno'n wag hefyd.

Roedd o wedi gadael, heb drafferthu i ffarwelio hyd yn oed.

'Popeth yn iawn, Brân?' gofynnodd Dad.

'Dach chi – dach chi'n gwybod lle mae Thomas?' gofynnais, gan fynnu bod fy ngwddw'n rhoi'r gorau i grynu fel treiffl mawr trwchus.

'Pethau i'w gwneud, medda fo,' meddai Mam, gan osod platiau i lawr. 'Pam?'

'Dim rheswm,' atebais. Gan edrych i fyny arnyn nhw, gwelais wên sydyn yn pasio rhwng Mam a Dad.

Ro'n nhw'n chwerthin ar fy mhen i. Do'n i ddim yn medru credu'r peth. 'Dydi hyn ddim yn ddigri!' gwaeddais.

'Ddwedodd neb ei fod o,' meddai Mam, yn edrych yn ddifrifol iawn.

'Pam bod rhaid i chi wneud hwyl ar fy mhen i DRWY'R AMSER? Pam d'ych chi BYTH yn malio am yr un pethau â fi? 'Dach chi WASTAD yn chwerthin am fy mhen ac yn fy nghasáu i!' Roedd fel petai argae wedi agor y tu mewn i 'mrest a geiriau'n llifo allan mewn afon o 'ngheg cyn i fi fedru'u stopio nhw. 'A dwi'n gwybod eich bod chi'n difaru 'mod i wedi cael fy ngeni o gwbwl, yn wahanol i Blod a Beli!'

'Arhosa funud,' meddai Dad, gan roi'i ddwylo ar fy ysgwyddau. 'Be sy'n digwydd fan hyn? Fyddai dy fam a fi byth yn gwneud hwyl am dy ben di, a 'dan ni'n sicr ddim yn dy gasáu di.'

'Fyddwn ni ddim yn chwerthin arnat ti,' meddai Mam, gan estyn llaw er mwyn mwytho 'moch. 'Pam nad wyt ti'n meddwl ein bod ni'n dy garu di gymaint â dy frawd a dy chwaer?'

Sychais y dagrau o amgylch fy llygaid yn ffyrnig. Do'n i ddim isio i Mam a Dad fy ngweld i'n crio.

'O, cariad,' meddai Mam, gan fy nghofleidio i. 'Dwi'n gwybod ein bod ni wastad yn rhoi cerydd i ti, ond dim ond achos ein bod ni'n siŵr y medri di wneud yn well 'dan ni'n gwneud hynny. Mae gen ti gymaint o sgiliau a thalentau, a 'dan ni'n mynd yn drist yn meddwl dy fod ti'n eu gwastraffu nhw. Isio i ti gyflawni dy botensial fel hogyn bach gwych ydan ni.'

Nodiodd Dad a rhwbio 'mreichiau. 'Sbia ar be wnest ti neithiwr! Ro't ti mor ddewr. Bydd rhaid i fi dy roi di a Thomas yn fy ffilm i rŵan!'

Edrychais i fyny ar Dad ac, am ryw reswm, dechrau gwenu. 'Wir yr?' gofynnais, gan sychu 'nhrwyn.

Gwenodd Dad. 'Wrth gwrs. Wnest ti rywbeth anferthol neithiwr – wedi datgelu'r lladron go iawn ac achub llwyth o bobl ddigartref rhag cael eu beio am rywbeth do'n nhw erioed wedi'i wneud. Os nad yw hynny'n werth ei roi mewn ffilm, dwi'm yn gwybod be sy.'

''Dan ni mor falch ohonot ti,' meddai Mam, gan dwtio 'ngwallt. 'Rŵan, dos i folchi. Dwi 'di dweud wrth Lisa bod croeso iddi gyrraedd yn hwyr, felly dwi'n gwneud canapes arbennig i frecwast!'

Dechreuais bendroni o'n i – o bosib – wedi camddeall y cyfan. Ella nad oedd Mam a Dad isio fi allan o'r ffordd fel ro'n i wedi meddwl. Ella nad o'n nhw wedi gwneud unrhyw beth heblaw am ddisgwyl i fi ddangos iddyn nhw 'mod i'n medru ymddwyn yn well. A rŵan 'mod i'n gwybod 'mod i'n medru gwneud . . . ro'n i *isio* gwneud. Nid jest er fy lles i. Ond er lles Thomas a Mei-Li a Cati a Beli a Randy a Lavinia ac unrhyw un arall ro'n i wedi'u brifo.

Fyddwn i'n gwneud yn iawn am y peth. I'r cwbwl lot ohonyn nhw. Ac yn dangos iddyn nhw na fyddwn i fyth yn ymddwyn fel y math o hogyn sy'n gwneud i bobl anghofio am eu hatgofion da, ac yn gwneud iddyn nhw deimlo'n ddigartref.

'Rhaid i fi wneud un peth i ddechrau,' dywedais, wrth redeg yn gyflym allan o'r gegin. Wedi taranu i fyny'r grisiau at fy stafell, newidiais i bâr o jîns a chrys-T, gafael yn fy sglefrfwrdd a'r Tocyn Rhyddid, a rhedeg allan o'r tŷ.

Wrth rowlio drwy'r parc, anelais i gyfeiriad y coed i ddechra rhag ofn bod Thomas yn ôl yn ei hen babell. Ond dim ond Sam â'i gap 'Byw Am Byth' oedd y tu allan i honno, yn bwyta *croissant* o fag plastig. Cododd ei fawd wrth fy ngweld i, ond ar ôl i fi ofyn wrtho fo lle'r oedd Thomas, wnaeth o ddim byd ond codi'i ysgwyddau.

Nesa, rowliais i lawr at y gegin gawl, ond roedd hi ymhell cyn amser agor y gegin a'r eglwys, a neb yno, felly anelais am babell Cati y tu ôl i'r orsaf. Ond doedd hi ddim yno chwaith.

'Lle mae pawb?' gofynnais yn uchel.

Sglefrais adre'n gyflym a gweld bod bwrdd y gegin wedi'i orchuddio â phlatiau o canapes brecwast.

'Amser bwyd,' meddai Mam. Rhoddodd bump o ddarnau o dost crwn maint pishyn deg ceiniog ar fy mhlât, madarchen a llwyaid o ffa pob ar ben bob un. 'Rŵan 'ta, gwranda, mae'r heddlu wedi ffonio bore 'ma. Mae angen i ni fynd â ti i'r orsaf ymhen awr. Felly unwaith i ti orffen bwyta, dos i wisgo rhywbeth ar wahân i dy hwdi, a gawn ni gyfarfod i lawr grisia. Beli, Blod, chi hefyd, os gwelwch chi'n dda.'

'Pam bod nhw'n gorfod dod?' cwynais, gan edrych ar Blod.

Caledodd wyneb Mam. 'Paid â 'ngorfodi i dy roi di dan glo,' meddai, gan blygu'i breichiau i 'nghyfeiriad. 'Dim pan wyt ti newydd ddod yn arwr!'

★ ★ ★

Yn y car, wnaeth Beli ddim byd ond fy annog dro ar ôl tro i sôn mwy am ymladd y criw lladron, ond ro'n i'n rhy brysur yn meddwl. Pendronais am lle'r oedd Thomas a Cati wedi mynd, ac a fyddwn i'n medru mynd i weld Mei-Li'n fuan er mwyn sôn wrthi am bopeth oedd wedi digwydd a rhoi Tocyn Rhyddid ei thaid yn ôl iddi.

Wrth i ni agosáu at orsaf yr heddlu, sylwais ar dorfeydd o bobl yn gafael mewn baneri ac arwyddion yn sefyll ar hyd y stryd, ac ar ôl i ni stopio y tu allan i'r prif ddrysau, dechreuodd pawb weiddi hwrê a chwifio dwylo a chlapio.

'Be sy'n digwydd?' gofynnodd Blod, wrth i ddau blismon wthio pawb yn ôl o'r car ac agor y drysau i ni.

'Ffordd yma,' meddai un ohonyn nhw, gan ein brysio i mewn i'r orsaf mor gyflym fel nad o'n i'n medru darllen yr un o'r baneri. 'Mae'r Prif Arolygydd eisiau gair.'

'Gair am be?' gofynnais, gan edrych ar Mam a Dad, ond codi'u hysgwyddau oedd yr unig ateb gefais i.

Cawsom ein tywys at ddrws pren glas llachar, a chnociodd y plismon arno. Ar ôl clywed, 'Dewch i mewn' o'r ochr arall, agorodd y drws led y pen.

Ac yno, ar yr ochr draw, roedd Thomas! A Cati, a Mei-Li a'i thad a'i nain a'i thaid a Mason a Solo a PC Miriam a PC Philip, a phawb yn chwerthin ac yn curo dwylo ac yn gweiddi 'Llongyfarchiadau!'.

Mae'n debyg bod yr heddlu wedi ffonio Mam a Dad a Thomas ben bore, cyn i fi ddeffro, a sôn bod y Prif

Arolygydd a Maer Lambeth – nid Maer Llundain oedd bellach wedi cael ei arestio! – am gyflwyno siec i fi fel rhan o'r wobr do'n i ddim wedi gwybod amdani.

Felly, ar risiau swyddfa'r heddlu, dyna'n union wnaethon nhw. Cefais siec oedd mor fawr, roedd rhaid i bump o bobl ei dal i fyny. A daeth hi'n glir bod yr holl bobl â baneri yno ar ein cyfer ni! Roedd Thomas a fi wedi dod yn enwog dros nos. Sgrechiodd pawb enw Thomas a'i alw'n 'Arwr y Bws' a galw 'Brân yr Arwr Bach' arna i hefyd.

Soniais i wrth bawb fod Mei-Li wedi helpu wrth roi Tocyn Rhyddid ei thaid i ni, a chan wenu, rhoddais y tocyn yn ôl iddyn nhw. Ysgydwodd ei thad ei ben ar y ddau ohonom cyn dal y tocyn yn yr awyr fel tlws. A soniodd Thomas wrth bawb na fydden ni byth wedi gwneud synnwyr o'r peth oni bai am Cati.

Oherwydd hynny, penderfynodd Thomas a finnau rannu ein gwobr ariannol gyda Cati a Mei-Li. Golygai hyn fod pob un ohonom wedi derbyn un chwarter o bum deg mil o bunnoedd – mwy nag oedd yr un o'r pedwar ohonon ni erioed wedi dychmygu'i gael o'r blaen.

Defnyddiodd Thomas ei ran o'r pres i rentu fflat fach yn agos at y parc fel ei fod o'n medru ymweld â'i hoff fainc bob dydd a chofio am ei deulu, ac mae o wedi dechrau gwersi er mwyn cael ei drwydded gyrru bysiau ei hun. Ond mae o isio gwneud mwy na gyrru bws arferol. Mae o isio un â gwelyau yn y cefn a chegin fach ar gyfer gwneud te a bwyd poeth, fel ei fod o'n medru gyrru ar draws Llundain yn y nos a helpu teithiwyr nos eraill i ddod o hyd i ffordd oddi ar y strydoedd.

Mae Cati wedi defnyddio'i phres i gael mwy o help er mwyn cofio'r pethau da eto, fel ei bod hi'n cael gweld ei phlant a'i hwyrion wyneb yn wyneb yn hytrach na thrwy luniau'n unig. Mae hi hefyd yn aros mewn fflat sy'n ddigon mawr ar ei chyfer hi a'r dwsin o gathod bach y mae hi wedi'u mabwysiadu. Ond mae hi'n dweud ei bod hi'n dal i hiraethu am ei phabell ar adegau, felly mae hi weithiau'n gosod un yn yr ardd gefn a chysgu yn honno'n hytrach nag yn ei stafell wely newydd.

Rhoddodd Mei-Li hanner ei phres i'r gegin gawl, fel bod ei thad yn medru ymestyn y lle a helpu bwydo mwy o bobl. Mae hi'n defnyddio'r hanner arall i dalu am daith o gwmpas y byd i'w nain a'i thaid. Ond dwi wir yn meddwl ei bod hi'n gwneud hynny er mwyn cysgu mewn stafell ar ei phen ei hun am sbel yn hytrach na'i rhannu efo nhw. Dwi'n falch fod y gegin gawl yn fwy achos mae 'na fwy o bobl nag erioed yn gwirfoddoli yno rŵan, gan gynnwys fi.

A sôn amdana i, fe brynais i'r sglefrfwrdd cyflyma, mwya cŵl sy 'di bodoli erioed a chwyddo fy nghasgliad o gemau cyfrifiadur. Ond roedd digon ar ôl gen i wedyn. Felly fe wnes i'r tri peth gorau allwn i feddwl amdanyn nhw, ac yn sydyn dros ben cyn i fi fedru newid fy meddwl.

Y peth cynta wnes i oedd gofyn i Mam a Dad a Mei-Li a'i thad helpu i ddewis plac ar gyfer mainc arbennig Thomas. Dewisodd y pedwar ohonon ni un arian sgleiniog smart, a pherswadio maer y ddinas – nid yr un sy bellach yn y carchar am un deg saith o flynyddoedd – i'w gyflwyno iddo fel rhodd arbennig gan bawb er mwyn diolch. Does dim llawer o eiriau ar y plac, ond mae'n cynnwys y rhai pwysica i gyd. Mae'n dweud:

ER COF TYNER AM LAYLA & MAIA

Gwraig a merch annwyl i

Thomas B. Chilvers, Arwr y Bws

Yr ail beth wnes i oedd gofyn i'r Swyddogion Miriam a Philip helpu i nôl llyfr lluniau Thomas allan o'r llyn. Roedd rhaid, felly, i mi sôn wrthyn nhw 'mod i wedi gwthio troli Thomas i ganol y llyn ar ddamwain. Ar ôl iddyn nhw syllu arna i ac ysgwyd eu pennau o glywed bod troli gyfan ar waelod llyn y parc, cytunodd y ddau i helpu. Cafodd dau ddeifiwr arbennig eu defnyddio er mwyn mentro i mewn i'w darganfod, a dyna wnaethon nhw – heb sôn am yr holl bethau eraill roedd pobl wedi'u taflu i'r llyn oedd ddim i fod yno, gan gynnwys hen deiars a chês dillad yn llawn llyfrau llyfrgell oedd yn hwyr iawn yn cael eu dychwelyd. Roedd albwm Thomas yn wlyb ac yn llaith a rhai o'r lluniau angen eu hadfer, felly mae tîm o fyfyrwyr mewn prifysgol yn y ddinas yn helpu i'w sychu nhw a'u hachub nhw ac yna'n trwsio unrhyw beth sy wedi'i sbwylio drwy ddefnyddio cyfrifiaduron drud dros ben. Wedyn, fydd y lluniau wedi'u diogelu yn y brifysgol hefyd – rhag ofn bod unrhyw un arall yn trio'u dinistrio nhw.

Am na wariais i'r un geiniog yn achub yr albwm lluniau, roedd gen i ddigon o bres ar ôl. Felly'r trydydd peth wnes i oedd helpu'r gegin gawl a Thomas i brynu fan gawod newydd – sef fan arbennig yn cynnwys cawod yn y cefn a bocseidiau o ddillad glân – fel ei bod yn cael dilyn bws nos Thomas o gwmpas y lle a helpu pobl ddigartre i deimlo'n lân ac yn ffres hefyd. Mae Dad am ei chynnwys yn ei ffilm ddogfen newydd, a soniodd Mam ei bod hi am drio cael ei helusen amgylcheddol i helpu pweru'r peth drwy olau'r haul, fel bod dŵr y gawod yn cael ei gynhesu gan yr haul yn hytrach na boeler.

Ond wrth gwrs, wnes i ddim gwario 'mhres I GYD. Dwi ddim yn gymaint o angel â *hynny* – er bod Wil a Katie bellach yn meddwl 'mod i'n llawer rhy dda i fod yn ffrindiau â nhw. Mae gen i dal ddigon wedi'i gynilo ar gyfer fferins a siocled a beiros gliter i Beli. A hufen plorod arbennig o gryf i Blod. Heb sôn am ddeunydd celf, fel 'mod i'n medru creu mwy o gomics hefyd. Mae Mrs Vergara'n dweud, gan 'mod i'n treulio mwy o amser rŵan yn gwneud lluniau yn hytrach na rhedeg ar ôl plant yn y maes chwarae, ella wir y bydd yr ysgol yn cyflwyno 'ngwaith ar gyfer y wobr arlunio 'na'r flwyddyn nesa.

Mae Thomas yn dweud y dyliwn i wneud comic am ein hantur yn achub holl drysorau Llundain. Fydd o ddim fel comic go iawn yn llawn archarwyr â phwerau arbennig a stwff. Ond dwi'n meddwl y gall teithiwr nos o'r enw Thomas, hen ddynes â chathod yn ei dilyn i bobman, ffefryn mwya pob athro ar y blaned a bwli-sydd-ddim-yn-fwli-bellach, fod yn hen ddigon cŵl i fod yn arwyr hefyd.

DIOLCH ARBENNIG I BAWB
SYDD WEDI RHOI CARTREF I'R STORI HON

Gan roi cartref i'r stori hon (hyd yn oed am rai dyddiau'n unig ar ôl trip i'r llyfrgell!), rydych chi'n helpu i roi ambell beth sydd eu hangen ar bobl ddigartref er mwyn er mwyn rhoi gofal iddyn nhw a'u cadw'n ddiogel ac yn gynnes.

Mae hyn oherwydd y bydd yr awdur yn rhoi rhan o'r elw mae hi'n ei dderbyn o'r llyfr yma at ambell un reit arbennig, sy'n helpu pobl ddigartref i aros yn ddiogel, hyfforddi ar gyfer swyddi, dod o hyd i'w cartrefi eu hunain, a weithiau hyd yn oed i ddychwelyd i'r ysgol!

Bydd elw'r llyfr yn sicrhau bod teithwyr nos go iawn yn cael gwely am noson, neu geginau cawl a banciau bwyd yn derbyn nwyddau, neu gymorth hollbwysig i brosiectau arbennig sydd wir yn helpu pobl ddigartref i gofio'r holl bethau da amdanyn nhw – mae'r cyfan yn bosib oherwydd eich bod chi wedi darllen y stori yma. Diolch o galon.

BWLIS FEL BRÂN

Mae tri bwli yn y stori hon: Brân, Wil a Katie. Mae bwlis yn bobl all wneud rhai o'r pethau canlynol, neu bob un ohonyn nhw:

* Galw enwau neu wneud hwyl am ben rhywun, yn aml oherwydd eu hedrychiad, gwahaniaethau, hil, crefydd, anableddau neu rywedd
* Achosi difrod corfforol. Gall hyn gynnwys taro, bwrw, gwthio, rhedeg ar ôl rhywun, baglu, neu ddwyn pethau
* Bygwth brifo rhywun
* Hel straeon neu wyrdroi'r gwir am rywun
* Heidio at ei gilydd, pigo ar unigolyn, neu aflonyddu ar rywun – ar-lein neu wyneb yn wyneb

Gwnewch restr o'r holl ffyrdd y mae Brân, Wil a Katie yn bwlio pobl eraill o'u hysgol. Petaech chi'n ffrindiau â rhywun oedd yn cael ei fwlio ganddyn nhw, beth fyddech chi'n wneud? Pwy fyddech chi'n medru gofyn iddyn nhw am help?

Os ydych chi, neu rywun rydych chi'n nabod, yn cael eu bwlio, cysylltwch â'r NSPCC (nspcc.org.uk/) am gymorth drwy ffonio: 0808 800 5000 neu e-bostio: help@nspcc.org.uk, neu cysylltwch â Meic (meiccymru.org/cym) drwy ffonio: 080880 23456, tecstio 84001 neu sgwrsio ar y we trwy'r wefan

Os ydych chi'n rhiant neu'n athro sy'n poeni am blentyn sy'n cael ei f/bwlio, cysylltwch â Bullying UK (bullying.co.uk) ar: 0808 800 2222 neu e-bostiwch: askus@familylives.org.uk

OEDDECH CHI'N GWYBOD?

Amcangyfrifir bod o leia 320,000 o bobl yn cysgu ar strydoedd y DU*, a thros 11,700 o'r rhain yng Nghymru.** Mae hyn yn cynnwys:

Rhai sy'n Cysgu Allan: pobl sy'n cysgu y tu allan ar y strydoedd, mewn drysau a phebyll. Mae'r rhai sy'n cysgu allan yn 'weledol' ddigartref – sy'n golygu ein bod ni'n deall yn syth ar ôl eu gweld eu bod yn ddigartref.

Y Digartref Anweledig: pobl sydd ddim yn berchen ar gartref parhaol, ond sy'n aros mewn lloches dros dro fel llochesi nos, hosteli, llety gwely a brecwast, cartrefi merched a mentrau cartrefi preifat. Nid yw rhai o'r llefydd yma'n caniatáu i bobl ddigartref aros am fwy nag un noson. Bydd eraill yn gadael iddyn nhw aros am ychydig fisoedd. Yn anffodus, does dim digon o lefydd dros dro ar gael eto er mwyn rhoi lloches i bob person digartref sydd angen cymorth.

Y Digartref Cudd: mae llawer o bobl ddigartref yn ymdrechu i ddelio â'u problemau ar eu pennau eu hunain, ac yn gwrthod cysylltu ag awdurdodau lleol am gymorth, un ai oherwydd nad ydyn nhw eisiau gwneud, neu oherwydd nad ydyn nhw'n gwybod â phwy i gysylltu. Fe allen nhw symud rhwng cartrefi teulu a ffrindiau, 'syrffio soffas', byw yn eu ceir, neu gysgu mewn sgwatiau, shediau neu hyd yn oed mewn garej. Mae hyn yn golygu na fyddwn ni byth yn gwybod y gwir ffigyrau'n gysylltiedig â digartrefedd.

* *The Big Issue*, Rhagfyr 4ydd, 2019
** *The Big Issue*, 10 Hydref 2022

COD Y DIGARTREF

Mae'r llyfr yma'n cynnwys symbolau sy'n perthyn i god go iawn, sef cod y 'crwydryn'. Mae'r cod yma wedi'i greu fel bod pobl ddigartref (oedd yn cael eu galw'n 'grwydriaid' ar un adeg) yn medru gadael negeseuon cudd ar y llawr neu ar adeiladau'n dweud wrth ei gilydd sut i ddod o hyd i gymorth neu sut i osgoi perygl.

Edrychwch ar y symbolau a'u gwir ystyron, a dyfalwch sawl un sy'n cyfateb i stori Brân.

TEITLAU PENODAU

1.   DŴR DRWG

2.   ARHOSFAN DROLÏAU

3.   ANGEN AMDDIFFYN DY HUN

4.   ARHOSWCH!

5.   DIM BYD I'W GAEL YMA

6.   AWDURDODAU FAN HYN YN GWYLIO

7.   DDIM YN LLE DIOGEL

8.   ARDAL BERYGLUS

9.   PERCHENNOG GARTRE

10.   DYNES GAREDIG YMA. ADRODDWCH STORI DRIST

11.   SWYDDOG Y GYFRAITH YN BYW YMA

12.   DIM PWYNT MYND FFORDD HYN

13.   AMHEUS

14.   DŴR GLÂN, SAFLE GWERSYLLA DIOGEL

15.   DYNES GAREDIG YN BYW YMA

16.   GALLWCH WERSYLLA YMA

17.   DALIWCH EICH TAFOD

18.   EWCH O 'MA

19.   TŶ WEDI'I AMDDIFFYN YN DDA

20.   LLADRON O GWMPAS

21.   DIM TERFYN AR BETHAU FAN HYN

SYMBOLAU'R LLEIDR

◇ ANGEN AMDDIFFYN DY HUN

◯ DIM BYD I'W GAEL FAN HYN

/// DDIM YN LLE DIOGEL

▢ GŴR CAREDIG YMA

▽ FFORDD WEDI DIRYWIO. GORMOD OHONOM

◯◯ POBL A'R HEDDLU DDIM YN HOFF OHONOM YMA

† GEWCH CHI FWYD O SIARAD AM GREFYDD YMA

$\frac{2}{10}$ LLADRON O GWMPAS

PETAECH CHI'N ARWEINYDD . . .

Ers 2010, mae'r nifer o bobl sy'n cysgu'n allan ar draws y DU wedi mwy na dyblu.*

Beth ydych chi'n feddwl yw'r rhesymau posib bod rhywun fel Thomas neu Cati neu Mason yn ddigartref?

A phetaech chi'n arweinydd ar wlad, sut fyddech chi'n ateb rhai o'r broblemau rydych chi wedi'u hadnabod?

*Y ffigyrau cofrestredig diwethaf yn ôl *The Big Issue*, Rhagfyr 4ydd, 2019

ARWYR GO IAWN YN HELPU'R DIGARTREF

Mae digon o bobl ar draws y DU sy'n ymdrechu i helpu ein cymunedau digartref mewn sawl ffordd wahanol.

Ar y dudalen nesaf, cewch chi ddysgu am rai o'r bobl ysbrydoledig yma. Gallwch helpu o ddysgu mwy amdanyn nhw, a chodi ymwybyddiaeth o'u gwaith gwych, a chodi arian i'w helpu.

||

[Dim terfyn ar bethau]

Cysylltwch â rhiant neu warchodwr bob amser cyn cynnig cymorth i unrhyw un sy'n cysgu allan.

BUSES 4 HOMELESS

Mae yna ddyn arbennig iawn o'r enw Dan Atkins sydd wir yn arwr y bws, oherwydd ei fod yn troi hen fysiau'n llochesi prydferth i'r digartref drwy ei elusen Buses4Homeless!

Un diwrnod, wrth weithio fel adeiladwr bysiau, daeth Dan o hyd i ffrind yn cysgu mewn uned storio bagiau ar fws, heb yn wybod i neb.

Arweiniodd hyn at Dan yn pendroni beth allai wneud i helpu. Felly'n ddiweddarach y diwrnod hwnnw, aeth i brynu hen fws deulawr a'i droi'n gartref ar gyfer ei ffrind. Roedd medru aros mewn rhywle cynnes a diogel yn golygu y gallai ei ffrind ddechrau ymgeisio am waith ac edrych am gartref mwy parhaol, a bellach mae ganddo swydd a chartref ei hun!

Byth ers hynny, mae Dan a'i dîm wedi bod yn codi arian er mwyn rhedeg Buses4Homeless: rhaglen 12 wythnos sydd nid yn unig yn rhoi lle diogel i bobl ddigartref gysgu, ond mae hefyd yn gweithio i ddarganfod pam eu bod nhw'n ddigartref yn y lle cyntaf, yn cynnig y sgiliau a'r hyfforddiant sydd eu hangen er mwyn dod o hyd i swydd, ac yn y pen draw yn eu helpu i ddychwelyd i'r gymuned.

Er mwyn darganfod sut y gallwch chi helpu gwaith Buses4Homeless, ewch i: buses4homeless.org

Er mwyn trefnu sgwrs yn yr ysgol neu ymweliad â safle Buses4Homeless, cysylltwch â Henrietta: hen@buses4 homeless.org

STREETLINK

Ydych chi erioed wedi gweld rhywun yn cysgu ar y strydoedd a phoeni amdanyn nhw?

Os felly, gall Streetlink helpu.

Mae Streetlink yn ymdrechu i ddod â chysgu allan i ben drwy roi ffordd hawdd i aelodau o'r cyhoedd (sy'n eich cynnwys chi a phawb rydych chi'n nabod) gysylltu pobl sy'n cysgu allan â'r gwasanaethau all fod o gymorth iddyn nhw.

Os ydych chi'n gweld rhywun dros 18 oed (fel Thomas) sy'n cysgu allan yng Nghymru neu Loegr, gallwch ofyn i riant, gwarchodwr neu athro eich helpu i ddefnyddio'r wefan isod, neu lawrlwytho ap Streetlink.

Mae'r bobl wych sy'n rhan o Streetlink yn gyrru eich manylion i dimau sy'n barod i gynnig helpu, un ai yn y cyngor lleol neu fel rhan o wasanaeth allgymorth arbenigol yn eich ardal chi.

Er mwyn dysgu mwy am Streetlink ymwelwch â: streetlink.org.uk

DEPAUL A NIGHTSTOP

Oeddech chi'n gwybod bod dros 150,000 o bobl ifanc yn y DU yn gofyn am gymorth yn ymwneud â digartrefedd bob un flwyddyn?

Diolch byth, mae tîm hyfryd Depaul UK ar gael i helpu.

Maen nhw'n ysbrydoli digon o bobl mewn nifer fawr o drefi a dinasoedd gwahanol i wirfoddoli neu roi arian ac eiddo, a hefyd i fod yn rhan o Nightstop: cynllun lletny cymunedol sy'n rhoi'r cyfle i bobl â stafelloedd sbâr gynnig llety brys dros nos i bobl ifanc ddigartref.

Mae tîm Depaul UK hefyd wrth eu boddau'n ymweld ag ysgolion er mwyn cynnal sgyrsiau a gweithdai sy'n helpu pobl ifanc i osgoi bod yn ddigartref.

Er mwyn trefnu ymweliad â'ch ysgol neu i ddarganfod mwy, cysylltwch â: education@depaulcharity.org.uk

Er mwyn dysgu mwy ac i gefnogi Depaul UK a Nightstop, ewch i: uk.depaulcharity.org

LOLA'S HOMELESS

Mewn garej yng nghanol dwyrain Llundain, fe ddewch o hyd i ddynes arbennig o'r enw Lorraine Tabone, sy'n gweithio i helpu cannoedd o bobl ddigartref bob wythnos.

Dechreuodd ar ei gwaith oherwydd un addewid.

Ym mis Tachwedd 2015, roedd Lorraine a'i ffrind Laura yn cerdded drwy ganolfan siopa, pan welson nhw ddynes oedd yn edrych yn oer dros ben, wedi'i lapio mewn blanced fudr. Enw'r ddynes oedd Chloe, a dim ond 28 mlwydd oed oedd hi.

Arhosodd Lorraine a Laura i siarad â hi, ac ar ôl rhoi bwyd a phâr o fenyg iddi, gwnaeth y ddwy addewid i ddod yn ôl i'w helpu. Cadwodd y ddwy yr addewid — yn y ffordd fwyaf eithriadol! Nid yn unig daeth Lorraine a Laura yn ôl i helpu Chloe, ond fe wnaethon nhw hefyd greu Lola's Homeless er mwyn helpu cymaint o bobl ddigartref eraill â phosib wrth roi bwyd, sachau cysgu, cardiau teithio a nwyddau syml i'r cartref, a chynnig cymorth a chlust gyfeillgar i wrando.

Dysgwch sut y medrwch chi helpu Lola's Homeless drwy ymweld â: facebook.com/groups/LolasHomeless

WRTH GWRS...

Mae digonedd o fudiadau gwych eraill. Mae'n debyg iawn bod cegin gawl neu lety, lloches neu grŵp gweithredu cymunedol yn eich ardal chi a fyddai'n gwerthfawrogi eich help. Felly siaradwch â rhiant neu oedolyn arall am beth allwch chi wneud yn eich milltir sgwâr!

Yn y cyfamser, i gael mwy o wybodaeth am gymunedau'r digartref a sut y medrwch chi fod o gymorth, cymerwch olwg ar:

The Big Issue Foundation
bigissue.org.uk

Shelter Cymru
sheltercymru.org.uk

Llamau
llamau.org.uk

The Wallich
thewallich.com/cy

Crisis
crisis.org.uk

The Trussell Trust (Banciau Bwyd)
trusselltrust.org

St Mungo's
mungos.org

Soup Kitchen London
soupkitchenlondon.org

Brixton Soup Kitchen
brixtonsoupkitchen.org

NODYN GAN YR AWDUR

Ewch at riant neu warchodwr yn gyntaf cyn cynnig cymorth i unrhyw un sy'n cysgu allan.

Pan oeddwn i'n bedair ar ddeg oed, gwelais hen ddyn â chrychau dwfn a barf wen drwchus yn cysgu wrth ymyl grisiau fy swyddfa heddlu leol. Roedd ganddo droli wedi'i phentyrru'n uchel â hen fagiau a phapurau newydd wedi'i pharcio wrth ei ymyl, côt hir garpiog ac esgidiau llawn tyllau, oedd yn awgrymu'i fod wedi bod yn ddigartref am flynyddoedd. Gwelais ef eto'r diwrnod canlynol, a'r diwrnod wedyn, yn union yr un fan ar union yr un pryd. Yn ystod y penwythnosau, roeddwn i weithiau'n ei weld yn chwilota am fwyd yn y biniau ar fy stryd fawr. Doedd o byth yn begera: dim ond yn casglu hen fagiau a phapurau neu, os oedd o'n lwcus, bwyd.

Gan 'mod i'n boenus o swil, ro'n i wedi dychryn gormod i siarad ag ef neu ofyn iddo a allwn i ei helpu rywsut. Ond ar ôl sbel, dechreuodd sylwi arna i. Mae'n siŵr ei fod wedi teimlo'n rhyfedd yn gweld merch Asiaidd fer, fymryn yn dew â sbectol anferth yn syllu arno bob dydd! Dechreuodd wenu a chodi llaw arna i – gweithred oedd yn gwneud i fi wenu neu godi llaw yn ôl, yn naturiol ddigon. Yn fuan wedyn, dechreuais ddefnyddio fy arian cinio neu arbed pethau o 'mocs bwyd er mwyn gadael bwyd iddo pan fyddwn yn ei weld. Weithiau roedd yn focs reit swmpus o bysgod a sglodion poeth (ar ddiwrnod da!), dro arall doeddwn i ddim yn medru cynnig mwy na phecyn o Jaffa Cakes wedi'u gwasgu. Roeddwn i wastad yn gobeithio y byddai'n cysgu fel 'mod i'n medru gadael fy rhoddion bychain a rhedeg o 'na. Ond wrth gwrs doedd o byth yn cysgu, felly roeddwn i'n rhuthro tuag ato, yn dal fy rhodd o 'mlaen, gwrido'n goch llachar a rhedeg i ffwrdd nerth fy nhraed!

Aeth hyn ymlaen am flynyddoedd, a des i ddeall patrwm ei fywyd bob dydd. Yn y gwanwyn a'r haf, roedd yn cysgu yn yr orsaf drenau. Yn yr hydref a'r gaeaf, byddai'n cysgu yn rhywle arall – rhywle â mwy o gysgod, debyg iawn. Ond un diwrnod o wanwyn, wrth i fi gerdded i'r coleg, sylwais nad oedd yr hen ddyn yn ei le arferol. Doedd o ddim yno'r diwrnod canlynol na'r un wedyn: roedd fel petai wedi diflannu'n sydyn. A'i droli hefyd.

O'r diwedd, des i'n ddigon dewr i gerdded i'r swyddfa heddlu, a gofyn a oedd unrhyw un yn gwybod lle'r oedd o. Cefais ateb wnaeth dorri 'nghalon yn ddwy: roedd wedi marw yn ystod y nos, yn gynharach yr wythnos honno. Ei enw, yn ôl y swyddog, oedd Thomas. 'Dim ond' Thomas.

Doedd Thomas ddim yn deall y peth, ond cafodd ein cyfarfyddiadau distaw effaith anferth ar fy mywyd. Roedd yn ffrind – un tawel, a rhywun roeddwn i'n edrych ymlaen at ei weld bob dydd. Ar ôl iddo farw, gwnes addewid i beidio byth â bod yn rhy ofnus na swil i siarad â rhywun oedd angen cymorth. Felly dechreuais weithio i elusennau yn ystod gwyliau'r haf – gan ddechrau â'r elusen roedd Mam yn gweithio iddi ar y pryd, oedd yn adeiladu cartrefi i deuluoedd, merched a phlant digartref 'anweledig' oedd yn ffoi rhag trais.

Yng nghanol ysgrifennu'r llyfr hwn, yn sgil un digwyddiad hanesyddol, mewn ychydig ddyddiau'n unig, symudwyd pawb yn y DU oedd yn cysgu allan a'u rhoi yn eu hystafelloedd eu hunain.

Ac er nad oedd y weithred yma wedi cynnwys y cwnsela na'r cymorth sydd eu hangen er mwyn datrys y rhesymau dyrys sy'n arwain at ddigartrefedd, roedd yn profi un peth: roedd gan ein gwlad yr adnoddau i wella'r sefyllfa.

Cymerodd pandemig byd-eang i sylweddoli hynny, ond roedd y peth yn bosibl. Profwyd bod pob un cyngor, yn gyfoethog neu'n dlawd, yn medru gwneud lle a rhoi lloches i'r digartref pan oedden nhw'n teimlo bod angen iddyn nhw wneud. Felly mae'n rhaid i ni ofyn y cwestiwn: pam nad ydyn nhw'n teimlo'r angen hwnnw drwy'r amser?

Bu farw dros saith gant o bobl ddigartref yn ystod 2018 yng Nghymru a Lloegr. Mae hynny'n cyfateb i bron i ddau berson digartref yn marw bob dydd. (Doedd y ffigyrau ar gyfer 2019 a 2020 ddim gen i pan aeth y stori yma i brint, ond mae disgwyl i'r rhif fod yn uwch.) Ac mae dros 320,000 o bobl, yn cynnwys plant, heb gartrefi oherwydd y digwyddiadau trawmatig mae bywyd wedi'i daflu atyn nhw. Dwi'n gobeithio y bydd y ffigyrau yna'n cyrraedd sero rhyw ddiwrnod.

Yn y cyfamser, i Thomas o East Ham mae'r llyfr yma. Ffrind oedd yn llawer mwy na 'dim ond' i fi ac i'r nifer di-ri o bobl eraill y gwenodd arnyn nhw a chodi llaw.

DIOLCHIADAU

Doedd ysgrifennu'r llyfr yma ar adeg oedd yn teimlo mor rhyfedd a swreal â ffilm ffug-wyddonol fyth am fod yn hawdd, a bydd yr eironi o greu stori sy'n ymwneud â digartrefedd a minnau'n llythrennol yn gaeth i'r tŷ wastad yn rhan o'r tudalennau yma. Ond dwi'n gwybod na fyddai'r stori hon wedi'i hysgrifennu oni bai am y bobl ganlynol oedd yn fy ngwthio i drwy bob tudalen a phob gair.

Yn gyntaf ac yn bwysicach na neb, y ddau berson sy'n greiddiol i 'mydoedd i: Mam a Zak. Mam: diolch am wthio cwpanau o ddŵr i fy wyneb wrth sgrifennu (er yn annifyr iawn) i'm rhwystro rhag sychu'n grimp, ac am wylio *Miss Marple* a *Midsomer Murders* bron heb unrhyw sain o gwbwl am wythnosau er mwyn peidio amharu ar fy (niffyg!) mhroses ysgrifennu. Rwyt ti wedi rhoi'r holl le, yn llythrennol ac yn drosiadol, roeddwn i ei angen er mwyn gwasgu'r stori yma allan ohona i, yn enwedig yn ystod y camau olaf pan oeddwn i eisiau rhoi'r gorau iddi. Yn union fel wnest ti, Zak: yn ogystal â 'mwydo i fel petawn i'n adolygydd bwyd a thithau'n gogydd (rhag dy gywilydd di!), fe wnest ti lenwi ein cartref â phopeth roedden ni ei angen er mwyn aros yn ddiogel yn ystod yr adeg ansicr yma. Yn syml, fyddai'r llyfr hwn ddim yn bodoli heb y ddau ohonoch chi, a fyddwn i ddim chwaith.

I Silvia Molteni, y grym tawel sydd, hyd yn oed yn ystod y clo mawr, wedi cadw bydoedd i symud: diolch am gynnig y geiriau tawel roedd fy nghlustiau eu hangen, a'r cwmpawd oedd yn fy llywio i'r cyfeiriad iawn. Does gen i ddim syniad sut rwyt ti'n gwneud hynny, ond rwyt ti'n llwyddo, a dwi'n ddyledus i ti am byth am fod yn rym disgyrchiant sy'n fy nal at ei gilydd – er fy ymdrechion ymddangosiadol i arnofio i'r gofod ac aros yno.

Lena McCauley, fy Arwres y Bws bersonol: dwi ddim hyd yn oed yn gwybod lle i gychwyn. Ond unwaith eto, rwyt ti wedi llwyddo! Rwyt ti rywsut wedi hogi a thorri a sisyrnu a siapio darn o ddychymyg pur yn stori – a'r cyfan heb wneud i fi deimlo fel ffigwr anghymwys unwaith, sef sut dwi'n meddwl amdanaf fi fy hun weithiau. Diolch o bob modfedd o fy enaid am roi'r lle ro'n ei angen er mwyn gadael i'r stori yma ddatblygu sut roedd hi i fod i wneud, ac am fod ar yr un donfedd â fi, yn reddfol. Does gen i ddim syniad beth wnes i i'th haeddu di: beth bynnag oedd o, dwi'n ddiolchgar am byth, achos dwi ddim yn meddwl bod yna olygydd arall yn ein byd ni sydd â'r un amynedd, dealltwriaeth ac athrylith tawel â thi. Dwi'n gobeithio bod hon yn stori rwyt ti mor falch o'i chreu wrth fy ochr i â'r gweddill.

Pippa Curnick: sut yn y byd wyt ti'n gwneud hyn? Sut wyt ti'n creu'r clawr perffaith mewn un cynnig? Pan dwi'n meddwl 'mod i'n dy edmygu'n llwyr, rwyt ti'n fy atgoffa mai dim ond dechrau arni mae fy edmygedd newydd. Diolch am roi gwaith celf i fi fyddai fy nychymyg druan ddim yn medru'i ddychmygu, a gadael iddo ddod yn rhan o'r antur.

I Lady Genevieve Herr, Amina Yousef, Emily Hibbs: diolch am hogi a mireinio a phwnio a phrocio'r holl gamenwi annifyr a'r gwallau slei sydd, am resymau anesboniadwy, wedi trio sbwylio'r stori yma sawl gwaith drosodd. Fyddai Lena a fi'n dal i bendroni pam bod i fyny'n pwyntio i lawr, a'r awyr wedi newid lle â'r llawr, heblaw amdanoch chi'n gosod popeth yn ei le eto. Dwi'n wir ddiolchgar.

Dominic Kingston, meistr y meistri: dwi'n dal yn credu bod gennyt ti beiriant sy'n printio Dominic Kingstonau 3-D, sy'n gadael i ti gadw golwg ar gymaint o fydoedd ar unwaith heb dorri chwys! Diolch am bopeth rwyt ti'n wneud er mwyn cynnal bydysawdau cyfan o lyfrau, yn ogystal â theulu Hachette – Alison Padley annwyl, Becci Mansell, Emily Thomas, James McParland, Lucy Clayton, Fiona Evans, ac wrth gwrs, yr hollwych Ruth Alltimes. Pa mor lwcus all un awdur awyddus fod? (Na, wir. Dwi eisiau gwybod.)

I Lorraine Tabone, arwres Newham: diolch am wneud be rwyt ti'n ei wneud, a rhoi popeth i'n cymunedau digartref, heb ofyn am ddim byd yn ôl. Gobeithio dy fod ti'n teimlo cariad eraill tuag atat ti ym mêr dy esgyrn. Gobeithio y byddi di wastad yn derbyn y pethau sydd ei angen arnat ti er mwyn dal ati, a llawer, llawer mwy ar ben hynny.

Jude Habib, croesawr Nightstop a chefnogwr ffyrnig i'r digartref: oni bai amdanat ti, fyddwn i erioed wedi dysgu am gynllun cartrefi cymunedol gwych Depaul UK – nac wedi dechrau datblygu fy syniadau brysiog, dros dro fy hun er mwyn helpu merched sy'n ffoi rhag trais. Diolch am fod yn rhan mor fawr o'r stori hon, ac am bopeth rwyt ti'n ei wneud drwy Sound Delivery er mwyn sicrhau bod y rhai heb lais yn cael eu clywed.

I Rosie Kelly o Depaul UK, Louise Weaver a Gareth Thomas o Streetlink, a Henrietta McEwan o Buses4Homeless: diolch o galon am fod mor barod i ymateb i 'nghwestiynau braidd yn lloerig, ac am adael i fi bwysleisio mawredd yr hyn rydych chi'n ei wneud yn fy ffordd fach fy hun.

I'r holl lochesi merched, cymdeithasau ffoaduriaid, ac i fy nhimau o Making Herstory ac O's Refugee Aid Team ill dau (yn enwedig Doreen Samuels a Yasmin Ishaq ddi-ffrwyn), diolch am roi'r hyn sydd ei angen i'r rhai sy'n ddigartref oherwydd trais annealladwy.

Remona Aly ac Asha Abdillahi: diolch i chi'ch dau am beidio gadael i rywbeth bach fel pandemig aflonyddu ar eich geiriau hyfryd o gefnogaeth a gweddïau diddiwedd. Fyddwn i'n dweud wrthoch chi am y troeon dwi wedi chwarae eich negeseuon llais yn ôl er mwyn fy nghadw i fynd, ond dwi ddim eisiau i chi feddwl 'mod i'n wallgo. Peidiwch byth â rhoi'r gorau i'w gyrru nhw, chi'ch dwy.

Mae'n cymryd calon aruthrol i beidio â gadael i foroedd a thiroedd ac afonydd a hyd yn oed amser effeithio ar eich cefnogaeth i fi. Sughra Ahmed a Selma Avci, rydych chi'ch dwy yn galonnau aruthrol: diolch i chi am roi cyngor doeth a thangnefeddus i fi, yn enwedig pan oedd popeth yn mynd yn 'ormod'.

I'r bydoedd o fewn fy mydoedd, a'r holl bobl sy'n sicrhau eu bod nhw'n dal i droi, ry'ch chi'n gwybod pwy ydych chi a faint dwi'n eich caru. Tanha a Tanni: rydych chi'ch dwy yn fy ngwneud i mor falch. Daliwch ati i ddarllen a meddwl a thyfu, fy anwyliaid i. Eshan – rwy wrth fy modd dy fod ti'n helpu'r digartref yn barod: yn saith oed, rwyt ti ymhell o flaen dy fodryb! A chithau hefyd, Kamilah, Zahir, Inara a Rayyan. Gobeithio y bydd hynny'n wir bob tro. John a Victoria: dyma fo. Y rheswm pam 'mod i wedi diflannu eto. Gobeithio ei fod yn un da.

I'r holl ddail ar fy nghoeden deulu, gafodd eu cymryd yn rhy fuan oherwydd y pandemig ac a gipiwyd i gyd mewn pedwar mis yn unig: doeddwn i ddim wedi meddwl am eiliad na fyddech chi'n cael gweld y stori hon. Fydda i byth cweit yn coelio'r peth.

Rydyn ni'n parhau â'ch etifeddiaeth, ac yn edrych ymlaen at gael sôn wrthych chi am y cyfan pan fydda i'n barod i symud ymlaen at ein cartref olaf hefyd.

I'r un wnaeth gyfrannu cymaint at bwy ydw i gyda'i stori heb ei glywed: Thomas . . . dyn dwi'n difaru nad oedd gen i'r dewrder i ddod i'w nabod. Mae'n wir ddrwg gen i na wnes i hynny, ac mae'n ddrwg gen i hefyd nad oeddwn i'n gwybod sut i'ch helpu chi pan oedd gen i'r cyfle. Roedd gen i ofn cymaint o bethau a doedd gen i ddim o'r wybodaeth oedd ei hangen arna i. Dyna ofn wnaethoch chi fy ngorfodi i'w dorri wrth ein gadael ni. Diolch am bob gwên a winc a nod a chwifiad llaw, ac am gymryd yr ychydig oedd gen i i'w gynnig â llawenydd sy'n aros gyda fi. I fi, rydych chi'n fyw ym mhob person digartref dwi'n eu gweld a'u cyfarfod, er y byddai'n well gen i fi pe na bawn yn eich gweld mor aml. Ella rhyw ddiwrnod fydda i ddim yn eich gweld, a bydd neb heb gartref, dim ots pa mor hen neu ifanc ydyn nhw, a bydd pawb yn cael y cymorth, y gofal a'r llefydd diogel maen nhw eu hangen o'r diwedd.

Ac yn olaf ond yn gyntaf bob amser, fy nghariad a'm diolchgarwch dyfnaf i Dduw, am sancteiddrwydd cartref, teulu i'w caru ac i garu'n ôl, a'r gallu i freuddwydio am y ddau, i bawb.

Llun © Rehan Jamil

Onjali Q. Raúf yw awdur *Y Crwt yn y Cefn*, *Y Seren Uwch fy Mhen* a *Brân ac Arwr y Bws*. Hi hefyd yw sylfaenydd Making Herstory, mudiad sy'n annog pobl i weithio gyda'i gilydd er mwyn creu byd tecach a mwy cyfartal ar gyfer merched o bob oed ym mhobman, yn ogystal ag O's Refugee Aid Team, mudiad sy'n ymdrechu i hel nwyddau ac arian, a chodi ymwybyddiaeth er mwyn helpu ffoaduriaid.

Pan nad yw hi'n ysgrifennu neu'n gweithio ar ran ei mudiadau anllywodraethol, gallwch chi ddod o hyd iddi wedi plannu ei phen mewn llyfr yn y siop lyfrau leol.

Mae Onjali ar Twitter@OnjaliRauf.